高校事変20

角川文庫
24241

1

二十歳の坂東満里奈《ばんどうまりな》は毎晩のように悪夢を見る。それもただの幻想ではない。現実の記憶が生々しく蘇《よみがえ》ってくる。

家にいた私服姿のまま満里奈は縛られ、自由を奪われた。真っ暗な印旛沼《いんばぬま》のほとり、パグェという韓国人半グレ集団に囲まれ、父母とともに殺されかけた。母は泣き叫び、娘の命だけでも助けてほしいと懇願した。日本語が通じるかどうかはわからない。けれども意思は伝えられるはず、母はそう信じたにちがいない。パグェのリーダー格は日本人の女子中学生だったからだ。

金髪のショートボブ、少女っぽい丸顔に、やけに据わった目つきの優莉凜香《ゆうりりんか》。素性は考えるまでもない。史上最凶の極悪人、優莉匡太《きょうた》の四女だった。

満里奈の父は警視庁勤務の警察官で、しかも捜査一課に属していた。一家三人が狙われた理由は、むろんそこにあった。ただし満里奈のなかに、父を責める気持ちなど、かけらも存在しなかった。優莉凜香やパグェへの憎しみもない。胸のうちを支配するのは、ただ恐怖の感情のみだった。震えがとまらない。満里奈は幼児のように泣きじゃくるしかなかった。

父の坂東志郎《しろう》も必死の形相でうったえた。妻と娘は関係ないと繰りかえした。しかしほどなく父は猿ぐつわを嚙《か》まされ、目隠しで視界まで封じられた。母が同じようにされ、満里奈もそのあつかいから逃れられなかった。絶望のなか、一家三人はモーター駆動のゴムボートで、水上へ運ばれていった。間もなく溺死《できし》させられるのだろう。意識を失うまで、どれぐらいの苦しみを味わうことになるのか。待ち受ける運命に全身が凍りついた。もう身震いさえ生じなくなっていた。

エンジン音が途絶えた。なにも見えないが、ゴムボートはおそらく、印旛沼の真んなかに浮かんでいる。きっと投げ落とされる。満里奈は絶望に呼吸すら忘れ、ひたすら奥歯を嚙み締めていた。

身体を殴打するような鈍い音、誰かの呻《うめ》き声。満里奈はびくっとした。父が誰かと小声で話している。口もとが自由になったのか。相手の声は女のようだった。

ふいに満里奈も目隠しが剝《は》がされ、猿ぐつわを解かれた。ボートの上で片膝《かたひざ》をつき、満里奈を見下ろす制服姿があった。優莉凜香ではない。見慣れない赤いスカーフに開襟シャツ、年齢は満里奈と同じぐらいか。長い黒髪と、暗がりを照らすような色白の小顔、つぶらな瞳《ひとみ》は純粋そのものに見えた。

優莉結衣《ゆい》。凜香の姉で優莉匡太の次女。けれども凜香の仲間ではなかった。結衣は満里奈と両親を死の淵《ふち》から救いだしてくれた。

悪夢はいつもそこで終わり、急速に覚醒《かくせい》へと向かいだす。すべては眠っているあいだの幻影にすぎなかった、そんなふうに安堵《あんど》するものの、わずか数秒しか持続しない。なにもかも現実に起きたことの再現だと気づき、心もとなさがぶりかえしてくる。とはいえ過去のできごとだ、そう自分にいいきかせるうち、さらに暗澹《あんたん》たる気分にとらわれる。父はもうこの世にいない。

大学をずっと休学しているのを思いだす。けさも着替えはしたが、やはり外出の予定はない。父の生前はマンション住まいだったが、いまは町田《まちだ》の小ぶりな戸建てに引っ越している。母方の実家が近くにあるからだ。

二階の寝室から一階へ下り、六畳の和室に入った。仏壇の扉を開ける。父の遺影は見るのも辛《つら》いため、もう飾っていない。供え物の水を交換し、花を手入れし、仏飯を捧《ささ》げる。蠟燭《ろうそく》を灯《とも》したうえで線香をあげておく。手を合わせてもなにも考えられない。頭が空っぽのまま、ただ毎日の習慣をこなす。それだけに留《とど》めておいたほうが、精神状態も正常に保てる。

衣擦《きぬず》れの音がした。パジャマにガウンを羽織った母、尚美《なおみ》が部屋に入ってきた。これも毎朝のことだが、どこかにでかけるわけではない。母のうつろな目の下には、くっきりとくまができている。昨夜も遅くまで飲酒していたのだろうが、それだけが理由ではない。精神安定剤が強烈に効いている。取り乱さなくなった母は代わりに、こうして魂の抜けたような放心状態がつづいている。

満里奈を一瞥《いちべつ》したのち、母が仏壇の前に座った。合掌するでもなく、ただ仏壇のなかを眺める。

やがて母がささやいた。「お線香やお供え物……。誰がやってくれたの？　お父さん？」

発言の矛盾を自覚できていない。数日にいちどはこうなる。満里奈は物憂い気分で応じた。「わたしがやっといた」

「ラテにご飯は？」

実家の猫の名前だ。ここにはいない。満里奈はいった。「おばあちゃんがもうあげてるんじゃない？」

「……ああ」母は振りかえらなかった。「そう」

遺影を戻したほうが母の認知力の改善につながる、そんな考えにはもう至らない。いちど試してみて悲惨な結果につながった。母は仏壇を見るや悲鳴をあげ、泣き叫び、手足をばたつかせた。印旛沼できいたのと同じ慟哭《どうこく》だった。あのとき満里奈自身が発した絶叫にも似ていた。母が落ち着くまで半日を要したが、満里奈自身の脳裏にも、あの地獄のような体験が克明に想起されてしまった。家全体がぐらつきだし、いっこうに静止しなかった。

チャイムが鳴っている。遠くからかすかにきこえる音が、反復するたび明瞭《めいりょう》に耳に届きだした。母が玄関のほうを眺めた。どうやら幻聴ではなさそうだ。

腰を浮かせかけた母に対し、満里奈も立ちあがろうとした。「わたしが……」

しかし母はなにもいわず仏壇の前を離れると、廊下へとでていった。満里奈は呼びとめたりしなかった。母が人と会う機会を奪わないよう、かかりつけの精神科医からも釘《くぎ》を刺されている。

インターホンの親機はリビングルームにあるが、母は直接玄関へ向かったようだ。以前ならガウン姿で訪問者を迎える母ではなかった。もういまはちがう。それでいいと満里奈は思った。宅配業者でも隣近所の住民でも、他愛のない会話を交わしたいと母が願うのなら、そうさせてあげるにかぎる。一日じゅう、ひとことも喋《しゃべ》らなければ病んでくる。満里奈もそれを実感していた。

解錠したのち、玄関のドアが開く音がする。母の声が驚きのトーンを帯びた。「あら、まあ。どうも」

満里奈は意外に思った。母がとった自然なリアクションは、かつて健康だったころのままに思える。誰が来たのだろう。

そっと廊下にでると、満里奈は玄関のようすをうかがった。そこには清楚《せいそ》なドレス姿と、女子高生の制服が立っていた。

ドレスが包みこむのはモデルのような体形だった。まるで撮影前にヘアメイクを済ませてきたように、徹底した美を誇っている。もともとのプロポーションのよさと、くっきりした目鼻立ちのせいもある。誰もがその顔を知る有名人だった。満里奈と同じく今年二十歳になるはずだ。

母は名前を思いだせないらしい。「あなたは……あのう、ええと」

「雲英亜樹凪《きらあきな》と申します」ルックスに恵まれた令嬢がきちんとおじぎをした。「初めまして。こちらはわたしの友達、恩河日登美《おんがひとみ》です」

半袖《はんそで》ブラウスに赤いネクタイ、膝丈スカートの制服に身を包んだ女子高生は、頭をさげることもなく、ただじっと満里奈の母を見つめた。

外見上は小柄だった。しかも幼女のような童顔で、膨らんだ頰は小学生のようだ。黒目がち、鼻が低めで、唇は丸みを帯びる。おかっぱ頭が子供っぽさに拍車をかけている。けれども満里奈が高校生のころ、こういう女生徒はクラスに数人いた。満里奈が恩河日登美を女子高生と判断したのは、その冷静な態度ゆえだった。普段着姿なら十二、三歳にまちがわれるかもしれない。実年齢はたぶん十七か十八、高二か高三だろう。

亜樹凪が深々と一礼した。「このたびはご愁傷様です。心よりお悔やみ申しあげます」

母もおじぎをかえした。「わざわざご足労いただきまして……」

雲英家のご令嬢が父とどのような関わりがあったかは知らない。母もきいていないだろう。それでも捜査一課長の父は各方面に顔が広かった。満里奈や母がマスコミを通じてしか知りえない著名人も、大勢が弔問に訪れた。おそらく亜樹凪もそんなひとりと思われた。母は亜樹凪と日登美をなかへ通した。亜樹凪は満里奈に対しても、きちんと頭をさげた。なぜか日登美は目を合わせようともしなかった。

来客を和室に案内した母が、ふたりに座布団を勧める。亜樹凪が仏壇に焼香し手を合わせた。日登美は正座したまま、いっこうに亜樹凪に倣う素振りをしめさない。母はそんな日登美に気づいていないらしく、ただ茶をだすタイミングだと悟ったらしい。また腰を浮かせた母が廊下へでていく。

線香の匂いが漂う和室で、亜樹凪と日登美、満里奈の三人きりになった。

沈黙には耐えかねる。満里奈は口を開きかけた。「あの……」

父とどんな関係だったか、亜樹凪にたずねるつもりだった。けれども日登美の大きな黒目が、ふいに満里奈をとらえた。幼女っぽい顔とは裏腹に、落ち着いた声を日登美が響かせた。「お父さんと何歳まで風呂《ふろ》に入ってた?」

満里奈は絶句した。初対面かつ年下だろうに、いきなりタメ口。それも質問にどんな意味があるのか、まるでわからない。

亜樹凪が戸惑いをしめし、咎《とが》めるまなざしを日登美に向ける。年上としては当然の義務だろう。ところが日登美がじろりと亜樹凪を睨《にら》みかえした。すると亜樹凪は怖《お》じ気づいたかのように下を向いた。

なんとも奇妙に思えた。日登美は満里奈に視線を戻した。早く答えるよう目で催促してくる。そんなしぐさにかぎっては、やけに大人っぽかった。

どう答えようか迷っているうちに、自分でもふしぎなことに、満里奈はふっと笑った。突然のように心が軽くなった。かつて高校の教室で、クラスメイトと談笑していたときのような気分で、満里奈はささやいた。「幼稚園に入る前ぐらい……かな」

日登美の童顔は無邪気に興味をしめし、黒目がさらに大きくなった。「なんで一緒に入らなくなった？」

「それは……。恥ずかしいし」

「へえ。幼稚園にあがる前って、三歳ぐらい？　早いね」日登美は室内にいるもうひとりに対し、半ばぞんざいにきいた。「亜樹凪は？」

またしても面食らわざるをえない。ひところマスコミが内親王のように持て囃《はや》し、その後は悲劇のヒロインとして報じた雲英亜樹凪を、生意気な女子高生が呼び捨てにしている。

亜樹凪もふたりの上下関係について、満里奈に詮索《せんさく》されるのを嫌がっているようだ。それでも日登美には逆らいきれないらしく、ぼそぼそと亜樹凪が応じた。「父とは入浴していないの」

「マジで？」日登美が前のめりになった。「男の裸を見る機会がなかったってこと？」

「……そう。幼少期は」

「誰が風呂にいれてくれてた？」

「侍女のかたがた……」

「あー。お嬢だもんな」日登美はため息をつき、満里奈に向き直った。「三人とも父親を亡くしてる」

和室のなかが静まりかえった。満里奈は困惑とともに亜樹凪を見た。亜樹凪は暗く沈みがちな面持ちでうつむいている。

雲英製作所の雲英健太郎《けんたろう》社長が非業の死を遂げた、そういえばそんなニュースがあった。まったく意識していなかったが、亜樹凪も自分と同じ境遇だった。それに……。

満里奈は日登美を見つめた。「あなたも……?」

「まあね」

「……辛《つら》いよね」

「でも父親の死に目には会えた」

亜樹凪があとをひきとった。「満里奈さんは可哀想」

今度は満里奈の視線が床に落ちた。胸のうちに当惑がひろがる。たしかに満里奈は父の殉職を伝えきいたにすぎない。そこを同情してくれているのだろうか。

かえす言葉が思い浮かばない。報道で知るかぎり、ホンジュラスから帰った亜樹凪も、父の書斎にいたところを賊に襲われた。亜樹凪が失神しているうちに父親が射殺されたときく。

父の死に目に会えたと日登美はいった。日登美にどんな事情があったかは知らない。だが少なくとも亜樹凪については、父の死に場所に居合わせはしたものの、最期の別れを告げられたわけではないだろう。きっとこの心の痛みも、満里奈と亜樹凪のあいだで共通項がある。

日登美の無表情な童顔が亜樹凪を向いた。無言のうちになにかを指示する。亜樹凪は折りたたんだメモを畳の上に置き、指先で満里奈のほうへ滑らせてきた。

顔をあげず亜樹凪がささやいた。「わたしのラインアカウントと電話番号。あなたとはつながりたい」

それだけいうと亜樹凪は腰を浮かせた。茶道か日本舞踊を思わせる優雅な動作だった。日登美のほうは跳ね起きるように立った。ふたりは廊下へ歩を進めていった。

あまりに急なことで意識が追いつかなかった。満里奈は茫然《ぼうぜん》と見送ったのち、あわててメモ用紙を拾い立ちあがった。玄関へ急ぐと、ふたりの背が閉じるドアの外に消えていくところだった。

満里奈は呆気《あっけ》にとられ、しばしその場にたたずんでいた。

母の小さな声が呼びかけた。「満里奈。お客さんは……？」

振りかえると母が盆に茶を載せ、廊下に立ち尽くしていた。頭髪からカーラーを取り払い、ロングワンピースに着替えている。

なにも答えられず、満里奈は黙って母を見かえした。訪問の目的さえはっきりしない。けれどもそれがなんであれ、きっと母ではなく満里奈に伝えたかったのだろう。

メモを握った手を後ろにまわす。つながりたい。亜樹凪のそのひとことが耳に残っている。いま満里奈も同じ気持ちだった。

2

夏の盛りだけに、昼下がりにも蟬の声は絶えない。

都内でも最大規模を誇る病院に、ホスピスと呼ばれる施設が隣接している。雲英亜樹凪は三階のターミナルケア室を訪ねた。

さっき坂東家には、恩河日登美も一緒にあがったが、いま彼女は廊下でまっている。配慮してくれているというより、単に亜樹凪の身内とのやりとりに興味がないだけだろう。

静かな病室のなかに、もう延命治療用の機器類は見あたらなかった。ベッドに横たわるのは、別人のように痩《や》せ細った祖父、雲英秀玄《しゅうげん》だった。

女性看護師が声をかけた。「秀玄さん。お孫さんが来られましたよ。亜樹凪さんが」

衰弱しきった皺《しわ》だらけの顔は、眠っているかに思えた。しかし瞼《まぶた》がわずかに開き、うつろな目がのぞいた。しだいに虹彩《こうさい》がいろを変える。喉《のど》に絡む声で秀玄がささやいた。「おお。……亜樹凪」

「お祖父様《じぃ》」背筋が自然にまっすぐに伸びる。亜樹凪は腰だけを曲げ、上半身は直線を維持したまま、丁寧にお辞儀をした。面《おもて》をあげきらず、ベッドわきの椅子に腰掛ける。幼少期から身体に染みついた作法が、祖父の前では滞りなく自動的に再現される。このところの荒れた言動はおくびにもださない。やさぐれた態度ものぞかせない。

秀玄は顔を傾けず、仰向《あおむ》けに寝たまま、口だけを開閉させた。「大学は?」

「通いつづけております。単位の取得も予定どおりに」

「そうか」秀玄の眼球がわずかに横移動し、女性看護師をとらえる。

しばしの沈黙ののち、女性看護師が気を利かせた。「なにかあったらボタンで呼んでください。それでは」

女性看護師が退室した。亜樹凪と秀玄、ふたりきりの会話に聞き耳を立てる者は、もう誰もいない。

安堵《あんど》のせいか、いっそう弱々しくなった秀玄の声が、かすかに響いた。「とうとう医師も匙《さじ》を投げてしまった」

「そんなことは……」

「おかげで静かだ。耳障りなピコピコいう音も、わずらわしい人工呼吸器も、この部屋にはない。ただ安らかに、眠るときがくるのをまつだけだ」

「お祖父様はきっとよくなります」

秀玄は鼻で笑った。たったそれだけでも気管が詰まったのか、苦しげに咳《せ》きこんだ。亜樹凪はあわてて枕もとのタオルを手にとった。秀玄の口もとにあふれた唾液《だえき》を、そっとタオルで拭《ぬぐ》う。

しだいに落ち着いてきた秀玄が、唸《うな》りに似たため息とともにいった。「亜樹凪。E《エ》L《ル》累次体だが……」

「いまはお忘れになってください」

「なぜだ」

「なぜって……。ご心痛につながるでしょうし」

「EL累次体におまえが入るのを許可したのは、大きな過ちだった」

もやっとした当惑が生じる。亜樹凪はきいた。「どういう意味でしょうか」

「健太郎が死に、シビック政変が起き、法を超越した革命が国家的急務に思えた。亜樹凪がそうした崇高な理念を継承していけるというのなら、若い世代のリーダーとなるのも悪くないとも感じた。私の孫だからな」

「お祖父様。EL累次体になにがあったかはわかりませんが、梅沢《うめざわ》前総理以下、中枢メンバーのかたがたの悲劇は無念にほかなりません。強国日本をめざす大義について、将来的にしっかり実践できるよう、現段階で学ぶことを欠かさず……」

「亜樹凪。知っとるんだろう。EL累次体がなにをおこなってきたか。というよりおまえ、深く関わっとったじゃないか」

静寂が内耳に反響した。亜樹凪の心拍は速まりだした。「どういう意味でしょうか。矢幡《やはた》現総理にお会いしたのですが、わたしはなにもうかがっておらず……」

「矢幡君など関係ない。彼はただ哀れな囚《とら》われの身だった。EL累次体は彼の理念とは関係なく、ただ迷走と暴走をつづけた。急進派に傾きすぎた結果、旧日本軍のように若者らを使い捨ての駒にしていった。恐ろしいものだ。当事者がいかに愚行を自覚できないか、あの会議の真っただなかにいて痛感させられた」

「あの……」亜樹凪の言葉は詰まった。「わたしにはなんのことだか……。EL累次体は優れた知性をもって、緩やかな改革を成し遂げていく政策集団だったかと」

衝撃が脳幹を揺さぶった。胸のうちに動揺ばかりがひろがっていく。亜樹凪はうわずった声を発した。「お祖父様。なにをおっしゃっているのか、わたしには……」
秀玄は目を閉じた。「ホンジュラスから生還するため、悪《あ》しき者たちの影響を受け
たのではと危惧《きぐ》しておった。心配はやはり的外れではなかった」
全身が寒気に包まれるとともに、鳥肌が立ってくる。弁解しようにも口ごもるしか
なかった。亜樹凪は凍りついたまま、祖父の眠るような顔を見つめた。
「なあ亜樹凪」秀玄がまた軽くむせた。「健太郎に憎悪を抱いたのは理解できんでも
ない。シビックに加担したあいつのことも、私は悔やんでも悔やみきれん。だがおま
えまでが……」
「わたしはシビックなどに関わってはいません。お祖父様は混乱しておられるんでし
ょう。むしろわたしは被害者ですよ。ホンジュラスで武装攻撃を受けたのですし」
「いまさらとぼけるな。EL累次体の中核に矢幡君はいなかった。おまえは事実を知
りながら、梅沢たちに伏せていただろう。亜樹凪、おまえが操ったんだ。少なくとも
末期のEL累次体はな」
秀玄の目がうっすらと開いた。見かえすのを恐れながら、亜樹凪は祖父のまなざし

から視線を逸《そ》らせずにいた。身体の震えがとまらなかった。なにもかも看破されている。

「な」亜樹凪はささやきを漏らした。「なんのためにわたしが、そんなこと……」

「優莉匡太のためだろう。おまえは極悪人に魅せられてしまった」

「お祖父様……。わたしはけっして道を見失ったりはしておりません」

「自分でもわかっとるはずだ。おまえを追いこんでしまった。私も健太郎と同罪だ……」

なぜか秀玄が亜樹凪の傍らを眺めた。亜樹凪ははっとした。いつの間にか亜樹凪の隣に、恩河日登美の冷やかな横顔があった。

七五三の子供着物が似合いそうな、幼女然と膨らんだ頬の日登美が、抑揚のない声でいった。「勘がいいな。じじい」

日登美の手が秀玄の枕をつかみ、すばやく引き抜いた。目を見開いた秀玄に対し、枕を顔面に押しつける。窒息を狙っているのはあきらかだった。秀玄が全身をばたつかせ、必死にもがきだした。

亜樹凪は焦燥に駆られ、日登美の腕をつかんだ。「やめて」

瞬時に日登美は肘鉄《ひじてつ》を浴びせてきた。右手で枕を真下に押さえこんだまま、日登美は軽く跳躍し、制服のスカートから高い蹴《け》りを繰りだした。亜樹凪は胸部にキックをまともに食らい、後方に吹き飛ぶや、背中を壁に打ちつけた。

ずるずると床にへたりこむ亜樹凪の視野に、ベッドの上で窒息寸前の祖父の姿があった。無表情の日登美が枕に腕力を加えつづける。

亜樹凪は狼狽《ろうばい》するしかなかった。まだ胸に激痛が響く。立ちあがろうにも身体が自由にならない。それでも日登美が手加減したのはあきらかだ。本気なら胸骨陥没骨折で即死している。彼女の強さを知ればこそ、制止の呼びかけすらできない。なにもできずただ嗚咽《おえつ》を漏らすだけでしかない。

ほどなく秀玄はぐったりと脱力した。呼吸音もきこえない。日登美は枕を浮かせ、その下の秀玄の顔をのぞきこんだ。絶命を確認すると、無造作に死体の頭を持ちあげ、その下に枕を突っこんだ。死んだ魚のごとく口を開いた秀玄が仰向けに寝ている。ベッドに横たわったまま自然に息絶えた、そんな構図ができあがった。

日登美が振りかえり亜樹凪を見下ろした。亜樹凪のなかに混濁した感情が渦巻いた。これまでも日登美に対する反感や嫌悪があった。いまは徐々にはっきりしてくる。怒りと憎しみが沸々とたぎった。

たぶんそれが目つきに表れていたのだろう。日登美は気に食わないという顔で、つかつかと亜樹凪に歩み寄ってきた。

たちまち恐怖が全身を支配する。亜樹凪はすくみあがった。「な……なにも考えてない。抵抗する気なんかない」

だが日登美は亜樹凪の胸倉をつかむと、力ずくで引き立たせた。背後にまわった日登美が、亜樹凪をベッドの上に突っ伏させた。亜樹凪の頰は祖父の横顔に密着した。

死んだばかりの祖父はまだ温かかった。だが息ひとつしていない。亜樹凪の視界は涙に揺らぎだした。秀玄から離れようと身じろぎする。だが日登美は亜樹凪の両腕を後ろにまわさせ、抵抗を封じていた。逆らおうとすればおそらく骨を折られる。

日登美はそれ以上の制裁を考えているようだった。「亜樹凪。じじいがくたばったのを見て、おめえもここでリストカットして死ねば、ごく自然な流れだよな。悲劇の令嬢ってことで、アホなマスゴミも祭りあげる。いさぎよく自殺しやがれ」

「やめて」亜樹凪は泣きじゃくった。「どうか、そんなことは……。お願い」

「おめえを殺したほうがせいせいするけど、匡太さんがなるべく生かしとけっていってる。まだおめえには利用価値があるんだとよ。だがいっとく。匡太さんを裏切ろうもんなら、どうなるかわかってるよな」

「わ、わかってる。わかってるから……」

「絶対《ぜってぇ》に裏切らねえってこの場で誓え」

「誓う」

「お嬢のくせに言葉遣いが悪いんだよ」

「誓います」

「なにを？」

「匡太さんをけっして裏切りません。心から誓います」

日登美の恐ろしいほどの腕力が、亜樹凪をベッドの上の秀玄から引き離すと、乱暴に投げだした。亜樹凪はなすすべもなく床に転がった。

またも痺《しび》れるような痛みが、今度は全身にひろがっていく。けれども醒《さ》めやらない恐怖にくらべれば、それぐらいはなんでもなかった。亜樹凪はただむせび泣いた。

ドアへ向かいながら日登美がうながした。「行くぞオラ」

亜樹凪は立ちあがれずにいた。おろおろとしながら日登美にうったえる。「あ、あの……ナースコールを押したほうが」

「必要ねえよ。ガキみてえに鼻水垂らして泣いてるおめえが病院をでていけば、なんかあったと思って医者が駆けつけるだろ。死亡診断書ができる頃合いを見計らって、もういちどここに姿を見せろ。じじいは目の前でくたばったっていえばいい」

亜樹凪は上半身を起こしたものの、まだ足腰が立たなかった。黙って日登美を仰ぎ見る。

するとと日登美が見かえした。「馬鹿にもわかるように説明しとく。じじいが目の前でくたばったってのは、おめえの言い方に変えろよ。祖父は息を引きとりました、シヨックで思わず立ち去ってしまいました、とかゴミみてえなお嬢言葉でよ」

さすがにかちんとくる。怯《おび》えの感情のなかにも憤りがこみあげる。亜樹凪は低くつぶやいた。「医師にどう告げるべきかは心得てる」

日登美は無言で見下ろすと、軽く嘲笑《ちょうしょう》するように鼻を鳴らした。亜樹凪に手を貸そうともせず、背を向けるやドアを開け放った。亜樹凪は急ぎ立ちあがると、日登美を追って廊下にでた。

閉じゆくドアを振りかえる。祖父のベッドに横たわる姿が目に入った。日登美は秀玄を殺害後、手早くシーツの乱れを直したようだ。苦しみ暴れた痕跡《こんせき》などいっさい見てとれない。偽りの臨終がドアの向こうに消えていく。

亜樹凪は大粒の涙を滴らせながら歩きだした。手にかけたのは日登美であっても、祖父の死は自分のせいだ。父につづき祖父まで殺してしまった。

3

統合《とうごう》教会日本支部が摘発を受けても、優莉匡太の一味は拠点を失うことはなかった。国内には数百の新興宗教団体があり、各地に巨大な礼拝施設を有する。うちカルトに分類される三十以上の教団が、かつて友里佐知子《ゆうりさちこ》の恒星天球教《こうせいてんきゅう》と関わりがあった。

優莉匡太はそれらへの巨額の寄付により、教団ひとつにつき施設一か所を、実質的に買収済みだった。お布施としての支払いと、土地建物所有者の登記上の変更が、表向きなんの因果関係もしめさないまま、ひそかに交換条件として取引されてきた。変更後の施設のオーナーとして、優莉匡太が巧みに捏造《ねつぞう》した戸籍の数々の名義が、片っ端から当てはめられている。すなわちどの教団も、購入者が優莉匡太とは気づいていない。むろん固定資産税は架空名義のオーナーが肩代わりしていた。

宗教団体への司法や行政の介入は、ただでさえ困難といわざるをえない。優莉匡太が取得した施設を怪しむなど、現行法と現在の警察力では、まったく不可能に等しかった。死を装っていた期間内に優莉匡太は、国のあらゆる仕組みをすっかり調べあげ、いまや弱点のすべてに精通しているようだ。

陽が傾くにつれ、蟬の鳴き声がいっそう騒々しくなる。亜樹凪は施設のうちのひとつ、目黒《めぐろ》区青葉台《あおばだい》にある神霊覬会《しんれいぎやく》拝殿へ向かった。閑静な住宅街の奥深く、体育館のように巨大な建物が、異様な形状の屋根を掲げている。

周辺住民には宗教団体の施設としか認識されていない。埼玉県所沢《ところざわ》市にある神霊覬会本部の面々も、ひそかに所有者を名義変更した施設が、どのように使われているか知らない。警察に睨《にら》まれる事態など万にひとつもないが、仮に機動隊の突入を受けようとも、地階を満たすTNT火薬がすべてを吹き飛ばすだけだ。

かつての統合教会と同じく、閻魔棒《えんまぼう》がどの教団においても幹部職員に名を連ねる。戸籍を調べられてもふつうに個人とみなされる。ただし実態はみな無職といえる。優莉匡太に魅せられた若者たちが、なにを目的に生きているのか、当初は亜樹凪にとっても疑問だった。事実はごく単純だとわかった。

彼らに目的という概念は存在しない。人生は死ぬまでの暇つぶしにすぎず、いかに生得的本能の赴くまま、享楽を極められるかに重点が置かれる。むろん法律などは度外視する。社会の構造というものは、ただ利用するためだけにある。人生に意義を求めたがる大衆を踏みにじりながら、好き放題に暮らす。法の束縛をいっさい受けないのだから、享楽はたいていい人を殺し、金品を奪うという日課とともにある。

死刑に処せられたと世間が信じていたころはともかく、いまは優莉匡太の生存があきらかになっている。よって理不尽な殺人が起きれば、真っ先に優莉匡太一味が疑われる。殺せば殺すほど向けられる憎しみの数も増す。それについて当人はどう思っているのだろう。亜樹凪は優莉匡太にきいたことがあった。答は明瞭《めいりょう》だった。匡太は笑いながらいった。〝大勢の頭んなかから俺のことが離れねえなんて、ますます人殺しが楽しくなっちまうよな〟

死ね死ね隊も同じような思考の若者揃いだった。誰もが強盗しまくる一方、税金は納めていないため、みな金持ちなのが当たり前で、贅沢三昧《ぜいたくざんまい》に暮らしている。ここ拝殿内部にも恐ろしく金のかかった娯楽室ばかりが連なる。無料の酒場やラブホ設備が大半を占めるが、ボウリングのレーンからプール、遮音射撃場まであった。

ギャンブルは自由におこなわれる。有り金をはたいてしまったら、外へでて金を奪ってくるだけだ。みな〝経験値とゴールド稼ぎ〟といっていた。誰もが有り余るほどの金を持っているがゆえ、賭《か》けごと自体のスリルはさして感じられない。代わりに命の取り合いがしばしば実施される。決闘は人気のイベントだった。勝てば仲間内で崇《あが》められ、死ね死ね隊から閻魔棒への昇進もある。負ければ身元不明の死体が東京湾に浮かぶのみ。そのことを気にかける者はいない。人生という暇つぶしが、やや早めに終わるだけのことだ。

広々としている吹き抜けのホールは、床一面が光沢を放つ大理石だった。丸柱が等間隔に並ぶ絢爛《けんらん》豪華な空間には、いっさい窓がないため、巨大なシャンデリアが昼夜問わず照らしている。ここではナイフ投げの賭けがおこなわれるのが定番になっていた。壁の的にダーツならぬコンバットナイフが無数に突き刺さる。反対側にはライブハウスのような舞台も設けてある。そこではダンスの得意な十代女子が練習に明け暮れる。カオスな状況が当初は亜樹凪にとって魅力的に感じられた。いまは悪趣味としか思えない。

亜樹凪はバーカウンターに近づいた。ここでバーテンダーを務めるのは四代目野放《のほう》図《ず》の青年だった。亜樹凪より年上だが組織内での格は下になる。よって遠慮する必要はない。亜樹凪はぞんざいに注文した。「ロマネ・コンティの一九四五年。早くして」

六百本ていどしか生産されなかった貴重なボトルが、このカウンター内には十数本並んでいる。ワイングラスに赤い液体が注がれる。一杯だけでも、世間の相場では一億円を超えるが、ここでは水代わりだった。

一緒に帰った恩河日登美が制服姿のまま、荒い足取りでホールに踏みこんできた。

「あー！　やってらんねぇ」

そこかしこのソファにふんぞりかえる閻魔棒らが、一様に笑い声を発した。浅黒い顔にスキンヘッド、プロレスラーのような体格の二十二歳、鰺坂孝顕《あじさかたかあき》が声をかけた。

「日登美。生理か?」

「死にてえのかハゲ原人」日登美は人の座るソファの背を踏み越え、宴《うたげ》の席からボトルをひったくると、遠慮なく呷《あお》った。世界一高級なシャンパンといわれるグー・ド・ディアモン・テイスト・オブ・ダイアモンズだった。

近くで女といちゃつく別の大男が、日登美は気に食わなかったらしい。シャンパンボトルで大男の後頭部をぶん殴った。三億円のボトルが割れ、中身が一滴残らず飛び散った。女の悲鳴とともに、大男が床につんのめる。だが鍛え抜いた肉体だけに、首を振っただけで立ちあがった。小柄な日登美が大男に対し、挑発するようなステップを繰りかえす。

激しく憤った大男が猛然と襲いかかる。日登美が跳躍し蹴《け》りを浴びせた。周りがどよめき、さっそく賭けが始まった。

鰺坂もソファから立ちあがり、ポケットのなかの札束をぶちまけた。「日登美に三百万。誰か受ける奴いるか」

ナイフ投げに興じていた黒スーツの痩身《そうしん》、長髪の二十一歳、朽津《くちつ》稔浩《としひろ》がせせら笑った。「図体《ずうたい》がでけえだけの下っ端に賭ける馬鹿がどこにいるよ。大穴狙いてえんなら、ほかの勝負をまつんだな」

亜樹凪はうんざりし喧噪《けんそう》に背を向けた。ワイングラスを揺らし、少しずつたしなむ。法にとらわれない生き方を選びながらも、飲酒は二十歳を過ぎてから始めた。健康の目安がそうであるなら守ればいい。脳の発達に影響する障害を心配したくはなかった。カウンターの上に置かれた週刊誌が目にとまった。『週刊文潮《ぶんちょう》』だった。ぼんやりとページを繰《く》る。

このところマスコミは例外なく、絶えず優莉匡太の特集を組んでいる。死刑に処せられたはずの凶悪犯、しかもシビック政変を引き起こした優莉架禱斗《かいと》の父。愚民の危機感を煽《あお》り商売につなげるには最良の題材なのだろう。だが脅威についてとことん報じられたせいか、ごく最近では論調が変わってきた。

記事の見出しは〝実は腰抜け？　優莉匡太はワルぶってるだけの不良中年〟。捜査関係者や事情通を名乗る者たちの声が紹介されていた。いわく優莉匡太は逃げ隠れしている臆病者《おくびょうもの》にすぎず、彼を信奉する反社の若者たちが傍若無人に暴れているのみ、実態はかつての半グレ同盟と変わらないとのことだった。

亜樹凪は記事に目を通した。〝思いだしてほしい。優莉匡太は銀座《ぎんざ》デパート事件ののち、傘下のクラブが摘発されるのを見捨て、ひとりで逃げだした男だ。情けないことに、愛人だった矢幡美咲《みさき》（矢幡嘉寿郎《かずお》現首相の亡妻）により密告され、潜伏先の岐阜県中津川《なかつがわ》市であえなく逮捕された〟

〝都内数か所で発生した武力攻撃は、たしかに衝撃的な一大事件ではあった。しかし私たちはシビック政変を経験し、大規模銃器犯罪が国内で起こりうるものと認識している。優莉匡太は息子のお下がりか、アサルトライフルや拳銃《けんじゅう》を多数調達し、無差別テロを実行に移した。しかし凶悪犯罪に明け暮れながら、成果と呼べるものは皆無に等しく、単なる残虐行為によって、また己の罪を増やしたにすぎない〟

〝優莉匡太に従って動くのは、実の子供たちではないとの報道があったが、いささか眉唾《まゆつば》ものだ。優莉匡太のような小物が武装私設軍隊を組織できるとは考えにくい。本誌は優莉匡太の子供のうち一部がブラジルに渡ったのを察知した。おそらく武器密輸が目的と思われる。つまり一連の犯罪は、相変わらず優莉匡太と従順な子供たちが、世間にかまってもらうべく引き起こす騒動にすぎない。まともに相手にするだけ無駄というのが、捜査当局の見方らしい〟

亜樹凪は憤慨した。閻魔棒や死ね死ね隊のあり方に、日々疑念を募らせてはいるもののの、このような誹謗《ひぼう》中傷は許しがたい。優莉匡太を根拠もなくこき下ろしているではないか。

取材もいい加減きわまりない。優莉家の子供たちは仲間などではない。愚劣な妨害者どもだ。たしかに次男の篤志《あつし》は、年少の弟や妹を連れ、ブラジルへ飛んでいる。だがそれは鵠酸塩菌《こうさんえんきん》への感染から逃れるためでしかない。あれから半年が経過した。治療薬の開発が進み、いずれ子供たちは帰国の途に就くだろう。すなわち目の上のたんこぶがまた増える。なにが従順な子供たちなものか。

いにしえの黒電話のベルが鳴るのと、背後で歓声があがるのは、ほぼ同時だった。どうせ歓声のほうは、日登美の勝利への祝賀でしかないのだろう。亜樹凪は振りかえらず、ただカウンター内の黒電話を眺めた。バーテンダーが受話器をとりあげる。

各施設間の音声通信は、アナログ電話の端末で統一している。そのうえで交換機を結ぶPSTNでは、通常とは異なる暗号変換でデジタル化する仕組みだった。NTT回線を使用しようとも、けっして第三者には傍受されない。四代目D5による技術開発の賜《たまもの》だった。

バーテンダーがかしこまった。「はい」

その反応だけでホール内が静まりかえった。バーテンダーは血相を変え、受話器の声に耳を傾けながら、きびきびと相槌《あいづち》を打つ。亜樹凪も自然に居住まいを正した。誰からの電話なのか考えるまでもない。

床に散らばったガラスを踏みしめる音が、徐々にこちらに近づいてくる。日登美の童顔は血に染まっていた。ただし怪我を負ったわけではない。向こうに横たわる大男の無残な姿がすべてを物語っている。返り血を浴びただけの日登美が、バーテンダーに要求した。「よこせ」

バーテンダーが受話器にささやいた。「おまちを。いま恩河日登美様に替わります」

受話器をひったくった日登美がいった。「恩河です。なにか指示があるならわたしがやります。……ええ、雲英のじじいならさっき片付けました。いまは暇で暇でしょうがないんです」

祖父の顔が目の前をちらつく。腸《はらわた》が煮えくりかえる思いで、亜樹凪は日登美を見つめた。血まみれの日登美が亜樹凪をじろりと見かえした。亜樹凪はたちまち萎縮《いしゅく》し、目を落とさざるをえなかった。

だが日登美の手は亜樹凪にではなく、カウンター上の雑誌に伸びた。『週刊文潮』を引き寄せる。優莉匡太に関するページが開かれたままだった。

日登美が受話器越しに対話をつづけた。「はい、雑誌はちょうどここにあります。……あー、そうですか。おまかせを。じゃ」

受話器をバーテンダーに投げかえし、日登美がカウンターを離れた。「鰺坂、朽津。死ね死ね隊を三人ずつ選んで連れてこい。匡太さんからの命令でよ。『週刊文潮』の版元を潰《つぶ》しに行く」

朽津がナイフ片手ににやりとした。「俺を指名するってことは、機関銃の乱射や手《しゅ》榴弾《りゅうだん》の投げこみじゃねえよな?」

巨漢の鰺坂が鼻息荒く応じた。「マスゴミへの殴りこみは久しぶりじゃねえか。一瞬であの世に送っちまったんじゃ見せしめにならねえ。五体をまんべんなく引きちぎってやるぜ」

死ね死ね隊の十代少年が駆け寄った。「日登美さん。なにか俺にできることがあればおっしゃってください。指示どおりなんでも……」

日登美は足をとめなかった。「渋谷《しぶや》へ行きな。スクランブル交差点の真んなかに立って、マスでもかいてろガキ」

少年が凍りつく反応をしめす。閻魔棒らはゲラゲラと笑いながら動きだした。鰺坂と朽津が、それぞれ死ね死ね隊のベテラン勢を選択しつつ、日登美に歩調を合わせる。

亜樹凪はカウンターに向き直った。もう一杯とバーテンダーに要求する。手もとの雑誌を閉じ、遠くに押しやった。ここでおこなわれていることの捉《とら》え方が、以前とは変わってきた。正確な意味を知るのが怖い。祖父のことを思いだしてしまう。きょうはなにも考えたくない。

4

石川県立荒渡《あらわた》高校三年、恩河日登美は夏休みとともに上京していた。やはり大都会は居心地がいいと日登美は思った。どこへ行こうが人間がいる。一定の割合で腹立たしいゴミクズが交ざっている。よって殺すべき標的にも不自由しない。

数日前、日登美は坂東満里奈にいった。三人とも父親を亡くしている。それに、父の死に目に会えたとも。

かつて優莉匡太半グレ同盟のひとつ、出琵婁《デビル》の一員だったヤク中が、日登美の父親だった。じつは蒸発していたが、七歳にして聡明《そうめい》な頭脳の日登美は、実父をみずから捜しだした。頭が切れるのは、母親の胎内にいたころ、大量のステロイド投与と脳のレーザーメス手術を受けたせいだとわかった。父親は対面後わずか三分で息の根をとめた。当時はまだ小二だったが、筋肉と運動神経が異常発達していて、カッターナイフで父親の喉元《のどもと》を掻《か》き切るのに支障はなかった。

母親は脳の前頭葉切除手術を強要された女だ。以降は自分の意思を持たないセックスロボットとして、半グレどものあいだで重宝されたひとりだった。その母親も日登美が殺した。

優莉匡太は死刑に処せられたフリをしつつ、新たに反社の若者たちを集めだしたが、日登美には早い段階から目をつけていたらしい。恩河という親の戸籍をでっちあげてくれたおかげで、本当は独り暮らしの日登美が、保護者のもとから通学しているかのように装えた。

中学を卒業するまでの日登美は、夏休みや冬休みを外国で過ごすのが常だった。ベネズエラか南アフリカ、パプアニューギニアのギャングの自宅にホームステイした。六歳時点でもう外国語の本が読めたため、現地の生活にも難なく適応し、家主が関わる抗争にも参加するようになった。十代前半の血で血を洗う日々が心身ともに鍛錬になった。

どうにも幼児っぽい丸顔のせいで、舐《な》められることが多いのは否めない。ただし小馬鹿にされた記憶を想起して腹を立てるようなことはなかった。そのような台詞《せりふ》を吐いたり態度をとったりした人間は、大人であれ子供であれ、もうひとりも生き残っていないからだ。

高校入学とともに閻魔棒のひとりに採用された。立場は事実上、優莉匡太の側近だった。子供あしらいの上手《うま》い優莉匡太は、とりわけ十代のアウトローどもを魅了する。日登美にとっても唯一心を許せる、尊敬できる大人だった。

とはいえ賛同できないところもある。優莉匡太は実子たちを身内だと断言してきた。父が死刑になったと信じる架禱斗や結衣たちに、わざわざちょっかいをだし、殺戮《さつりく》の場に駆り立てては、俺の教育方針だと笑った。

最近になって結衣や瑠那《るな》は、父の生存に気づき、露骨に反発をしめしだした。それでも優莉匡太にいわせれば、やはり実子たちは身内とのことだった。おそらく優莉匡太にしてみれば、死にものぐるいで刃向かってくる結衣たちの態度も、ただの反抗期にすぎないのだろう。子を意のままに操っている以上、親の手中で遊ばせているのみ、そんなふうに捉えているふしもある。

事実はちがうと日登美は不満だった。あいつらは父親を本気で殺したがっている異常者の群れだ。だがそんな結衣たちと閻魔棒の対立も、優莉匡太は面白がるばかりだから始末に負えない。あんな馬鹿娘どもを野放しにし、ハン・シャウティンにけしかけるぐらいなら、どいつもこいつも日登美に殺させてほしかった。東京《とうきょう》スカイタワーの騒動ぐらい五分でおさめてやったのに、優莉匡太は結衣たちの動向を酒の肴《さかな》にするといってきかなかった。

正直なところ結衣については、日登美も動向を気にかけずにはいられなかった。敵意や憎悪の念がじつは、結衣に魅力を感じているがゆえの、嫉妬《しっと》と苛立《いらだ》ちに根ざしている可能性がある。こんなにむかつくことはほかになかった。あろうことかいちばん厄介な女を意識するなんて。

いずれ誰を寵愛《ちょうあい》すべきか、優莉匡太に心底わからせてやらねばならない。そのためにも篤志や結衣、瑠那、凜香を、さっさと血祭りにあげたい。だが結衣のマンションを死ね死ね隊に見張らせているものの、きょうだいはどこかに雲隠れしたままだった。隠れ家を転々としているようだ。それでも瑠那や凜香は日暮里《にっぽり》高校への通学を怠らない。学校にいるところを襲撃したいが、白昼の暴力行為には優莉匡太の許可が要る。

むしゃくしゃする気分も、ここ数日はいくらか晴らせた。千代田《ちよだ》区紀尾井町《きおいちょう》にある文潮社ビルに押しいったからだ。まず警備員を皆殺しにし、防犯カメラを破壊し尽くしたのち、警備室にあった録画データをすべて消去。それが終わるや編集部を急襲した。

退社時刻は過ぎていたが、週刊誌の編集部が夜中まで稼働するのは承知済みだった。ただし問題は記者の半分以上が出払っていることだ。そいつらを呼び戻させるためにも、銃声を轟《とどろ》かせるわけにはいかなかった。居残りの社員たちの大半を抹殺したうえ、編集長と副編集長を縄で縛った。ふたりには外出中の記者どもに緊急の招集をかけさせた。記者は編集部に帰ってくるたび、片っ端から朽津のナイフの餌食《えじき》になった。

一部の記者どもは即死を免れた。重傷を負いつつも、死体だらけの編集部をまのあたりにした瞬間、腰が抜けたようすで命乞《いのちご》いを始めた。失神がふたり、糞《くそ》を漏らしたのがひとり。ただでさえ死人は糞尿《ふんにょう》がダダ漏れになる。前もって消臭剤を撒《ま》いてあるのだが、生存中から悪臭を放つのは勘弁してほしかった。

なかには笑える手合いもいる。俺は刑事だと息巻く男がいた。そいつの話では、すぐに警視庁へ戻らないと同僚らが異常を察知し、文潮社にパトカーが殺到するという。日登美はしらけた気分で、その精いっぱいのハッタリに耳を傾けてやった。ゴシップを武器にする週刊誌の編集部が、ふだん警察官の出入りなど許すものか。机の上のペーパーウェイトをつかむと、日登美はその男の側頭部を強打した。頭蓋骨《ずがいこつ》陥没で死んだ男のポケットには、むろん警察手帳などはなく、『週刊文潮』記者の名刺入れのみがあった。

編集部の壁には〝ペンは剣よりも強し〟と大書された貼り紙があった。巨漢の鯵坂はそのスローガンをわめきつつ、両手に何十本ものボールペンを握り、社員たちを次々に刺殺していった。ナイフとちがってひと刺しだけでは致命傷になりにくいから、なかなか死ねず苦痛が長引く。断末魔の絶叫をあげたがる社員らの口をふさぐのは、同行した死ね死ね隊の仕事だった。

編集長からの電話で役員らも呼びださせた。あいにく社長は連絡がつかなかったが、常務取締役以下の数名がのこのこやってきたため、鯵坂の馬鹿力で頸椎《けいつい》を折らせた。副編集長ともども命を奪う前に、『週刊文潮』公式SNSに謝罪文を投稿させた。これまでの掲載記事はすべてろくに裏をとっていませんでした、そんな内容だった。最後に編集長を絶命させたのち、日登美は公式SNSに、用意してきたテキストを貼りつけた。〝言論弾圧とかほざく奴は殺す　優莉匡太〟

編集部の惨劇があきらかになったのは、翌朝ほかの部署の社員らが出社してからだったときく。『週刊文潮』の関係者が全員死亡、そこまでの衝撃的な事実に向き合っても、ほかのマスコミ各社は戦々恐々とはしなかった。どのテレビ局も、これで当面は特ダネに困らないとばかりに、連日のように報道特番を組んだ。

六本木《ろっぽんぎ》のキー局内にあるスタジオも同様だった。午前中から討論番組のセットが組まれ、円卓には男女アナウンサーのほか、評論家が複数顔を揃えている。三台のフロアカメラが円卓をとらえるほか、一台は観覧席に向いていた。観覧席は三十人ほどの女性らで埋まっている。

円卓では評論家のひとり、白髪頭の高齢男性が熱弁を振るっていた。「言論を封じるような脅し文句を残していますけれども、言語道断だと思いますね。暴力で言論弾圧をしてはいけないんですよ!」

スタジオの隅から一部始終を目撃していた日登美は、アサルトライフルの照準を評論家の頭部に合わせた。言論弾圧という言葉が発せられるや、日登美はトリガーを引いた。

けたたましい銃声が鳴り響く。肩にあてたストックに発射の反動が生じ、薬莢《やっきょう》が宙に舞ったとき、高齢男性の頭部は砕け散った。脳髄をぶちまけ、鮮血に染まった首から下の身体が、力なく円卓の上に突っ伏す。

男性アナウンサーが真っ先に立ちあがった。女性のほうは目を剝《む》いたものの、思うように腰を浮かせられないようだ。ほかの評論家らはおおいに取り乱し、椅子ごと後ろに倒れる者もいた。観覧席はパニックと化した。フロアカメラのスタッフ二名は、なにごとかとあちこちにレンズを向けるが、残りの二名は職務を放棄し避難していった。ただしスタジオからはでられない。出入口は死ね死ね隊が固めている。

阿鼻叫喚《あびきょうかん》のなかを、日登美はアサルトライフルを携え、スタジオの中央へと歩きだした。死ね死ね隊はヘルメットにゴーグル、マスクで顔を隠し、いつもの武装でスタジオ内に分散していく。

円卓に近づくと日登美はぶっきらぼうに挨拶《あいさつ》した。「おはよ」

出演者らは恐怖のいろを浮かべたまま固まっている。男性アナウンサーがうわずった声をあげた。「あの……あなたは……？」

「匡太さんは自分で来たがったけど、わたしたちがやめさせた。スタジオゲストって安っぽいじゃん」

「……優莉匡太氏の代理ですか。これは生放送ですが、テレビに映っても？」

「いまさらきくのかよ。もうフロアカメラがこっち向いてやがる。未成年容疑者だろうと生放送でスタジオに飛びこんできたなら、放送してかまわねえって？　そうはいかねえ。モニターを観なよ」

女性アナウンサーが驚嘆した。無理もない。画面のなかに同一の女性アナウンサーがふたり、まるで双子のように映りこんでいた。オフショルダーTシャツにデニムのミニスカート姿、アサルトライフルを携えているのは日登美のままだが、顔だけはちがう。ディープフェイクで女性アナウンサーの顔にすげ替えられている。

日登美は舌打ちした。「老け顔だなまったく」

「こ」男性アナウンサーは狼狽《ろうばい》をあらわにした。「これはいったいどういう……」

「サブ室を占拠して映像加工のフィルターをかけさせてもらった。マスター室も同様だからCMへの切り替えは無理。この局と東京スカイツリーを結ぶマイクロ回線を絶つ手段もすべて押さえた。スカイツリーや中継局側でも放送は中止できねえ」

死ね死ね隊のアサルトライフルは、出演者や観覧者、フロアスタッフの全員を沈黙させていた。ときおり嗚咽《おえつ》が漏れるものの、銃口がそれすらも抑えこむ。スタジオはしんと静まりかえった。

「あ。それとな」日登美は付け加えた。「大人の事情で、今後はまたスカイツリーといわせてもらう。スカイタワーじゃなくてな」

高齢女性の評論家が怯《おび》えたまなざしを向けてきた。「よ……要求はなんですか？放送したい声明があるとか？」

「んな影響力がいまどきのテレビにあるかよ。この生放送はわたしたちのおかげで視聴率爆上がりだろうが、CM入んないんじゃ商売あがったりだろな。なんにせよ視聴者が何千万人いようが、わたしのツラを見たのはスタジオにいるあんたたちだけ。この意味わかる？」

悲痛な嘆きがいっせいにこだました。だが死ね死ね隊の銃口がまたも被制圧者全員を黙らせた。

死体の頭から流出する血が、円卓の上を赤く染めていく。日登美は顎《あご》をしゃくった。

「そいつのほかに、これを言論弾圧だと思う奴は？　誰も思わねえのかよ」

命が危険に晒《さら》される非常事態であっても、おそらくいま全国民の目が、この番組に釘付《くぎづ》けになっている。その事実を踏まえたのか、高齢男性の評論家のひとりが、怯えたようすながらも片手を挙げた。

日登美はその評論家がひとこと発するより早く、腰の高さにかまえたアサルトライフルのトリガーを引いた。セミオートの軽い銃声とともに、評論家の額に風穴が開いた。今度は頭骨のかけらまでが飛散し、死体は椅子の背にのけぞった。

断末魔に近い悲鳴が観覧席に反響した。円卓の出演者らは、必死の形相で両手を上げようとしたが、挙手と誤解されるのを恐れたらしい。一様に左右の腕を中途半端に浮かせたまま、ただひたすらうろたえるばかりになった。

日登美は淡々といった。「テレビのカスども。おめえら実名報道したりしなかったり、スポンサー様の不祥事にはノータッチだったりするくせに、天下の優莉匡太をおもちゃにする気かよ。今後は触れるな。ほかに報じることが山ほどあるだろが」

男性アナウンサーが震える声で応じた。「ご意見ありがとうございます。ただしそのう、この番組は制作会社への委託でして、局の上層部と直談判《じかだんぱん》なさるのであれば、スタジオではなく取締役会のほうに……」

「テレビ様なんか相手にしてねえっての。全国民に話しかけてんだよ。これ観てる奴、ネットに好き勝手書いてんだろ？　あいにくわたしは『3年A組』の菅田将暉《すだまさき》じゃねえ。画面越しに説教垂れるだけじゃなく、実力行使でわからせてやる」

サブ室を占拠している四代目D5の一員が、こちらに合図を送ってきた。

「おっと」日登美はフロアカメラに向き直った。モニターには女性アナウンサーの仏頂面が映っている。その顔で日登美はいった。「中継が入ったみてえだから切り替える」

モニターに新たな映像が映った。手持ちカメラがどこかの民家へ踏みこんでいく。二階へ上り、ドアを蹴破《けやぶ》ると、散らかった部屋で中年男が机のパソコンに向き合っていた。眼鏡をかけたデブ面が、驚愕《きょうがく》のいろとともにこちらを凝視する。とたんに画面外から飛んできたナイフが、男の片目に命中した。絶叫とともに暴れる男の目もとから、大量の血液が撒《ま》き散らされる。

スタジオ内はまたも騒然となった。観覧席では数人が力尽きたように椅子から転落した。失神者がでたらしい。

「静かに」日登美は吐き捨てた。「重要なのはここから」

カメラは机の上のパソコンをズームアップした。SNSのタイムラインが映っている。ついさっき投稿したとおぼしき文面があった。〝言論弾圧って口走ったとたんに銃殺とか中世ヨーロッパかよ　狂太まじくるってんな〟

テロップが表示された。〝東京都足立《あだち》区在住　無職　台堂参平《だいどうさんぺい》（享年44）〟とある。日登美はフロアの死ね死ね隊が掲げるカンペを読みあげた。「台堂参平の経歴。Fラン大学二浪ののちニート、以降は親のすねかじり。ほんと、言論弾圧が中世ヨーロッパとか、無学の馬鹿はなにも知らねえな。歴史的にみたらアジアのほうがさかんだっただろが」

中継先に次々と切り替わる。どれも死ね死ね隊のヘルメットに装着したゴープロカメラの映像だった。オフィスビルに乗りこんでいき、事務机に座る会社員風の男に近づくや、いきなり射殺。名前は枯野大八《かれのだいはち》、享年35。やはり優莉匡太を中傷するメッセージを投稿していた。日比谷《ひびや》公園でもベンチに座る中年女性の首を掻《か》き切った。公園内がにわかに大混乱となるなか、死体の膝《ひざ》の上に投げだされたスマホがクローズアップされる。長文の投稿だった。

スタジオで女性評論家が臆《おく》した小声を響かせた。「この投稿文の内容……。批判はどこにも……」

「ぬかせ」日登美は遮った。「左端を縦読みだよ。〝ゆうりきようたは即しけい〟と読める。いいか、伏せ字にしても投稿者は罪を免れねえからな。狂太とかキョウウタコとか、優莉じゃなくユーリ海老原《えびはら》とか、大喜利みてえに名前を変えてもあの世逝《い》きだからそう思え」

男性アナウンサーが半泣き顔で申し立てた。「恐れながら……。元ボクサーのユーリ海老原さんについて報じた場合も規制の対象になるのでしょうか。その後の彼は、勇利《ゆうり》アルバチャコフのリングネームに改めておりますが、そちらは……」

死ね死ね隊の数人が円卓に詰め寄り、アサルトライフルを男性アナウンサーに突きつけた。男性アナウンサーは全身を硬直させながら両手をあげ、必死の形相で降参をアピールしてくる。

「まて」日登美は死ね死ね隊を抑えてから男性アナウンサーにきいた。「なんだよ、いまの戯言《たわごと》は」

「す……すみません。私が申しあげたかったのは、テレビ局にかぎらず報道は情報の正確さが命でありますが、なかには誤報もありうるわけでして、これら中継先ではどのように事実か否かの判断を……」

「あー。どうやって不埒《ふらち》な投稿を見抜いてるかって？　いまこの瞬間、わたしたちは主要な携帯キャリアやプロバイダ、通信会社のデータセンターを同時多発的に占拠してる。権限のある社員の家族もほとんど人質にとってあってよ」

「ということは、投稿のリモートホスト情報を開示させているわけですか」

「そこからたどれる契約者の個人情報もな。ほんとはずっと前から水面下でやってた情報集めだが、匡太さんがそろそろ見せびらかしてやる時期だっていうし」

「内閣サイバーセキュリティセンターに察知されず、情報収集を進めてきたということでしょうか」

「行政のアホ官僚どもなんか百年遅れてるよ。っていうかおめえ、この状況下で案外うまく言葉のキャッチボールをしやがる。うちに加わって中継先からのリポーター務めてくれねえかな」

「あ、あの……」

「断ったら死ぬ」

「わかりました」男性アナウンサーが両手をあげたまま腰を浮かせた。

女性アナウンサーが目を瞠《みは》った。「ほんとに行くんですか」

「き、きみもしたがったほうが……」

日登美は声を張った。「評論家の先生たち。優莉匡太さんの素晴らしさについて論じてくれねえかな。褒める場合は言外の意味を含ませないように。嫌味に受けとられかねない物言いは処罰の対象だからよ」

しばし円卓の面々は発言を譲りあっていたが、男性評論家が緊張の面持ちでいった。

「ど……どうだろう。反体制の革命派リーダーというのは、常に国家の敵とみなされがちだ。だが日本という国家も正しいばかりでなく……というより、事実さまざまな問題を抱えている。権力に立ち向かえる人間は誰であれ、ある意味で勇者といえるのではなかろうか」

女性評論家が甲高い声で同意した。「そうですよ。革命に流血は避けられません。江戸《えど》城は無血開城したといいますが、それ以前に戊辰《ぼしん》戦争で大勢の犠牲がでていますしね。歴史のなかの善悪は見方によって異なります。謀反者と思われていたのに、じつは民衆にとって正義の側だったことが、のちにあきらかになった例も……」

評論家の座談会はどんな議論だろうと、いつもつまらない。日登美はぶらりとその場を離れた。モニターに目を向けると、L字画面に〝言論弾圧進行中〟の見出しが表示されている。メインの画面は各地からの中継で、ネット投稿者が次々に血祭りにあげられる、まさに凄惨《せいさん》な映像の目白押しだった。このスタジオの座談会はワイプに留《とど》まるが、画的《え》に面白みがないのだからしようがない。

四代目D5の技術者、二十五歳の恒任唯翔《つねとうゆいと》がサブ室から下りてきた。丸眼鏡にスーツ姿の恒任はタブレット端末を携えていた。恒任が日登美にいった。「NHKと民放キー局すべてを占拠、どのチャンネルもここからの中継を放送してる。プロバイダは八割がた掌握。『週刊文潮』以外のおもな週刊誌の編集部や、新聞六紙の編集局も急襲して皆殺し」

「まあまあだな」日登美は鼻を鳴らした。「いっちょかみの逆張りSNS芸人みたいな社長とか投資家とか、刎《は》ねた首の画像をそいつらのインスタにでもあげとけ」

「伝えとく」恒任が眼鏡の眉間《みけん》を指で押さえた。「占拠した各社の周りを機動隊が包囲してる。自衛隊も出動してるそうだが」

日登美はせせら笑った。「場所が多すぎて、もともと人手不足の警察も自衛隊も大わらわだよな。そいつらも通信で優莉匡太って名を口にしていいかどうか、躊躇《ちゅうちょ》しちまうだろうよ。警官や自衛官であっても人間だからな」

「問題はこのテレビ局の包囲網が最も厚いことだ。SATが来てる。上空にも陸上自衛隊の攻撃ヘリが飛び交ってるとか」

「そりゃ腕が鳴る」日登美は平然と歩きだした。また警察と自衛隊に大勢の殉職者がでる。どちらの組織とも、テロが多発する現在、辞職と志願者激減が顕著だ。これでいっそう拍車がかかる。矢幡は頭が痛いだろう。警官と自衛官は外国人実習生に押しつけるわけにいかないからだ。

死ね死ね隊のひとりが告げてきた。「クラッカーボール八十二名が一階ロビーに待機」

予定どおりの段取りでしかない。日登美はいった。「新人のお子ちゃまどもだろ。怯《おび》えてるか」

「いや。初めての修羅場参加にみんな興奮してるってよ」

「そりゃ結構。昼飯までには帰れる」

クラッカーボールとは自爆テロ要員のことだ。もっとも、防弾ベストがプラスチック爆薬や起爆装置内蔵だとは、本人たちに知らせていない。

恒任が歩調を合わせてきた。「気の毒な不良少年少女たちだな」

「新人が多すぎるんだよ」日登美は歩を緩めなかった。「警察や自衛隊の定員割れは少子化のせい？　馬鹿いえってんだ。匡太さんの生存発表後、武装半グレ同盟に入りたがる不良少年少女は、増加の一途じゃねえか」

「みんな反社のなかでも最強集団に属したがるからだな。うちはエリート揃いじゃなきゃ困る。なのに使えない新人が増えすぎてる」

「今回あちこちの包囲網突破用に、大勢をクラッカーボールとして動員したのに、それでも処分しきれねえ」

「早々に裏切って離反する者も多いってな」

そのとおりだ。日登美はスタジオの出入口につづく暗幕の手前で立ちどまった。死ね死ね隊が暗幕を割り、男性アナウンサーを外へ連れだす。

日登美は指を鳴らし、スタジオに居残る連中の抹殺を伝えた。複数のアサルトライフルのコッキング音が響き渡る。けたたましいフルオート掃射のノイズを背に、日登美はスタジオをでた。渡されたゴーグルとマスクで顔を覆う。

近いうち不良債権どもを一掃せねば。優莉匡太は大勢の若者をほしがる。だが必要なのは精鋭だけのはずだ。使えないゴミは必要ない。

5

夏の盛りの陽射しは、朝のうちでも真っ白な爆発のように目を眩《くら》ませる。まだ眠たさの残る瞼《まぶた》の裏に、夢のかけらが貼りついているように感じたのは、せいぜい顔を洗うまでだった。こうして外にでると四方八方に警戒心が向く。木陰に人が潜んでいないのを、明瞭《めいりょう》に照らしだす季節になったのはありがたい。

高二の杠葉《ゆずりは》瑠那は北区《きた》の外れにある団地に入った。家具ひとつ置いていない部屋で、ワンピースから日暮里高校の夏服へと着替える。エンジとグレーのツートンカラーはめだつ。上から別の学校の制服を重ね着しておく。のちほど物陰で瞬時に脱ぎ、外見の印象をがらりと変えるためだ。

団地をでてから電車で日暮里駅をめざす。ダミーの制服は池袋《いけぶくろ》高校。日暮里高校と同じく、きょうが夏休み中の登校日にあたるため、電車に乗っていても不自然ではない。

保護者代わりの姉、結衣はずっと自宅マンションに帰っていない。瑠那と凜香を連れ、隠れ家を転々とする日々を送っている。優莉匡太にいつ狙われてもおかしくない以上、帰る場所を人に知られるわけにはいかない。閻魔棒と公安、どちらにも居場所を特定されないよう、こうして登下校に手間をかけねばならなかった。

世のなかはいっそうきな臭くなっている。六本木のテレビ局から包囲網を突破した武装勢力は、未成年とみられる女に率いられていたという。画面上はディープフェイクでアナウンサーの顔になっていたが、女の正体は恩河日登美にちがいない。銃弾をかいくぐる身のこなし、路上の公共物を利用する機転、大勢の仲間を自爆テロで盾にする残虐さ。なにもかもあの女でなければ可能にならない。

報道と通信が集中的に狙われた。あの日あちこちを占拠した死ね死ね隊は、一時間ほどですべての包囲網を突破し、一人残らず撤収した。だがまたいつ同じことが起きないともかぎらない。

世間は戦々恐々とするかと思いきや、妙に平穏な日々がつづいている。地方で大災害が起きた直後の都内の風景、そんな印象に近い。途方もない事態の発生を知りながら、言及するとタブー視されるのをいいことに、あたかも無風のように自分の心を欺いていく。タブーに触れない対価として、波風の立たない日常が保証されているように感じだす。

今度も優莉匡太のやり方は巧みだった。みずからの話題をタブーと定義し、誰もが忌避するよう仕向けている。言論弾圧は正しくないと知りながら、みな自分の命を奪われたくない以上、あえて逆らおうとはしない。マスコミでもインターネット上でも、もう優莉匡太の話題は見かけない。優莉という苗字《みょうじ》すら、ヤフーやグーグルの検索に引っかからなくなった。こんなことは初めてだ。

日暮里駅の改札をでた。狭い路地を抜ける数メートルのあいだに、瑠那は重ね着した制服を取り払い、日暮里高校の女子生徒に変身した。防犯カメラの死角になっていることは承知済みだった。周りにも視線を配っておく。通行人の目にとまったようすはない。

住宅街に延びる通学路を歩いていく。蟬の合唱がうるさい。樹木が緑の息吹を吹きかけてくるものの、心はいっこうに安らがなかった。

どうも夏休みのせいで勘が鈍くなっているようだ。聴覚は敏感なはずが、不審な物音をききとれるようになるまで、まだ多少の慣れが必要だと感じる。

頭上の枝から降ってくる人影にも、寸前まで気づけなかった。瑠那ははっとして身を退かせた。

着地とともにふんわり舞ったスカートは、瑠那と同じ日暮里高校の制服だった。姉妹のなかで最も華奢《きゃしゃ》、しかも小柄な伊桜里《いおり》が、片膝《かたひざ》立ちの姿勢から起きあがった。

「おはようございまぁす、瑠那お姉ちゃん」

ひとつ下の高一、あどけない笑顔の伊桜里と目が合う。自分の感情との落差に面食らう。伊桜里の接近に気づけないのはショックだった。瑠那はきいた。「蟬の声を遮らずに、どうやって真上まで来たの？」

周りを警戒しない伊桜里の自然な表情は、自分たちがいかに危機的状況に置かれているかを忘れさせる。伊桜里はあっけらかんといった。「木の幹の向こう側を、蝉が鳴いている場所より高い枝へ、懸垂でまっすぐ登るんです。結衣お姉ちゃんに習いました」

もはや山岳ゲリラさながらの身のこなし。瑠那は頭を掻《か》いた。「そこまで教わる必要なくない？　伊桜里が暴力女に育たないように配慮するって、結衣お姉ちゃんもいってたはずなのに」

伊桜里が真顔になった。「わたしがお姉ちゃんたちの足手まといになるわけには……」

「あー、もうわかったから」瑠那はため息とともに歩きだした。「伊桜里、すっかり物騒なできごとに慣れちゃったね。そうなってほしくなかったのに」

「平気です」伊桜里が横に並んで歩いた。「結衣お姉ちゃんと出会う前の暮らしにくらべれば……。瑠那お姉ちゃんも凜香お姉ちゃんも、正しいことをしてるってわかってるし」

「法的には大きくまちがってるけど」

「法のほうがまちがってます。そんな世のなかです」

なんの悩みもなくあっさりと口にする。養子縁組で引きとられて以降、伊桜里の過ごした苛酷《かこく》すぎる日々が、情操に影響を及ぼしたのだろうか。無垢《むく》で純粋そうに見えるが、危うい価値観が育っている。このまま法を逸脱して暮らすのが当たり前、そんな人生を歩ませていいのか。

とはいえ世間並みの生き方を選べば、それはいつ通り魔に殺されるかもしれない毎日を意味する。暴力はなくならない。なのに対抗手段を禁じる法律は理不尽きわまりない。優莉家に暮らせばそんな観念が育つ。猛毒親のもとで、生きる希望をみいだそうともがいた結衣だからこそ、伊桜里を無防備にはさせられなかった。瑠那も賛成せざるをえない。いまの世のなかは、法と秩序に身をまかせるには、あまりに不条理かつ頼りなかった。

伊桜里が問いかけてきた。「凜香お姉ちゃんは……?」

凜香は一学期のあいだ、校内で隔離され授業を受けてきた。瑠那は答えた。「けさも先に登校してる。ひとりだけ別の教室だし、時間割もちがってきてるから」

「へえ。夏休み中の登校日でSHRだけなのに、やっぱ別教室なの?」

瑠那と凜香は廊下に大穴を開け、学校を抜けだした件で反省文を書かされた。あれ以来、凜香の単独授業は三十分早められ、休み時間が瑠那と一致しないよう取り計らわれた。

いちおう優等生で通っていた瑠那が、凜香とともに蛮行を働いたことに、蓮實《はすみ》以外の教師らは衝撃を受けたらしい。テロ現場に居合わせた新聞部の顧問、植淺《うえあさ》先生は事情を知りながら、いまのところ口をつぐんでいるようだ。部員の鈴山耕貴《すずやまこうき》や有沢兼人《ありさわけんと》、寺園夏美《てらそのなつみ》らも、ハン・シャウティン事件を通じ、瑠那が優莉家の人殺しだと知った。ほかのクラスということもあり、疎遠のまま一学期を終えてしまった。きょう顔を合わせるのもなんとなく気が引ける。

凜香がいまやすっかり元気になったのはよかった。洗脳に使われた薬物は、覚醒剤ではなくヘロインだったようだが、なぜか禁断症状が長引かなかったのも幸いした。なにが理由だったのだろう。結衣によるショック療法だけでは、正気に戻ることはできても、ヘロインの禁断症状から逃れるのは難しいはずだが。

周りを同じ制服の群れが歩いている。学校が近くなってきた。伊桜里がいった。

「結衣お姉ちゃんがビーリアルをやるなっていうんだけど」

「ビーリアルって……。スマホに通知がきたら二分以内に、写真を撮って送るってやつ？　駄目」

「なんで？　クラスメイトがみんなやってるから、参加しないと除《の》け者にされちゃう」

「無関係の風景を撮りまくっておいて、いまいる場所をいっさい連想させない画像を送る裏技がある。もちろんＥｘｉｆ情報はすべて削除」

伊桜里が不満げにつぶやいた。「結衣お姉ちゃんと同じことをいう……。つまんない。それじゃただの嘘つきじゃん。盛ったりしないのがビーリアルの面白さなんだよ？　わたしが文句いったら、結衣お姉ちゃんがどう答えたかわかる？」

「〝死にたくなきゃいうとおりにして〟でしょ」

「……なんでわかるの？」

瑠那は思わず苦笑した。「そりゃわかるよ。一緒に暮らしてるんだし」

校門前に数台の警察車両が停まっている。トラック型やバス型で赤色灯を装備していた。機動隊員らが集う一方、迷彩服の群れもある。

異様な雰囲気に足がとまる。凜香が別教室に隔離されるようになって以来、荒川署《あらかわ》による学校周辺の警備は、もはや日常の風景と化していた。けれどもけさは警視庁の公安機動捜査隊に属する車両が連なっている。自衛隊の出動も不可解だった。

登校してきた生徒らは、校門前のものものしさを横目に、訝《いぶか》しそうにグラウンドへと足を踏みいれていく。瑠那も伊桜里とともに、ほかの生徒たちにつづこうとした。

ところがふいに大柄な迷彩服が立ちふさがった。「まて」

はっとして静止した。防弾ベストもチェストリグも陸上自衛隊、特殊作戦群の装備。拳銃《けんじゅう》のホルスターはないものの、ベルトにはいつでも装着可能なマジックテープが付いている。

猪首《いくび》で短髪、厳《いか》めしい顔を瑠那は見上げた。「あー、蓮實先生……。おはようございます」

生活指導の教師がこの服装はありえないだろう。予備役の蓮實がまた現役復帰とは穏やかではない。伊桜里もおはようございますと頭をさげたが、蓮實はわきにどかなかった。

「杠葉」蓮實が低い声を響かせた。「それに渚《なぎさ》。登校日をサボらなかったのは感心だ。クルマに乗れ」

瑠那は伊桜里と顔を見あわせた。戸惑いとともに蓮實に目を戻す。

「あのう」瑠那はささやいた。「教室に行かないと出席が……」

「ふたりの担任にはもう事情が伝わってる。きょうの出席を認めんがための乗車だ、拒むな」

「意味がわかりかねます。学校へ行く生徒を先生が妨害なさるんですか?」

蓮實がじれったさをのぞかせた。「利口なおまえだからわかると思うが、もう優莉凜香ひとりを別教室に隔離するだけでは、学校が安心できる事態ではなくなった」

「……わたしたちも隔離ですか」

「そうだ。例の事件で人質になっていた、植淺先生や新聞部員の生徒三名、他校の生徒たちも真実を知った。わが校には優莉凜香以外にも脅威があると」

「怖がらせるつもりはありませんでした。よければみんなに説明します」

「必要ない」蓮實は声をひそめた。「優莉匡太について言及できない風潮の昨今だぞ。その子供とみなされる存在についても、誰も口にしたがらない。おまえたちが凜香と同じく、優莉匡太の子である可能性が高まっても、さほど噂が広まっていないのはそのせいだ」

伊桜里が無邪気に笑った。「不幸中の幸いですね」

蓮實の眉間《みけん》に皺《しわ》が寄った。「なにが幸いだ。ずっと夏休みだったから、学校も警戒せずに済んでいたが、登校日や二学期を考えるとそうもいかなくなった。だからおまえたちを校舎から別の場所へ隔離する」

瑠那の心は沈みだした。「優莉匡太が襲撃してくる可能性が高いから、わたしたち実子を学校に置いてはおけないって話ですよね……」

「おまえたちも姉のマンションに帰らず、どこかを転々としてるだろう。その理由は？　いつ命を狙われるかわからないからだよな。なら学校でも同じ状況だろう」

伊桜里の困惑顔が蓮實を仰ぎ見た。「すみません……。わたしたちは学校以外のどこで授業を受けるんですか？」

「日暮里高校の生徒であることに変わりはないが、これだけ特殊な背景があっての判断だ、悪く思うな」蓮實が背後の車両を指ししめした。「早く乗れ。おまえたちを退学にせず進級させ、いずれ卒業させようと協力してるんだ。誰の意見でそうなったかわかるな？」

瑠那は答えた。「人権派団体のかたがたですか」

「矢幡総理もだ。格別なあつかいだと思え。もう優莉凜香は先に向かってる」

凜香が別教室でなく、新たな隔離場所へ移動させられた……。妹である瑠那と伊桜里としては、姉ひとりを行かせられない。

気づけば周りの機動隊員や自衛隊員らは、ふたりの女子高生だけを注視していた。けっして逃がすまいと極端に包囲を狭めてくる。やむをえない。瑠那はカバンを蓮實にあずけたのち、バス型車両のステップを上った。伊桜里も瑠那に倣った。

護送車のようなキャビンだった。がらんとした内部に向かい合わせのシート、サイドウィンドウには格子が嵌《は》まっている。瑠那は伊桜里と並んで座った。蓮實は向かいのシートに腰掛けた。

車内の床は高くなっているため、サイドウィンドウの外に目を向けると、校門越しにグラウンドが見えた。鈴なりになった機動隊員や自衛隊員らの向こうに、生徒らの一部が当惑ぎみにたたずむ。こちらを見つめるなかに、大人しそうな男子ふたりと女子ひとりの姿があった。鈴山と有沢、それに夏美だった。

心配そうな鈴山のまなざしが瑠那に向けられている。鈴山は身を挺《てい》し瑠那を庇《かば》ってくれた。やさしさに触れたと瑠那は実感した。帰りのバスで彼と隣どうしになった。顔の傷にガーゼを貼ってあげた、あの時間が忘れられない。

もっとも、あの三人がどんな思いを抱いているのか、正確なところはわからない。瑠那が中華革命戦線《ちゅうかかくめいせんせん》のテロリストらを射殺するところを、三人はまのあたりにした。事件後は休校も多く、そのまま夏休みに入ってしまった。ほかのクラスである鈴山たちとは、ほとんど交流もなかった。冷静になったいま、瑠那や凜香に対し、やはり恐怖をおぼえるだけだろうか。

車両のエンジンがかかった。蓮實が顎《あご》をしゃくった。「シートベルトを締めろ」

キャビンには迷彩服数名が乗りこんできた。彼らは武装している。ひとりが蓮實に、拳銃の入ったホルスターを渡そうとする。蓮實は首を横に振り、受けとりを拒否した。

警察車両は一列に徐行しつつ、学校の前を離れていく。ほどなく住宅街を抜け、近くの幹線道路にでた。

蓮實が咳《せき》ばらいをした。「日本じゅうが優莉匡太に戦慄《せんりつ》しているのは知ってのとおりだ。先日、民放連《みんぽうれん》の会長とNHKの会長が、それぞれ記者会見中に遠方から狙撃《そげき》された」

瑠那はうなずいた。「報道は暴力に屈しないとコメントした次の瞬間ですよね。カーテンのかかった窓の外、向かいのビルから狙い撃ったとか」

「おそらく温度分布スコープだけを頼りに標的をさだめたんだろう。会長はふたりとも即死。恐ろしく腕の立つスナイパーだ」

「死ね死ね隊でなく閻魔棒レベルかと」

キャビンに乗るほかの自衛官らを蓮實は一瞥《いちべつ》した。瑠那たちを敵視させたくない、顔にそう書いてある。発言に気を遣うよう、瑠那に対しても目でうったえてくる。蓮實が身を乗りだした。「被害者はどちらも優莉匡太のユの字もだしてないうちに射殺された。全報道機関が優莉匡太について報じるどころか、暴力批判自体にさえ及び腰になってる」

「たしかにここ数日のニュースは……。優莉匡太にまったく触れませんね。まるでなかったことみたいに。それでいて海水浴場の混みぐあいや、盆の帰省ラッシュ混雑予想は、キャスターも笑顔で伝えてます。なんだかとても奇妙です」

「そういうマスメディアを批判した評論家が、死体になって東京湾に浮かんだばかりだ。インターネット上からも優莉匡太の話題は完全に消えた。過度な忖度《そんたく》を働かせるなど、大衆を揶揄《やゆ》するメッセージを配信したユーチューバーまで、翌日には惨殺死体となって発見されるありさまだ」

「こんなことになるなんて予想もつきませんでした。誰もが議論を放棄するなんて」

「そうでもない」蓮實は首を横に振った。「性加害者の芸能プロダクション経営者が、長いこと忖度されてきた国だ。みんな話題をほかにすり替えるのに慣れてる」

「あきらかな凶悪犯がやりたい放題だというのに……」

「ロシアのウクライナ侵攻や、イスラエルのガザ攻撃にも、当初は批判的な声があがってた。それが長引くうち、だんだんしょうがないとみなすようになってくる。あきらめとともに容認しちまうんだ」

「今回も同じですか」

「ああ。批判精神そのものがタブーとされる。内心は嫌悪していようが、声にだすのは憚《はばか》られる。これは民主主義において危機的状況だ。その話題に触れさえしなければかっちまう」

生き延びられるし、ふだんと変わらず生活できる、誰もがそんなぬるま湯のなかに浸《つ》

「わたしたちも父と同じようにみなされてるんでしょうか」瑠那は憂鬱《ゆうう つ》な気分でつぶやいた。「結衣お姉ちゃんは顔と名前を広く知られてますが、いまのところコンビニの買い物に支障はないようです。父親とわたしたちを、世間の人たちはいちおう切り離して考えてくれているのではと……」

「それは矢幡総理が連日の囲み取材で、父親の犯行と子供たちは無関係だと強調してるからだ。むろん矢幡総理を非難する声も大きかったが、最近はそうでもなくなってる。優莉匡太への言及は死を意味するからな、誰もがだんまりをきめこむしかない」

「誰もがだんまりをきめこむ……。わたしたちが父と同一視されてるからですか」

「まさしくそのとおりだ。矢幡総理の発言を信じる向きもあるが、大半の国民は、優莉家をひとくくりだ。親も子供も脅威とみなされている」

果てしなく落ちこまざるをえない。伊桜里が暗い表情を浮かべている。瑠那もうつむいた。風当たりがどんどん強くなる。これでは学校から遠ざけられるのも当然だった。

蓮實の語気は多少弱まった。「日暮里高校の生徒や教師が、ひとことも優莉の子供

たちに言及せずにいるのは不可能だ。そのうち校舎ごと吹き飛ばされてしまうのではと、恐れをなす者が増えるのも、わからんではないだろう。おまえたちを隔離しなきゃいけない理由はそこに尽きる」

「でも」伊桜里が神妙にささやいた。「夏休みの登校日ですよね？　ＳＨＲのためだけに、わざわざどっかへ行くんですか」

「そのへんは目的地に着いてから説明する」蓮實がサイドウィンドウの外を眺めつつ、シートベルトを外した。「乗り換えるぞ」

まだクルマは動いている。瑠那は車外を眺めた。上野恩賜《うえのおんし》公園の敷地内に入ったようだ。取り壊された美術館の建て替え工事はまだ始まっていない。仮の囲いのなかは広大な空き地だった。爆音が鳴り響いている。十数機のＵＨ60Ｊヘリが待機中だからだ。

車両が停止する。蓮實にいざなわれ、瑠那は伊桜里とともに降車した。近くに別の特殊車両が停まっていて、そのキャビン内で全身のＸ線検査を受けた。アメリカあたりの空港とほぼ同じメカニズムで、発信機や武器を隠し持っていれば即座に判明する。

蓮實によれば、凜香はライフカード22ＬＲという小型護身銃と、コンバットナイフを隠し持っていたらしい。本来ならそれだけで刑務所行きだ、蓮實は忌々《いまいま》しげにそう吐き捨てた。

瑠那と伊桜里はなにも物騒なアイテムを所持していなかった。ふたたび車外へでると、ヘリのうち一機のタラップを上った。

機内に足を踏みいれる寸前、ほかのヘリを見たとたん、瑠那は唖然《あぜん》とした。近場の別の機体にもふたり、日暮里高校の女子生徒の制服が乗りこんでいる。

キャビンに搭乗してから蓮實が告げてきた。「すべての機体に女性自衛官二名が乗ってる。おまえたちと同じ制服を身につけてな」

「追跡を撒《ま》くためですか」瑠那はきいた。

「ああ。まだ優莉匡太に察知されていないのを祈りたいが、これだけ大きく動けば、目をつけられないはずもなくてな。ヘリは全国各地へ飛ぶ。本当の目的地へ向かうのはこの一機だけだ」

三列ある座席の二列めに、瑠那たち三人は横並びにおさまった。前後の列にも自衛官が乗りこんでいる。

蓮實のほかに顔見知りの自衛官はいない。もし優莉匡太の側に通じている者が潜んでいれば、ダミーのヘリ十数機で攪乱《かくらん》しようが無駄になる。飛行中いつ撃墜されてもおかしくない。

伊桜里が不安げにささやきかけた。「瑠那お姉ちゃん」

「だいじょうぶ」瑠那は返事した。本当はだいじょうぶではない。てのひらに汗をかいているのを自覚する。ヘリがゆっくりと離陸していく。風前の灯火《ともしび》とはまさにこのことだ。こんなに無防備なフライトに身をあずけたことはかつてなかった。

6

ヘリは東京湾上空にでたのち、まぶしく輝く海原をのぞみつつ、さかんに針路を変えていた。おそらく行き先を予測されないためだけではない、瑠那はそう思った。二時、四時、八時の方角へ飛ぶことで、直進しながら大きく旋回するのと同じ軌道をたどる。追跡の有無を絶えず気にかけている。のみならずミサイルにロックオンされるのを感知した場合、急降下で離脱できる高度を保っていた。

それでもおおまかに南南東をめざしていることは見当がついた。回転するブレードが規則的な鼓動を奏でる。飛行は安定している。少しずつ高度を下げていく。なおも機体は水平に保たれていた。もう着陸準備に入ったようだ。

キャビンから操縦席は見えない。だが側面の窓からも、前方視界はあるていどうかがえる。洋上にぽつんと島が存在した。小笠原《おがさわら》諸島にはまだ遠いはずだ。だが日本には四百十六の有人島があり、無人島はじつに一万三千七百五にのぼる。東京湾を南下した先に島をのぞむのは、けっしてめずらしいことではない。

接近するにつれ島が大きく見えてくる。面積は十数平方キロぐらいか。波照間島《はてるまじま》あたりに共通するサイズ感を、緑の絨毯《じゅうたん》が覆い尽くす。島の中央は小高い丘で、そこから海岸線までの中間あたりに、コンクリートの建物二棟があった。ヘリはそのうちひとつへ垂直に下っていく。横風の影響はほとんど感じない。あたかもエレベーターの下降のごとく、まったく揺れを生じなかった。

十階前後とおぼしき鉄筋コンクリートのビルが、横方向に広い床面積を誇るうえ、さらにほかのビルと連結している。さほど古いようには感じなかった。屋上に描かれたヘリポートのマークもくっきりしている。

軽い振動とともにヘリが着陸した。まだメインローターが回転するなか、タラップが下ろされる。瑠那と伊桜里はシートベルトを外した。蓮實の案内にしたがい、吹きこんでくる潮風のなかへ身を躍らせる。

小走りに駆けだした屋上には、わりと湿っぽい空気の流れがあった。自衛官らがアサルトライフルを手に周囲を警戒する。まるで要塞《ようさい》のようなビルの階段塔に入り、階段を駆け下りていった。

屋上から一階下に足を踏みいれる。窓から射しこむ太陽光が、果てしなくつづく通路を照らしだしている。研究施設か病院の様相を呈するが、通路沿いのドアにはプレートもなく、未使用のビルかもしれない。そのわりには掃除が行き届いているようだ。消火栓や防火扉などの設備もある。

蓮實が振りかえった。「志渡澤島《しとさわしま》だ。知ってるか」

ネットで記事を読んだことがある。瑠那はうなずいた。「たしか小笠原諸島への物資を備蓄するため開発した無人島だとか」

「そうだ。二十四時間かかる航路では緊急時の輸送に難がある。東京と小笠原諸島の中間に、必要な物資を貯めこんでおけば、もっと早く供給できる」

「すると」瑠那は辺りを見まわした。「ここは大規模な倉庫ですか」

「利便性を追求した倉庫になる予定だったが、コロナ禍で使用が先送りになった」

「部屋が細かく仕切られてるようですけど」

「医療や食料など、種別ごとに区分できる造りだ。常時待機する人員は多くはないが、その宿舎となる階もある」

ずっと口をきかなかった伊桜里が、心細そうにささやきを漏らした。「ここでSH

Rを済ませて、また帰るんですか……？」

いきなりドアのひとつが開いた。怪訝《けげん》そうな顔がのぞく。瑠那や伊桜里と同じ日暮里高校の夏服姿。なんと凜香だった。目が合った瞬間、驚きのいろとともに凜香が駆けだしてきた。「瑠那！　伊桜里！」

伊桜里が笑顔になった。「凜香お姉ちゃん！」

瑠那のなかに喜びと安堵《あんど》がひろがった。駆け寄る足は三人とも速かった。がらんとした通路内に、抱きつきあう姉妹のはしゃぎ声がこだました。

蓮實の咳《せき》ばらいがきこえた。凜香が眉《まゆ》をひそめた。瑠那も蓮實を振りかえった。

「ここはな」蓮實が静かにいった。「林間学校だ。おまえたちにとっては正式な学校でもある。ここで受けた授業は、日暮里高校への出席とみなされる。よって夏休みのうちに二学期の授業を済ませる」

凜香がしらけ顔になった。「でた。隔離ならもう慣れてる。クラスメイトも誰もいなくても、教師と一緒に缶詰になることで、授業と認めてくれるってんだろ」

「ああ」蓮實が応じた。「ふつうの高校では、五十分の授業を年間三十五回受けると、一単位に数えられる。おまえたちは二学期の授業を、前倒しに夏休み中に受け、それが終わったら東京に帰る」

伊桜里が目を丸くした。「あの……。ここに泊まるんですか？」

「まてよ」凜香が蓮實を見つめた。「二学期が始まったら東京に戻る？　そのあとは？　通学すんのかよ？」

「いや。学校に来なくていい。冬休みになったらまたこの島へ来て、三学期ぶんの授業を受けてもらう」

「ならほかの生徒らが通学してるあいだ、わたしたちは引きこもりかバイトかよ」

「バイトは校則で禁止だ。家で自習するんだな。ずっとこの島に閉じこめておけばいいという意見も多かったんだが、管理や警備に莫大《ばくだい》な人件費がかかるうえ、矢幡総理もおまえたちの自由を尊重しろといってる」

なおも凜香は不満げだった。「なんで夏休み中に二学期の授業をやる？　夏休みはわたしたちも休みでよくね？　日暮里高校の二学期開始と同時に、わたしたちもここで授業受ければいいじゃねえか」

「わかると思うが、うちが公立高校である以上、おまえたちの教師は俺たちだ。各科目の先生たちが、おまえたちのため特別授業をおこなうには、日程をずらす必要がある」

瑠那はきいた。「すると先生たちがわざわざこの島に来られるんですか。それともオンラインの授業でしょうか」

凜香も蓮實に質問した。「きょうのＳＨＲは蓮實先生がやんのかよ」

蓮實が鼻を鳴らした。「これがＳＨＲだ。このあと先生は帰るからな」

「なんだよ。新婚だからか？　詩乃《しの》さんとの生活がまってるって？」

むっとした蓮實が無愛想にいった。「夏休み中も教師はそれなりに忙しい。予備役として特殊作戦群に駆りだされる事態も増えてる。おまえたちの父親のせいでな」

「わたしたちにあたるんじゃねえよ」

「先生」瑠那はたずねた。「隔離状態で授業を受けるのは、わたしたち三人だけですか」

蓮實はなぜか即答しなかった。「優莉匡太の子供は大勢いる。年少者が多いな。だがおまえたちを除き、みんな次男篤志の引率でブラジルに留学中だろう。帰国はまだ先だから隔離授業の必要はない」

凜香が軽口を叩《たた》いた。「帰国がまだ先って、なんでわかるんだよ」

「知れたことだ」蓮實が声をひそめた。「鴇酸塩菌の特効薬の完成をまってるんだろ。なにもかもお見通しだ」

もやっとした気分にさせられる。凜香も気まずそうに押し黙った。通路にまた静寂が戻った。

蓮實が薄い封筒をとりだし、瑠那に差しだしてきた。「これを読め。おまえたちのカバンは、通路のいちばん奥の部屋に置いてある。スマホは持っていてもいいが、どうせ電波は入らん」

それだけいうと蓮實は踵《きびす》をかえし、階段へと立ち去りだした。

凜香が不平そうな声をあげた。「なんだよ。ほんとに行っちまうのかよ?」

足をとめた蓮實が、ため息とともに振りかえった。「頼むからおとなしく授業を受けてくれ。国家規模の大問題を、各方面と調整しあった末の折衷案だ。おまえたちの将来のためでもある」

返事をまたず蓮實が階段を上っていく。凜香が頭を掻《か》きながら唸《うな》った。伊桜里はただ困惑のいろを浮かべている。

国家規模の大問題。たしかにそうだ。優莉親子の抗争について、なんらかの責任を負わねばならない立場の大人たちは、たまったものではないのだろう。兄弟姉妹も父親と同じく犯罪者であることは、もはやほぼ明白だが、いちおう確たる証拠はまだない。矢幡総理も司法に配慮を求めて、なんとか高校生のままでいさせようとしてくれる。そんな日本という国には感謝するしかない。

屋上から呼びかけあう声がする。撤収、複数の男の声がそう怒鳴っていた。ヘリの爆音が甲高い響きを帯びる。機体が浮上したのがわかる。

状況は耳を傾けていればわかる。凜香が顔をしかめた。「あいつら全員ヘリに乗って引き揚げたぜ？　ここは見張りなしかよ」

瑠那は浮かない気分でため息をついた。「迷彩服がいればかえって目立ちます。屋上をうろつくようすは監視衛星からも見えるでしょうし」

通路の窓ガラスの向こう、うっすら雲のたなびく空を、ヘリが飛び去っていく。爆音も少しずつフェードアウトしていき、やがてなにもきこえなくなった。

三人は途方に暮れたようにたたずんだ。凜香がつぶやいた。「なんだかな……。いかにも閻魔棒や死ね死ね隊が島に上陸してきて、校舎が戦場ってパターンじゃね？」

瑠那は否定しなかった。「実際のところ、そういう事態も想定したうえでの隔離でしょうから……。ほかの生徒を巻きこまないぶんだけマシってことで」

「ふざけんなよ。武装兵が襲ってくる以前に、島じゅうに空爆されたら一巻の終わりだぜ？　あるいはミサイルを撃ちこまれるとかよ」

「わたしたちの死体を確認するために、直接の戦闘を手下に義務づけるかも」

「架禱斗兄はそれで自滅したんだけどな」凜香は舌打ちした。「やれやれ。島内を逃げまわる優莉三姉妹に、追う死ね死ね隊？　二十回の節目にしちゃ陳腐きわまりねえ展開じゃねえか」

「まだなにが起きるかわかりませんよ」瑠那は封筒を開けにかかった。「これを見てみましょう」

とりだした紙を三人で凝視する。ビル内の簡単な案内が書かれていた。南館と北館があり、いずれも九階建てのようだ。各階ごとの説明が連なるなか、〝北館八階……宿舎〟とある。

瑠那はもういちど窓の外を眺めた。太陽の位置から察するに、いま三人がいるこのビルが南館だろう。通路を進めば北館とつながっている。

凜香が歩きだした。「カバンはこの奥の部屋だったよな。ちょうどいい。それ拾って北館とやらへ行こうぜ」

伊桜里が身を寄せてきた。「瑠那お姉ちゃん……。島にいるのはわたしたち三人だけ？」

「たぶんそう」瑠那は伊桜里の肩に手をまわし、一緒に歩くべくうながした。「心配しないで。無人島サバイバルと考えれば、こんなビルがある時点で快適そのものだから」

そうはいっても慎重に歩を進める必要があった。瑠那は絶えず天井や壁、床に視線を配った。とりわけ床のパネルについた足跡が気になる。ブーツの靴底だが、模様からすると自衛官のようだ。ビル内の安全を最終確認したのだろう。清掃はさらに数日前におこなわれた。ここ最近のうち、少なくとも二度はヘリが飛来したか、船の入港があったと考えられる。接岸できる場所があるとすれば、島内のどの辺りだろう。蓮實が渡した紙には地図の掲載がない。臆測《おくそく》すら働かせられない。

通路の突き当たりまで達した。最も近いドアが開け放たれている。なかはがらんとした部屋で、会議用の長テーブルが並んでいた。通学用カバンが三つ置いてある。

凜香がパイプ椅子一脚を持ちあげた。瑠那は伊桜里とともに通路で待機した。長テーブルから距離を置き、凜香が椅子を通学カバンに投げつけ、ただちに床に伏せた。椅子が長テーブルの上で跳ね、三つの通学カバンを薙《な》ぎ倒した。

トラップを警戒するなら当然の確認手段だった。室内は静まりかえっている。カバンのなかに衝撃を感知する爆弾などはない。自衛隊を信用しないわけではないが、用心するに越したことはなかった。

それぞれカバンを回収し、中身をたしかめた。私物以外はなにも入っていなかった。通路にでると下り階段があった。八階に下りると、そこからは北館への渡り廊下が延びていた。眼下をのぞくと、一階おきに渡り廊下の存在が視認できた。どうやら偶数階にのみ、こうした連絡通路があるようだ。

渡り廊下といっても吹きさらしだった。最上部にあたるこの八階連絡通路は、屋根もなく陽射しに照らしだされている。左右に錆《さ》びついた手すりがあるだけだ。

「ったく」凛香が毒づいた。「行き来するたび狙撃《そげき》の危険に身をさらすことになるぜ」

この島にいることが優莉匡太にバレていないのを祈るしかない。瑠那はいった。「いまは駆け抜けるしかないですね。行きましょう」

「ああ」凛香がためらいもなく走りだした。「露払いになってやる。つづけ」

もし敵に狙われていたら真っ先に標的になってしまう。そのリスクを承知のうえで、凛香が渡り廊下を全力疾走していく。瑠那は伊桜里の手を引き、凛香の後ろ姿を追った。できるだけ頭をさげる。ジグザグに走るやり方は、この際なんの意味も持たない。頭上や前後からの狙撃ならともかく、側面から狙われていれば攪乱《かくらん》できない。

真夏の太陽の下を猛然と走り抜ける。凛香が行く手のドアを開けようとして、なぜか手間取っている。だがほどなく開いた。ふたたびビル内の暗がりに、三人が身を寄せ合いつつしゃがみこんだ。

幸いなにも起きなかった。瑠那は凛香にきいた。「気づきましたか」

「蟬の声がしませんね。生き物の鳴き声はかすかにしますが、総じて静かです」

「いわれてみればそうだな。でも蟬がいなくて、なんかヤバいことでもあんのか？」

「いえ。蟬がいない島もあります。グアムとか」

「小笠原諸島は？」

「います。でもここ志渡澤島には生息していなかったんでしょう。ビルの完成後、航路による人の行き来がなく、幼虫も入りこまなかったと考えられます」

「ビルを建築するためには大型船が行き来したはずだろ。それだけじゃ蟬の移住につながらなかったってのか」

「本土や小笠原諸島からの船は、そう頻繁に来てないってことです」

伊桜里が口をはさんだ。「七年前までは、だよね？」

意味がわからず瑠那は伊桜里を見た。「どういう意味？」

「蟬は七年も土のなかにいて、地上にでてからは一週間の命でしょ？　繁殖するにしても、蟬が来てから七年後……」

思わず苦笑が漏れる。瑠那は首を横に振った。「地中で七年も過ごす蟬なんて、日本にはいないの」

「なんだ。七年ってのはまちがいだったの」

凜香は笑わなかった。「瑠那。ビル建設用の船は日本と往来したんじゃねえっていいたいんだな？　どっか蝉のいねえ国から来てたとか？」

「そうです」瑠那はうなずいた。「出資は日本でしょうけど、建設を受注したのは別の国の可能性が高いかと」

「どうりでドアとか勝手がちがったわけだな。レバーを下げるんじゃなく、上げて開けるんだよ。ああいうのはいちいちめんどくせえぜ」凜香が立ちあがった。「宿舎ってのはこの階だよな？」

通路に面したドアだけでも五十前後はある。最も手近なドアを慎重に開けてみた。質素な内装の室内だった。キッチンに備え付けの冷蔵庫がある。バスルームの隣には全自動洗濯機。狭いが居間と寝室に分かれている。

「へえ」凜香がつぶやいた。「コンドミニアムそのものだな」

瑠那は本棚を指さした。「見てください。お馴染《なじ》みの参考書が」

「あー。『現代文読解』に『高二化学』『歴史総合』かぁ……。わたしたちの学年だよな？」

「わたしか凜香お姉ちゃんの部屋かも」

伊桜里が通路を振りかえった。「わたしの部屋もあるのかな」

凛香はドアへ向かった。「隣も見てみよう」

通路に戻って次のドアを試す。室内の間取りは、鏡に映ったように反転しているものの、広さはまったく同じだった。やはり高二向けの参考書が置いてある。

さらに隣をたしかめるや、伊桜里が歓喜の声をあげた。そちらの本棚は高一の参考書で埋まっていた。

これで三人が泊まる部屋は確認できた。もうひとつ隣のドアを訪ねてみる。ところがなぜかそちらの本棚にも参考書が置いてあった。『線形代数』、『微分方程式と慣性モーメント』、『熱力学の解析』……。高校で習う内容とは思えない。

ヘリの音を耳にした。瑠那ははっとして凛香を見つめた。凛香も息を呑《の》んで瑠那を見かえした。

「また来たぜ？」凛香が目を瞬《しばた》かせた。

「行ってみましょう」瑠那は通路へ駆けだした。

三人で渡り廊下への出入口に戻る。南館の屋上を仰ぎ見ると、UH60Jヘリがゆっくりと下りてきて、いまにも着陸しそうだった。あきらかに自衛隊のヘリだ。瑠那たちは渡り廊下を一気に駆け抜けた。南館に入ったが、手前側の上り階段は九階どまりだ。通路の端から端まで走らなければ、屋上への階段に到達できない。なんとももどかしかった。

だが走っているあいだに確信した。あの四つめの部屋。もうヘリが誰を運んできたかはあきらかだった。

ようやく通路の端に達した。階段を駆け上り、ふたたび屋上にでた。早くもヘリが離陸していく。機体に浮力をあたえるだけの強風が吹き荒れる。

いかにも夏場のファッションに身を包んだ女子大生が立っている。風になびくのは七分丈スカートの裾《すそ》に、薄手のブラウスの半袖《はんそで》、それに長い黒髪。光り輝くような純白に近い肌、小顔につぶらな瞳《ひとみ》、端整な面立ちがあった。腰がくびれ、腕や脚も恐ろしく長い。

凜香が笑顔になった。伊桜里も嬉《うれ》しそうに駆け寄っていく。瑠那もそれにつづいた。結衣は澄まし顔でたたずみながら、ため息をつくようなしぐさをした。いかにも結衣のとりがちな態度だった。

屋上には大量の荷物も置かれている。結衣とともに運ばれてきたらしい。よく見るまでもなく、目に馴染んだ旅行用トランクや、ポリ製の収納ケースが積んである。どれも隠れ家にあった私物だ。まるで引っ越し先での荷下ろし直後だった。

四姉妹が集った。伊桜里が結衣に抱きつく。結衣は表情を変えず、ただ伊桜里の頭を撫《な》でた。

凛香がにやりとした。「わたしたちが着いたときとおんなじ顔してやがる。結衣姉も林間学校？」

結衣が淡々と応じた。「うちの大学、卒業までに百二十四単位以上が必要でね。夏休み中にここで授業を受けとけば、後期はリモート授業の必要すらないって」

やはり結衣も隔離処分を受けていた。瑠那はいった。「わたしたちみんな共通の境遇みたいです」

「しょうがない」結衣は物憂げに歩きだした。「危険人物とみなされて爪弾《つまはじ》き。むかしからよくあることだったし」

伊桜里が声を弾ませた。「結衣お姉ちゃん。なにか気づかない？　蟬の声がしないでしょ。これはね……」

「きこえなくはない」結衣は足をとめなかった。「甲高いキーンって音が耳に届くでしょ。フチミドリアブラゼミの声。このビルを建設するための船舶は、日本じゃなくテタ共和国とのあいだを頻繁に往来した」

凛香が眉《まゆ》をひそめた。「テタ？　タイの南にある小国……」

「そう。日本政府が格安で下請けしてくれる業者を海外に求めたと想像できる。でもテタといえばダムの決壊とか、欠陥建築だらけの国だよね」

瑠那は驚いた。「勘がいいですね。じゃあ……」

「安心できない場所ってこと」結衣がいった。「日本は馬鹿正直に、無人島の倉庫ビルと発注しただろうから、建築業者は絶対に手抜きしてる。容易に崩れるかも」

自然に足がとまった。凜香も同様だった。階段塔へ歩き去るのは結衣と、なにも気にせずまとわりつく伊桜里だけだ。

ふたりを見送りながら凜香が真顔でつぶやいた。「結衣姉の奴、いつの間に外国の蟬にまで詳しくなった？」

「しかも正確に見抜いてますよね」瑠那のなかにまた不安がこみあげてきた。崩落しやすいビル。無人島サバイバルにしては気楽だなんて、そんなことはいえなくなってきた。

7

夕暮れどきを迎えた。オレンジいろの光が水平線に煌《きら》めき、空と海は赤みを帯びなから一体化する。ただし穏やかな心情にはほど遠い、結衣はそう感じた。島を覆う森林一帯が闇のなかに埋没していく。妙な鳥の声も響き渡る。建物から一歩もでていない以上、この志渡澤島にはまだ心を許せない。

とはいえここに隔離されたのは矢幡政権の方針だ。四姉妹のうち三人が大量殺戮魔《さつりくま》と知りながらも、教育を受ける権利を守るべく、最大限に譲歩してくれている。手厚い処遇に感謝せねばならないだろう。不完全な対策ではあるが、その理由は世の仕組み自体が不完全だからだ。

照明が問題なく点灯するのはありがたかった。北館二階の厨房《ちゅうぼう》、冷凍室に食材がおさめてある。四人なら数か月はもつ量が貯めこんであった。冷蔵室のほうには大量のボトル飲料も揃っていた。むろん酒は一本もない。

厨房の隣の事務室には実用品が揃っていた。双眼鏡や懐中電灯はもらっておくにかぎる。古いモバイル機器は壊れていて使いものにならなかった。

食材やボトル、調理器具を八階へ運んだ。結衣の部屋のキッチンで夕食を作り始める。まずレンジで食材を解凍した。鶏肉《とりにく》を切って醬油《しょうゆ》漬けにし、もみこんでから片栗粉をまぶす。

凜香が茄子《なす》を乱切りにする。瑠那は生姜《しょうが》をみじん切りにした。伊桜里も青じそを千切りにしてくれた。フライパンにサラダ油を引き生姜をいれ、鶏肉を焼いたのち、茄子とだし醬油を追加して炒《いた》める。皿に盛ってから青じそをあえる。

それぞれ勉強机の椅子やベッド、ソファに腰掛けながら箸《はし》を進めた。四人とも黙々と食うばかりになった。食欲がなくとも栄養は摂取しておかねばならない。いざというとき体力ばかりか、思考の速度にも差がでてくる。

伊桜里がカバンをまさぐり、スマホをとりだした。「音楽かけよっか」

鶏肉を頰張る凜香がいった。「電波入らねえだろ」

「もうダウンロードしてあるの」

瑠那が顔をあげた。「悪いけど伊桜里。外の音をきいてるの。ヘリの接近に気づけないのはヤバいから」

戸惑い顔の伊桜里が結衣を見つめてくる。結衣も目で同意をしめした。伊桜里はすごすごとスマホをカバンにしまいこんだ。

食事の手を休めがちになる。結衣はつぶやいた。「発電施設はビルのなかかな」

「ええ」瑠那がささやくような声で応じた。「さっき下の階で配電盤を見かけました。たぶん南館の低層階です」

凜香がぼやいた。「エレベーターがあったけど、今後もずっと乗らねえつもりかよ。

毎回階段の上り下りなんてめんどいぜ」

結衣はそう思わなかった。「お父さんがむかしエレベーターをどう呼んだかおぼえてる?」

瑠那が顔をしかめた。「またお父さんだなんて……」

「ああ」凜香が憂鬱《ゆううつ》そうにうなずいた。「〝死の箱〟だっけ。乗らずに済むなら乗るなってよ」

多少の肌寒さを感じる。結衣は箸を置いた。「気温がさがってきた。なにか羽織るかな」

凜香がスポーツドリンクのボトルを呷《あお》った。「飯食ってからにしろよ」

結衣はクローゼットを開けた。荷物からとりだした衣類がハンガーにかかっている。パーカーをとりだし、ブラウスに重ね着した。「瑠那」

「なんですか」

「小さいころ、砂漠地帯の夜は寒かったりもしたでしょ。どうやってしのいだ?」

「防寒着は充実してました。昼間はそのまま日焼け防止にもなります。紫外線の強さが半端じゃなかったので」

「ベースは民族衣装?」

「はい。シャルワールっていうズボンにブーツだったので、足は爪先まですっぽり覆ってました」

凜香がきいた。「イスラム系の武装勢力だよな？　黒装束で目だけでてるやつ？」

瑠那はにこりともしなかった。「女がそうするのは十歳になってからなので……。わたしはぎりぎり九歳で抜けました」

結衣はまた座ると瑠那にたずねた。「夜はよく寝られた？」

「たいていAK47を抱えて仮眠をとるに留《とど》めてました。非番でも襲撃に備える必要があったので」

「なるほどね。いまのわたしたちも、本来ならそうしておくべき」

凜香が箸を食器に叩《たた》きつけた。「まったくだぜ。蓮實もわたしたちを隔離するなら、銃ぐらい持たせろってんだよな」

瑠那も丸腰でいることに不安をおぼえたらしい。「自衛隊はこの島の周辺海域を防御してくれるでしょうか」

「しない」結衣は思いのままを口にした。「ヘリや巡視船が周回してりゃ、居場所を敵に知らせるようなもんだし」

「ですよね。あえて無防備でいることが、ここに気づかれない最善の策でしょう。砂漠戦ではよくありました」

凜香が難しい顔になった。「瑠那。砂漠戦で死ななかった秘訣《ひけつ》とかある？」

「特になにも……。部族の大人たちの命令は絶対だったし、息を潜めて待機しろといわれたら、そのとおりに実行するだけでした」

「死ね死ね隊の奴らと一緒か。見捨てられて自爆テロの駒にされる恐れもあったよな」

「何度か話を持ちかけられたけど、わたしはだまされませんでした」

しばし沈黙があった。瑠那はサウジアラビアとの国境に近いイエメン領内、紛争地帯で育った。不幸の度合いはきょうだいで最も深刻かもしれない。知性が発達しているだけ悩みも多いだろう。だが聡明《そうめい》な瑠那は、ふだんそのことをあまり口にださない。神社をつづける義父母と会えなくなっても、結衣の前では弱音を吐かなかった。

「結衣お姉ちゃん」瑠那が食事をつづけながらきいた。「フチミドリアブラゼミなんて、どこで勉強したんですか」

「あんたも気づいてたでしょ」

「いえ。いわれてみればたしかにそうですけど、あんな微妙な鳴き声は意識にのぼりませんでした。イエメンにも蟬はいなかったので」

「チュオニアンのあったラムッカ島できいた」

「あー。チュオニアンって、日本の生徒児童を拉致《らち》して築かれた学校村落……」

「そう。田代《たしろ》ファミリーの息がかかっててね。凜香が小芝居でだまそうとしてきた」

「おい」凜香が不快そうに睨《にら》みつけてきた。「結衣姉がわたしをだました回数のほうが、いまとなっちゃ圧倒的に多いだろが」

結衣はため息まじりに視線を落とした。「ラムッカ島で目が覚めたとき、どこなのかわからなくてね。虫や鳥の鳴き声、植物なんかで判断できるようになっとかないとって痛感した」

瑠那がうなずいた。「それでフチミドリアブラゼミも……」

「そう。耳に残る音だとか、見たおぼえのある草木は、帰国後に片っ端から検索しといた。ラムッカ島には日本の大規模工事を受注できる企業なんかないし、フチミドリアブラゼミの生息地のなかで、可能性がある国はテタぐらいだった」

「学ぶことを怠らないんですね。生き延びるためですか」

「最初はそうだった。いまはなんのために生き延びてるんだか」

「またそんなこと。わたしたち妹のためじゃ駄目ですか」

伊桜里もおずおずといった。「結衣お姉ちゃんがいたから、わたしも生きてるよ」

小さく鼻を鳴らすぐらいしか反応のしようがない。結衣は顔をあげずつぶやいた。「親子喧嘩《げんか》もここまでくると、冗談を通り越して、永遠に覚めない悪夢って感じ」

瑠那がささやいた。「ただの親子喧嘩なら家出して終わりですけど、あの猛毒親の被害に遭ってるのは、わたしたち子供だけじゃないですから……」

凜香は残った食べ物をかきこみ、平らげた皿をわきに置いた。「わたしはもうお父さんなんていわねえ。あんなクソ親父死んじまえばいい。酷《ひど》い目に遭わせやがって、なんべん殺しても飽き足らねえ」

結衣はつぶやきを漏らした。「わたしたちも全然まともじゃなくなってる」

「……そんなのいまさらだろが」凜香が苛立《いらだ》ちをのぞかせた。「クソ親父が生きてちゃ、まともになんかなれっこねえよ」

「凜香のまともってどういう状態のことよ」

「馬鹿にしてんのか」

「単純にわかんないからきいてるの」

「まともってのはよ」凜香が口ごもった。「まあ女子高生らしく、たりぃとかつまんねとかいいながら、放課後ははっちゃけて遊ぶんだよ」

また沈黙が降りてきた。だが今度は静寂の質が異なっていた。互いに顔を見合わせるうち、誰もが笑いを堪《こら》え、やがて噴きだした。瑠那がいった。「凜香お姉ちゃん、それあまりいまと変わらなくないですか」

凜香も笑いながら怒鳴った。「いまとはちがうだろが！　ふつうの女子高生ってのは、もっとなんにも考えずに生きてんだよ。でなきゃストリートスナップなんて怖くてやれるか。カメラ向けられたらそいつを殺すって胸に刻んでる奴らが、この世にどれだけ大勢いるか、わたしは知ってんだからな」

伊桜里がドン引きの反応をしめした。「そうなんですか？」

「おい伊桜里」凜香が身を乗りだした。「まさかストスナに興じてやがるんじゃねえだろな。危ないからやめとけ」

瑠那が苦笑した。「ふつうの女子高生が、なにも考えずに繁華街の雑踏を撮ったって、いきなり食ってかかられたりはしないでしょう」

「そうでもねえよ。カタギだからかえって舐《な》められるんだって。なに撮ってんだとか絡まれて、カネ巻きあげられるか、カラダめあてに攫《さら》われそうになんのがオチだろ」

「そんなふうになったら……。ふつうのまともな女子高生なら泣き寝入りですよね」

「んなこと許せるか」

「凜香お姉ちゃんならどうするんですか」

「逆にそいつをぶっ殺して有り金を奪ってやる」

「ならまともじゃないほうがいいって話ですね」

　絶句する凜香を見て、まず伊桜里が笑った。つられるように凜香も笑いだした。結衣もくだらないと思いながら笑うしかなかった。ろくでなしの姉妹の堂々めぐり。父とその一味を忌み嫌いながら、まるっきり同レベルの馬鹿に育っている。近親者どうしの殺し合いになるのも、必然的な運命かもしれない。ひとしきり悩んだのち、こうやって笑い飛ばし、いままで生きてこられた理由が血筋にあるのを実感する。そんなことの繰りかえしだった。

　ふいに瑠那が笑うのをやめた。結衣は聴覚を研ぎ澄ました。凜香ももう口をつぐんでいる。伊桜里は姉たちの異様な雰囲気を察したようすで、やはり黙りこんだ。

　ヘリの音。UH60Jではない、もっと大型だ。窓の外に目をやる。暗闇にはなにも見えない。

　瑠那が立ちあがるや壁のスイッチに飛びつき、室内の明かりを消した。そのあいだに結衣は部屋をでた。通路を駆けだすと瑠那が横に並んだ。凜香も伊桜里を連れ、すぐ後ろにつづく。

　この爆音は耳におぼえがある。結衣は走りながらきいた。「CH47じゃね？」

「だと思います」瑠那がうなずいた。「タンデムローターに特有の音の響きです」

渡り廊下にでた。吹きつける風のなか、爆音が明瞭《めいりよう》に響き渡っている。北東の空に巨大な影が浮かんでいた。機体下部の着陸サーチライトを点灯させている。上部に前後二基のローターを備える、鯨のようにずんぐりとした大型輸送ヘリ。以前、甲子園《こうしえん》球場に降り立つのを見た。

瑠那がいった。「やはりCH47JAです。川崎重工業が陸上自衛隊向けにライセンス生産してます」

「なら」凜香が爆音に掻《か》き消されまいと声を張った。「あれは自衛隊機かよ」

「おそらくそうです。攻撃の意思もしめさず、ゆっくり堂々と接近し、屋上に着陸しようとしてるので」

「行こう」結衣は渡り廊下を駆けだした。

南館に入ると階段を上り、九階の通路を突っ切っていく。天井に軽い衝撃音が響き、爆音のピッチが変化した。着陸したらしい。

通路の端の上り階段に達した。ただちに階段を駆け上る。自衛隊機の可能性が高くとも、階段塔のドアをいきなり開け放ったりはしない。四人がいったん集まったのち、瑠那がわずかにドアを開けた。結衣は屋上のようすをのぞきこんだ。

巨大なCH47JAの機体が、屋上いっぱいに横たわっている。すでに五十人ほどの人影が降り立っていた。着陸サーチライトによる逆光でシルエットしか見えない。どの人影も私服っぽい。武装はしていないようだ。

それとは別に自衛官らしき姿もちらほらいる。そちらは昼間と同じく装備一式を身につけていた。アサルトライフルを携帯し、腰のホルスターに拳銃《けんじゅう》も下げている。

凜香がささやいた。「先生たち……じゃねえよな？　多すぎる。結衣姉、どうする？」

先客としてここに招かれた身だ。逃げ隠れする必要もない。結衣は妹たちに、一歩下がるよう手でしめしてから、ドアを開け放った。潮風が吹きつける屋上へと踏みだしていく。

爆音のせいか、屋上に立つ五十名前後がただちに結衣に気づいたようすはない。結衣は油断なく歩み寄った。距離が縮まるにつれひとりまたひとりと目を向けてくる。

暗がりに目が慣れてきた。機体の灯《とも》したライトの照射範囲に入ったせいもあるだろう、人影がしだいにはっきりしてくる。

なんと一部は学校の制服姿だった。男だけでなく女もいる。骨格からして高校生か。ほかは私服だが、カジュアルというより、オラオラ系のヤンキーファッションが目につく。

だいたいお里が知れてきた。そう思ったとき、結衣は自然に立ちどまった。知っている顔と向き合ったからだ。

七人の男たちがひとかたまりになっている。夏ものとおぼしきジャケットを羽織り、長く伸びた脚を細いスラックスに包む。ガラの悪いたたずまいだった。年齢は十代後半から二十歳ぐらい。総じて引き締まった身体つきだった。

リーダー格が歩み寄ってきた。鋭い目つきに高い鼻、髭《ひげ》はなく、口もとはりりしかった。同じ学校ではなかったが、学年でいえば結衣のひとつ下。しかし現時点での年齢はどちらも十九歳。

瀧島直貴《たきしまなおたか》の面影にはまだ少年らしさが残っていた。うつむきがちに瀧島が告げてきた。「夜だからな。こんばんはっていえばいいか」

結衣は黙って見かえした。瀧島の連れにも視線を向ける。大人っぽい顔つきをしたスナイパーの榛葉《しんば》、小柄ながら知能犯でハッカーの城原《しろはら》。ハン・シャウティンを葬り去ったあの日、知りあった連中が雁首《がんくび》を揃えている。

ひとりの少女が駆けだしてきた。年齢は瀧島と同じぐらいだった。ポニーテールのおとなしそうな顔だが、デニムのシャツにミニスカートは、いかにもヤンキーのカノジョっぽい装いといえる。会うのは初めてだが、画像で見たことがある女だと結衣は気づいた。あれは瀧島と身を寄せ合うツーショット。瀧島がスマホの待ち受け画面にしていた。

いまも少女は瀧島に寄り添った。不安げなまなざしを結衣に向けてくる。瀧島が結衣と言葉を交わすのを見て、ひっこんではいられなくなったのだろう。

やれやれと結衣はため息をついた。どんな状況なのかはだいたいわかった。

結衣の背後に、瑠那と凜香、伊桜里が歩み寄ってきた。周りがざわめいた。四姉妹の素性は誰もが知っているようだ。

誰も襲いかかってくる気配がないだけ、まだマシな状況といえるかもしれない。結衣は瀧島にきいた。「カノジョを連れて逃げてきたとか？」

心外だという顔で瀧島が応じた。「助けだしたといってほしいけどな。こいつは橋《はし》川芹菜《かわせりな》。芹菜、この人が優莉結衣だよ」

芹菜は瀧島の後ろに隠れ、肩越しに結衣を見つめてきた。強い緊張と不安が感じられる。周りの連中も同様の気配を漂わせる。一時的に矛をおさめているにせよ、またどんなきっかけで敵意や殺意がむきだしになるかわかったものではない。

凜香が警戒心をあらわにいった。「結衣姉、こいつらは……」

「そう。閻魔棒や死ね死ね隊」

瀧島が首を横に振った。「そんなのはごく一部だよ。閻魔棒はもともと人数が少ないし、死ね死ね隊もここにはほとんどいない」

結衣は問いかけた。「なら誰」

「ええと」瀧島は群衆を振りかえった。「そこにいる奴らはD5だろ。そっちは野放図、それからクロッセス……」

「ちょ」凜香があわてだした。「ちょっとまて。D5に野放図、クロッセスだって?」

「ああ。どの半グレ集団も四代目か五代目になる。匡太さんが死を装ってたあいだからずっと、集めた連中を教育して組織してたからな」

「……出琵妻《デビル》や首都連合、共和もかよ」

「もちろんある。ほかにもいくつか新しい半グレ集団ができた。それらがあっての半グレ同盟だろ」

凜香はげんなりとしていた。結衣も同感だった。優莉匡太半グレ同盟が、代替わりしながらいまも存続しているとは。

ただし想像を絶する事態とまではいえない。父が生きていて、死ね死ね隊が本格的な武装集団に成長していた以上、充分にありうる話だった。

幹部自衛官らしき迷彩服が近づいてきた。「優莉結衣」

結衣は醒《さ》めた気分で見かえした。「林間学校は四人だけかと」

「彼らは優莉匡太のもとにいた若者たちだ」自衛官は瀧島を一瞥《いちべつ》したのち、また結衣に向き直った。「知り合いか?」

「いろいろ因縁があって」

「いうまでもないが喧嘩《けんか》はよせ」

「どういうことなのか説明がほしいんですけど」

「じつは優莉匡太のやり方についていけなくなった十代や二十代が、半グレ同盟から離脱して、各地の警察に駆けこんでな。帰る家もない者が大半で、司法や行政に助けを求めてきた。文科省や警察庁は彼らをどうするか議論した。おまえたちきょうだいについて議論したのと同じようにだ」

「……結論も同じところに行き着いたと」

「まあそうだ。復学させても各々の学校が襲われる危険がある。誰も優莉匡太について言及できない世のなかだ、国民から忌避される立場という意味で、彼らとおまえたちは境遇も共通してる」

「それで一緒くたにして、学校代わりに単位をとらせて、成年までの教育を受ける権利を保障してやったことにするって？」

「皮肉をいうな。ここで代替授業を受ければ、みんな最終学歴を高校なり大学なりにできるんだ」

「そのあとは？」

「あん？　なんのことだ」

「夏休みや冬休みにここへ隔離されて、科目の単位を積み重ねていって、卒業あつかいになるまで数年。それからあとはどうなりますか」

「さあな、伝達事項にない。おそらくそれまでには、警察が優莉匡太の逮捕に至るとの見通しなんだろう」

凜香が顔をしかめた。「甘すぎて話にならねえ」

自衛官がむっとした。「政府の凶悪犯罪対策委員会は馬鹿じゃないんだ。ここにいる半グレ同盟脱退者たちから、いろいろ有力な証言を得ているらしい。逮捕が時間の問題だからこそ、こうしておまえたちを含む脱退者の面倒をみてる」

優莉匡太の実子も脱退者呼ばわりか。結衣はしらけた気分でつぶやいた。「たいした証言もできないような下っ端ばかりだから、優莉匡太のもとから逃げだせたんでしょう」

瀧島が不満げに口をはさんだ。「おい。俺たちまでそうだっていいたいのかよ。元閻魔棒だぜ?」

瑠那が硬い顔でささやいた。「優莉匡太の逮捕に貢献できるほどの情報提供ができたんですか。もしそうなら、なおさら都合が悪いと思います」

結衣もうなずいてみせた。「恩河日登美レベルが全力でここを襲ってくる」

誰ひとり喋《しゃべ》らなくなった。待機するCH47の爆音以外なにもきこえない。

林間学校。馬鹿げた方策だと結衣は思った。結衣たち実子を含め、優莉匡太が殺したがっている若者たちを、政府はこの島に集めてしまった。ここが襲撃に遭わないと考えているのなら、これほどおめでたい話はほかにない。

自衛官は当惑の表情を浮かべたものの、そそくさと踵《きびす》をかえした。「とにかく明日から全員、ここで学業に励め」

「まてよ」凜香が呼びとめた。「つい最近までクソ親父の手先だった奴らと、なんで一緒にならなきゃいけねえんだよ。せめて別々の場所にしろよ」

「何度もいわせるな」自衛官がじれったそうに振りかえった。「境遇はおまえたちとほぼ同じなんだ。こういう場所をいくつも用意するわけにはいかん」

「なんでだよ。カネがかかるからか」

「経費の問題もあるが、みんな真っ当に生きようとしてる若者ばかりなんだから、一緒に努力しても差し支えないはずだろう。矢幡総理が最終判断を下された。だから期待に応《こた》えろ」

「喧嘩するなといっても喧嘩しちまうだろうよ。この林間学校とやらは大荒れになるぜ?」

「偏差値が低い底辺校は、どこでもそんなもんだろ。せいぜい頑張れ」

もういっさいの対話を拒否するといわんばかりに、自衛官は足ばやに立ち去った。迷彩服がみなCH47JAに乗りこむ。タラップが半回転しながら機体側面に収納される。タンデムローターの回転速度があがった。大型ヘリコプターがゆっくりと離陸していく。

屋上に突風が吹き荒れた。ヘリが飛び去るとともに、サーチライトも遠ざかっていく。静寂が戻るとともに一帯は真っ暗になった。

凜香がぼそりといった。「信用できるかよ」

結衣は小声で制した。「凜香」

「こいつらはわたしが洗脳されたとき、近くにいたかもしれねえ! わたしが素っ裸にされて、腕に注射針を突き立てられるのを、嘲笑《あざわら》いながら見てたのかもしれねえんだぜ？おんなじ島で寝起きできるかよ！」

瑠那が凜香に寄り添った。「落ち着いてください。凜香お姉ちゃんはわたしが全力で守ります」

伊桜里もささやいた。「結衣お姉ちゃんもいるから……。きっとだいじょうぶ」

凜香が歯軋《はぎし》りした。憤然と顔をそむけながら凜香は吐き捨てた。「わけわかんねえ」

腑《ふ》に落ちないという意味では、凜香の気持ちも理解できる。結衣はそう思った。本当に矢幡総理はこの方策に賛成したのだろうか。だが一方で、これ以外に有効な手段はない、そんなふうにも感じられてくる。みな厄介者ばかりだ。少年院や刑務所送りにしたところで、そこを優莉匡太に襲撃される可能性を考慮すれば、どこか秘密の場所に隔離するしかない。

結衣はため息とともにつぶやいた。「緊急という名目で実施されたけど、要するに変形型のムショ。優莉匡太の子供と元手下専用の」

瀧島が浮かない表情で異論を唱えた。「そう尖《とが》るなよ。裁判もなかったんだし、林間学校だってんだから、いったんすなおに受けいれりゃいいじゃねえか」

凜香が怒りをあらわにした。「クソ親父の息がかかった奴らだけの林間学校だ？冗談も休み休みいえよ！」

女の声が静かに響いた。「いいえ。それ以外の参加者もいる」

ざわっとした反応がひろがる。元半グレ同盟の若者らが辺りを見まわし、一点に目をとめ、そこから退く。にわかに開けた空間に、ひとりの女が立っていた。結衣は衝撃を受けた。凜香も動揺をしめしている。

喪服のような黒のワンピースに身を包む女。結衣が前に会ったときも、こんな暗がりのなかで彼女の顔を目にした。坂東満里奈。殉職した坂東志郎捜査一課長の娘だった。

8

結衣は三人の妹と同じ部屋で、長い一夜を過ごした。

眠れるはずもなかった。まず館内にある物を組みあわせ、手投げ爆弾七発と毒ガス弾四発を作った。それらを包丁と一緒に手もとに置く。通路に靴音がきこえるたび、武器類に手をかけ、固唾《かたず》を呑《の》みつつ警戒した。

姉妹どうし、なんの言葉も交わさなかった。話していたのでは敵の気配を察知しづらい。沈黙が長くつづくうち、伊桜里ひとりが呑気《のんき》に就寝した。結衣と瑠那、凜香は着替えもせず、ただ不測の事態に備えつづけた。

そのうち窓の外が明るくなった。市街地とはちがい、遮るもののない朝の陽射しが、早いうちから室内を眩《まぶ》しく照らしだした。一睡もできずに過ごしたせいで、夏の光が目に染みる。

ベッドに潜っているのは伊桜里だけだった。結衣たち三人は床に座りこみ、それぞれ背中を三方の壁にもたせかけていた。互いに位置を変えて座ることで、耳が音をとらえやすい範囲を補い合える。瑠那と凜香の瞼《まぶた》が重たげに閉じかけては、瞬《まばた》きを何度か繰りかえし、また左右に目を走らせる。自分も同じようにしているのだろうと結衣は思った。

だしぬけに起床ラッパに似た音が短く鳴った。三人は弾《はじ》けるように上半身を起こした。

館内放送は女性の声だった。「おはようございます！　朝礼の時間です。生徒の皆様は北館七階、第一広間にお集まりください。繰りかえします。生徒の皆様は北館七階……」

三姉妹は全員、包丁を逆手に握っていた。三人の視線が交錯する。凜香が苛立《いらだ》たしげに唸《うな》った。「なんだよ」

館内に物音とざわめきが反響し始めた。この階は宿舎だ。並びの部屋にひとりずつ、優莉匡太の元手下たちが泊まっている。そいつらが起きだした。いや、果たして元手下といいきれるかどうか。

瑠那が疲れた顔でささやいた。「いちおう最初の夜は、殴りこみもありませんでしたね」

結衣は不快な気分で応じた。「メイクはゆうべのうちに落としといて正解だった。いまから洗顔なんて冗談じゃない」

「ええ。水道の音で聴力が制限されるうえ、たとえ数秒でも視覚まで利かなくなるなんて、このビル内では好ましくありません」

凛香がさも嫌そうな表情になった。「だからって風呂《ふろ》にも入らずに毎日過ごすのかよ。くせえだろが」

瑠那がため息をついた。「そのうち交替でシャワーを浴びる余裕もでてくるでしょう。ひとりがバスルームにいるあいだ、ほかの三人が見張りにつけばいいんです」

「この林間学校で問題なく日程をこなしていけりゃ、奇跡もいいとこだ」

「結衣お姉ちゃん」瑠那が包丁をスカートベルトに挿し、ブラウスの裾《すそ》で覆い隠しながらいった。「巫女《みこ》学校からジャンボリーまで、わたしもいろいろへんてこな学園もどきに通いましたけど……。優莉匡太の門下生だらけの学校なんて初めてです」

同感だった。結衣もチュオニアンにパグェの巣窟《そうくつ》校、ホンジュラスや北朝鮮の高校など、幾多の奇天烈《きてれつ》な学園生活を送ってきた。しかしこんな場所に身を置くことになるとは予想もしなかった。

とはいえ神経が張り詰めるばかりかといえばそうでもない。いっさい気を抜けない環境なのはたしかだが、自分でも意外なことに、ほかより適応しやすくも感じられた。幼少期から知る半グレ同盟の出身者揃いだからか。どの組織も代替わりしているとはいえ、あいつらにはどこか馴染《なじ》みの雰囲気が漂う。警戒心を働かせながらも、同じビルの同じ階でひと晩を過ごせたのは、その昵近《じっきん》の感覚ゆえかもしれない。

凜香もぴりぴりしてはいたが、あいつらが敵になった場合、出方がそれなりに予想できるからだろう、部屋に引き籠《こ》もりたがってはいなかった。包丁と手製爆弾を制服の下に隠した凜香が、通路に面するドアをそろそろと開ける。室外をのぞいたのち、またドアを閉めると、凜香が振りかえった。「起きだした奴らが七階へ下りてくぜ」

結衣はいった。「三人で先に行って。わたしは少し遅れて行く」

瑠那がうなずいた。「この状況ならそれがベストでしょう。わたしと凜香お姉ちゃんで伊桜里を守ります。誰かがよからぬ行動を起こすつもりなら、朝礼が始まる前後になにか仕掛けてくるでしょう」

「その場合はわたしがあんたたちを助ける」

凜香が伊桜里を起こしにかかった。シーツを撥《は》ね除《の》け、強引に引き立てる。「いつまで寝てるんだよ。ほら、お姉ちゃんたちと広間とやらへ行くぜ。地獄の朝礼によ」

瑠那が近づいてきて小声で告げた。「結衣お姉ちゃん。油断はできませんが、脱退者たちがおとなしく授業を受けるとしたら、脅威は外から攻めてくる優莉匡太の一派のみですか」

気が鬱《うつ》してくる。結衣はつぶやいた。「またジャンボリーみたいな状況？　脱退者のうち、元闇魔棒や死ね死ね隊出身者はごく一部で、大多数は半グレ集団に属して間もない新顔揃いって感じ。恩河日登美たちに攻撃されたらひとたまりもないでしょ」

「防御側のわたしたちが圧倒的に不利ですか」

「っていうより……」結衣は口ごもった。

島内にいる脱退者たちと協力し、外敵と対決する展開など、あまりに安易すぎないか。そうなるように仕向けられている気もする。政府が親身になって結衣たちを守ろうとしてくれているのなら、たとえ優莉匡太といえど、この島を探りだすのは困難だろう。矢幡総理が無策にこんな林間学校を許可するとは思えない。昨夜の幹部自衛官が主張したように、数年のうちに優莉匡太を逮捕しうる、なんらかの勝機をつかんでいるのだろうか。

まだ眠たげな顔の伊桜里が凜香にひきずられていく。ドアを開ける前に凜香が振りかえった。「結衣姉、頼んだぜ？」

返事をまたず凜香がドアを開け、伊桜里とともに通路へと滑りでた。瑠那もふたりを追って退室した。

結衣は手もとの包丁をしばし眺め、それをベッドの上に投げだした。この朝のどこか緩慢な空気が、凶器などしのばせなくていい、そんな気分にさせる。逆に瀧島ら元閻魔棒の七人が、本気で結衣たちを殺しにきた場合、包丁ていどではろくに役立つはずもない。

手製爆弾と毒ガス弾も部屋に残すことにした。瀧島たちが本当に脱退者なら、こちらも敵意がないことをしめす必要がある。少し時間を置き、結衣は部屋から通路へでた。

ぞろぞろと階段へ向かう人の流れがある。十代後半から二十代前半まで、八割がたが男だった。誰もが結衣を気にするように横目で見るが、ちょっかいをかけてこようとはしない。

父の半グレ同盟メンバーに特有の雰囲気を、ここにいる全員がまとっているように思える。具体的に特徴を挙げるのは難しいが、その風貌《ふうぼう》や足どりには、どこか懐かしささえ感じられてくる。複雑な気分だった。自分は辛《つら》かったはずの思い出を美化してはいないか。

脱退者の群れのなか、結衣も階段を下り、七階の通路に歩を進めた。すると隣に瀧島が並んだ。

「おはよう」瀧島は前を向いたまま歩きつづけた。「服に不自然な膨らみがない。丸腰だな。俺たちを信用する気になったか」

「飛び道具なら妹たちに持たせてる」

「あんたが持ってないことが重要な意思表示だ。俺も武器はしのばせてない。お互い一歩ずつ歩み寄れたな」

「どうだか」

「俺たちを信用する理由は?」

「閻魔棒のあんたたちに刑務所行きじゃなく、こんな恩恵があたえられたからには、たしかに司法への重要な情報提供があったとしか思えない」

「逮捕なんかされないよ。閻魔棒は証拠を残すようなヘマをしない。優莉姉妹も同じだろ？」

「でもあんたたちは、わたしのお父さんのもとから逃げて、警察署へ駆けこんだんでしょ。自白したのなら、あんたたちが犯罪者だって証拠になるんじゃなくて？」

「さあ。送検するって話がでる前に、ここへ飛ばされたからな。提供した情報の価値が高く見積もられたんだろうよ。国は俺たちの人権を考慮してくれた」

「どんな情報？」

「匡太さんや閻魔棒たちの拠点。むかし恒星天球教とつながりのあった新興宗教の施設を、偽名で買いとってアジトにしてる。全国のあちこちにある」

「新興宗教……。警察が令状をとって、いっせいに踏みこむにはハードルが高そう」

「そこは公安が全力を挙げるといってた。でも……」

「なに？」

瀧島が鼻を鳴らした。「取り調べの捜査員の追及が緩くてね。俺たち全員、拍子抜けだったよ。どうやら刑事まで、匡太さんの名を口にするのを怖がってるらしい」

「まさか」

「テレビ局や新聞社の連中と同じ、警察官も人間だよ。職務として犯罪を許さない構えでも、個人レベルじゃ家族惨殺の憂き目に遭いたくはない」

警察までが忖度《そんたく》しだしたというのか。これでは優莉匡太が図に乗るばかりだ。それにしても……。

結衣は苦言を呈した。「まだ匡太さんって呼ぶの？　ほんとに脱退した？」

「あんただってさっきお父さんと呼んだだろ」

「癖が抜けないだけ。他意はない」

「俺もだよ」

行く手の開放されたドアのなかに、先行する連中が吸いこまれていく。あれが第一広間の入口らしい。瑠那たちはもうなかにいるだろうか。

そう思ったとき、結衣と瀧島の眼前に、黒いワンピースが立ちふさがった。目の下にくまができ、げっそりとした顔の満里奈がささやいた。「結衣さん。あの子が一緒にいるのは耐えられない」

「……凛香のこと？」

満里奈は涙を溜《た》めながら切実にうったえてきた。「お願いだからあの子は追いだして！」

取り乱すのも無理はない。凛香は印旛沼で坂東一家三人の殺害をパグェに命じた。だがそもそも満里奈がここにいるのはどういうわけなのか。結衣はあえて昨夜はなにも問いたださなかった。突然現れた約五十人に対し、警戒心を働かせるだけで手いっぱいだったからだ。

瀧島が耳打ちしてきた。「彼女は目黒区青葉台の神霊観会拝殿にいた」

「神霊観会？」結衣は小声できいた。

「閻魔棒のなかでも主要メンバーが出入りするアジトだ。なぜか居場所もなさそうにうろついてた。俺が声をかけたら、帰りたいといった。だから一緒に連れだした」

アジトがどんな状況なのかまるで想像できない。クラブのように出入り自由とでもいうのだろうか。けれどもいま満里奈はひどく混乱した状態にあるようだ。理由を問いただすよりも、まずは落ち着かせたい。結衣は満里奈にきいた。「わたしが一緒にいるぶんには問題ない？」

「一緒にいてほしい」満里奈はいまにも大泣きしそうだった。「結衣さんは命の恩人だから」

「わかった。じゃあ来て」結衣は満里奈をいざない、ふたりで広間の出入口へと向かいだした。瀧島に対しては、ほうっておいてと目で伝える。本当はもっと事情をききたいが、満里奈と心を通わせるほうが優先される。

広間のなかへ入った。倉庫として使用されるはずだった空間のひとつだろう。体育館のように広いが、窓もなくひどく殺風景だった。天井は鉄製の梁《はり》が剝《む》きだしになっていて、白色灯がまんべんなくゴム敷きの床面を照らしだす。不良然とした十代から二十代が、そこかしこに数人ずつの群れを形成している。結衣が足を踏みいれた直後、一瞬静かになったが、またざわめきだした。ゆうべ制服姿だった高校生は、そのままかジャージに着替えている。それ以外もたいてい軽装だった。

どの面構えもワルぶってはいるが、やはり総じて半グレになって日が浅いと感じる。もう足を洗ったからには、条件さえ整えばカタギに復帰できそうな連中が少なからずいる。そういう意味でも少年刑務所というより少年院に近い印象だった。もっとも、優莉匡太半グレ同盟に一時的にせよ足を突っこんだのなら、世間的にはもう半端者とは呼べない。ここにいる誰もが超凶悪犯罪集団の出身者だった。社会からは疎ましがられる。けっして歓迎されることはない。

壁のひとつを背にし、瑠那と凜香、伊桜里が並んで座っていた。凜香がこちらに気づいたようすで困惑のいろを浮かべる。満里奈が露骨に視線を逸《そ》らし、歩を速めた。結衣は妹たちに距離を置くよう目でうながした。三人とも仕方なさそうに、その場にしゃがみつづける。

結衣は満里奈とともに広間の奥へと足を運んだ。前方の壁には演壇もなにもなく、八十インチとおぼしき大型モニターが、縦横に四つ嵌《は》めこんである。いずれも電源は入っているが、真っ黒な画面に〝NO SIGNAL〟の表示だけがあった。

だいたい状況はわかった、結衣は皮肉にそう思った。教師など来やしない。すべてオンライン授業だろう。要するに予備校の映像授業と同じか。林間学校というのは名目にすぎず、本当は優莉匡太の実子と元手下を、島に閉じこめておきたいだけなのではと疑いたくなる。

広間にたむろする連中を振りかえる。目が合いそうになると不良どもが顔をそむける。瀧島ら元閻魔棒の七人は少し離れた場所に群れていた。橋川芹菜という瀧島の恋人は、けさは長袖《ながそで》シャツに膝丈《ひざたけ》スカート姿だった。リーダー格の瀧島に芹菜が身を寄せるのを、ほかの六人は厄介に感じているようだが、気に留めていないフリをしつづける。総武《そうぶ》線千葉《ちば》方面の沿線の駅で見かけるヤンキーグループの人間模様だった。だが巷《ちまた》の不良とはちがう。元閻魔棒という素性を考慮しないわけにはいかない。本当にすんなりと恋人を連れて逃げだせたのか、どうにも訝《いぶか》しく思えてならない。

いきなり女の声が大音量で響き渡った。「おはようございます！　間もなく午前七時です。みなさまには北館三階の小教室に分かれ、最初の授業を受けていただきます。朝食は第一時限の授業終了後になります。クラス分けはこちらです」

四つの画面に隈《くま》なく名簿が表示された。五人から七人ていどのクラスに分かれ、それぞれ別の部屋で映像授業を受けるようだ。学年や科目によって細分化されている。優莉結衣の名は坂東満里奈と同じクラスにあった。基礎物理学IIだった。

結衣はささやいた。「満里奈さんも理系だったの」

満里奈が掠《かす》れた小声で応じた。「生前の父の勧めで……。あのぅ、結衣さん」

「なに?」

「結衣さんはあの人たちとちがうんでしょ? 優莉匡太とも凜香とも」

凜香を呼び捨てのうえ父とひと括《くく》りか。結衣は視線を落とした。「あなたのお父さんを助けられなかったのはわたしと瑠那。凜香はその場にいなかった」

「だけど凜香は印旛沼で、わたしたち家族を殺そうとしました。救いだしてくれたのは結衣さんだった」

「身内で殺し合いしてる馬鹿家族ってだけだから……。架禱斗が国を乗っとったせいで、凜香はパグェのトップに据えられた。でもその後はちがう。いろいろ立場も変わってる。わたしも……」

大量殺戮魔《さつりくま》ばかりの家族にあって、誰がまともかを論ずること自体、なんの意味もない。満里奈にはそれをわかってほしかった。誰かを頼りたいなら司法の助けを借りるべきだ。

そう思えばこそ自然に疑問が湧いてくる。結衣は満里奈にたずねた。「なぜここへ?」

「警察に保護されて、学業をまっとうする意思があるかどうかきかれたんです。ずっと大学に通えなくなってて、それが悔しかったし」

「そうじゃなくて、わたしが知りたいのは発端。なぜ半グレ同盟のアジトにいたの?」

「あの……」満里奈は口ごもった。「雲英亜樹凪さんが焼香に来て、連絡先を渡されて……」

「連絡先?」

「ラインでやりとりしたら、心を落ち着かせられる場所があるっていわれて」

半ばあきれながら結衣は周りを眺めた。「行った先がこういう奴らの巣窟《そうくつ》だったんでしょ。安らぎなんかあった?」

満里奈は黙りこくったまま下を向いた。なぜか身震いが生じている。極度の緊張と不安が感じられた。恐怖にとらわれているのがわかる。

カタギの人間の怯《おび》え方から、どのような苦痛があったか推し量れる。半グレ集団のなかで育った結衣たちに特有の感覚かもしれない。結衣は満里奈の肩に手をまわし、ふいに抱き寄せた。満里奈はびくっとし全身を硬直させた。結衣は満里奈のワンピースに手を伸ばした。襟をそっとつまみ、わずかに肌から浮かせる。満里奈がかすかに呻《うめ》いた。

結衣は神経に電流が駆け抜けるのをおぼえた。満里奈の服の下は傷だらけだった。無残なミミズ腫《ば》れが何本も横断する。鞭《む》打《ちう》たれた痕《あと》だ。

広間を振りかえった。約五十人はクラス分けの表示を前に、新たなグループを作るべく右往左往している。一部はもう通路にでて、三階の小教室へ向かおうとしていた。結衣が目をとめたのは瀧島たちだった。元闇魔棒らはまだ移動していない。さっきと同じ場所で立ち話をしている。

結衣はそちらへ向かいだした。瑠那や凜香が姉の殺気に気づいたように立ちあがった。結衣はついてくるよう目でうながした。妹たちが足ばやに近づくや、結衣は片手を差しだし、無言のうちに刃物を要求した。凜香が黙って包丁を渡す。結衣は包丁の柄を逆手に握り、瀧島との距離を急速に詰めていった。

元闇魔棒たちも結衣の接近に気づいたようすだった。榛葉らが行く手に立ちふさがろうとする。だが結衣は回し蹴《げ》りを浴びせ、膝の裏で榛葉の首を挟み、脚力だけで床に叩《たた》き伏せた。榛葉の仲間たちにも足払いをかけ転倒させる。瀧島の背後にまわりこむと、喉《のど》もとに刃を突きつけ、その場にひざまずかせた。

恋人の芹菜が悲鳴をあげた。「直貴！」

元閻魔棒らが包囲を狭めようとしたが、結衣の握った包丁は、いまにも瀧島の喉を掻《か》き切らんとしている。誰もが歯軋《はぎし》りしつつ踏みとどまった。そのなかのひとり、ハッカーの城原が呼びかけた。「結衣、なんの真似だ⁉」

広間にいる全員がこちらを注視する。なにごとかと誰もが目を瞠《みは》っている。身動きできない状態の瀧島が吐き捨てた。「まだ友達になれてないのはわかってたけどな」

結衣は低くつぶやいた。「アジトをうろついてただけの満里奈さんを連れだした？

彼女は囚《とら》われの身で拷問を受けてた」

「嘘をつく男は信用できねえ……よな？」

「当然でしょ」結衣は刃を瀧島の首筋に食いこませた。「なにがあったの」

「まって」満里奈が必死の形相で駆けつけた。「結衣さん。瀧島さんはわたしを助けだしてくれたの。悍馬《かんば》団から」

瑠那が満里奈を押しとどめた。凜香がいるにもかかわらず、満里奈はここへ走り寄ってきた。切実なまなざしが瀧島の解放をうったえてくる。偽りの感情を秘めているようには思えない。

結衣は刃を瀧島の喉もとから遠ざけた。包丁を凜香に投げかえす。瀧島はほっとしたように首に手をやった。

「悍馬団って？」結衣はきいた。

立ちあがった瀧島が結衣に向き直った。「知らなくて当然だ。あんたが子供のころ、半グレ同盟に悍馬団はなかったよな。存在自体が嘘っぽくきこえるかもしれねえが……」

「そうでもない。ダサいネーミングがクソ親父っぽい」

「まあな。悍馬団はいわば匡太さんの親衛隊だよ。匡太さんが死刑になったフリをして、生き延びて以降、最初に呼び集められた連中だ」

「親衛隊は閻魔棒じゃなくて？」

「ちがう。閻魔棒は死ね死ね隊のなかの精鋭グループだ。悍馬団はもとから匡太さんと親しかったし、年齢も三十代から四十代」

「それって……」

「初代死ね死ね隊の生き残りだよ」

結衣のなかに嫌悪感がこみあげてきた。半グレ集団のなかでもＤ５や共和は、比較的乱暴者が少なく、子供を虐待しなかった。だが死ね死ね隊は別だった。不用意に近寄ったら、それだけでいたぶられ、へたをすれば殺される。十二歳のころの架禱斗ですら、死ね死ね隊には及び腰だった。

パグェとの度重なる抗争を経て、死ね死ね隊は急激に数を減らしていった。そのうち半グレ同盟が本格的なテロに傾倒していったのは、優莉匡太が友里佐知子と出会い、兵器類の調達が可能になったからだ。黎明《れいめい》期の野蛮な時代、死ね死ね隊はD5の作った火炎瓶や3Dプリンター銃を武器に、暴虐のかぎりを尽くした。交番や役所関係を見境なく襲撃し、皆殺しを繰りかえしたのは初代死ね死ね隊だった。

瀧島が神妙にいった。「閻魔棒には女がいるが、悍馬団にはいねえんだよ」

そうだろうと結衣は思った。「死ね死ね隊はむかしから男ばかりだったから」

「異常な荒くれ野郎だけで成り立ってる、ある意味で匡太さんが最も親しくしてる奴らだ。強姦《ごうかん》殺人を趣味にしてやがる。友里佐知子の脳切除手術を受けた女を、動くセックスドール呼ばわりして好き勝手にもてあそんだのは、元死ね死ね隊の大人たちだよ。いまは悍馬団に雁首《がんくび》を揃えてる」

瑠那が表情を険しくした。結衣はうつむいた。実母の所業をきくたび胸が締めつけられる。この体内にはろくでなしの血しか流れていない。

さっき結衣に叩きのめされた榛葉が、まだ痛そうに首筋をさすりながらつぶやいた。「匡太さんに献上される女は、まず悍馬団に味見される。不適格とみなされれば、匡太さんには捧《ささ》げられず、悍馬団が傷ものにしちまう」

満里奈が両手で顔を覆った。雲英亜樹凪が優莉匡太に献上すべく、満里奈を悍馬団に引き渡したのだろう。

クズどもの性的な慰みものになったうえ、使い捨てにされる運命か。結衣は憤りとともにたずねた。「満里奈さんのほかにも、そんな目に遭った子がいるの？」

瀧島が気遣うようなまなざしを芹菜に向けた。芹菜は目に涙を溜《た》めていた。

事情をきくまでもない。瀧島とつきあっていたばかりに、芹菜は悍馬団に暴行された。ほうっておけば芹菜も満里奈も、最後には殺されるところだった。瀧島は自分の恋人だけでなく、満里奈も見捨てられず救出してきた。

誰か男の声が震えながらささやいた。「助けだしたってマジか……？」

結衣は周りに目を向けた。遠巻きに見守る十代や二十代は、みな一様に血の気が引いている。

うちひとりが狼狽《ろうばい》をしめし抗議した。「なんてことしてくれたんだ！　悍馬団から女を攫《さら》ってくるなんて」

別のひとりも声を張った。「匡太さんが黙っちゃいねえ。血眼になって俺たちを見つけだそうとする」

元閻魔棒以外はみな賛意を目でうったえてきた。元D5の一員らしきエンジニア風の青年が嘆いた。「俺たちみたいな端くれが逃げだすだけならともかく、悍馬団に喧《けん》嘩《か》を売ったんじゃ洒落《しゃれ》にならねえ」

その隣にいた十代の女もうなずいた。「いちど献上された女だろ？　発信機でも埋めこまれてたらどうすんだよ。身体の穴という穴を調べたかよ⁉」

同意の声が湧き起こるなか、元閻魔棒の城原が必死に突っぱねた。「ここに来た俺たち全員、自衛隊の身体検査を受けただろ！　X線だけじゃねえ。微妙な電波まで拾える機材もあった。発信機なんかありゃしねえ！」

さらなる反論の声があがった。「それでも……。もしここが匡太さんにバレたら？」

広間は静まりかえった。元半グレが戦々恐々としている。

瑠那のつぶやきが沈黙を破った。「このあいだのジャンボリーと同じ騒ぎでしょう。死ね死ね隊が襲ってきて、ここは血みどろの戦場になります」

動揺がひろがった。どよめきのなかで二十代の男がわめいた。「冗談じゃねえぜ！　なんで女なんか連れてきたんだよ」

榛葉が声を荒らげた。「しつけえな！　発信機はねえんだ。匡太さんがこの島に目をつけるわけがねえ」

だが周りは元閻魔棒らの主張に耳を貸さなかった。「俺たちの輸送によ、警察や自衛隊が大勢関わってたんだぜ？　匡太さんに筒抜けじゃねえってどうしていえるよ？」

「まったくだぜ。恩河日登美が自衛隊の極秘事項を掘り起こせねえと思うかよ。警官か自衛官を締めあげて難なく吐かせちまうだろうぜ」

広間はいっそう騒然とした。異を唱えるのは瀧島ら元閻魔棒の七人のみ。ほかは狼狽をあらわにしている。

ふいに凜香が叫んだ。「黙ってろ！」

唐突に静寂が支配する。誰もが固唾《かたず》を呑《の》み、凜香ひとりに視線を注いだ。

凜香がため息まじりにささやいた。「いろんな事情をひきずってここに来てるのは、みんな同じだろ。うちのクソ親父にたどられる心配が絶対にねえなんて、自信を持っていえる奴がいるのかよ。最初からわかってたことだろが」

沈黙が長く尾を引いた。満里奈が複雑な面持ちで凜香を眺めている。ただしまだ怯《おび》えの感情のほうが強いようだ。人の群れのなかで少しずつ後ずさる。

周りはまたざわつきだした。「閻魔棒や死ね死ね隊が襲ってきたとして……。俺たちが一丸となって戦えって？」

「馬鹿いえ。そういうのが嫌になったから逃げてきたんじゃねえか！　俺はご免だからな」

「っていうか……。そもそも俺たち全員、仲間だっていえるのかよ。俺は一緒に埼玉の浦和《うらわ》署に駆けこんだ連れしか知らねえ。案外、匡太さんの犬が送りこまれてるんじゃねえのか」

またも混乱がひろがりだした。そこかしこで小競り合いまで始まる始末だった。内ゲバは元半グレに付きものだと結衣は思った。中途半端に足を洗った奴らほど互いを敵視しやすい。もともと半グレはヤクザとちがい、上下関係が希薄だ。結びつきの理由を失ったとたん、こんなふうに紛糾し始める。

満里奈が泣きながら怒鳴った。「やめて！」

誰もがびくっとし満里奈に向き直る。怪訝《けげん》な表情ばかりだった。

大粒の涙を滴らせ、満里奈が何度もしゃくりあげつつ、かろうじて声を絞りだした。「ぜんぶわたしのせい。ごめんなさい」

瑠那が首を横に振った。「そんなことありません……。満里奈さん、気に病まないでください」

重い沈黙がつづく。広間に暗雲が垂れこめていた。満里奈を責める声があがらないだけ、ここにいる連中はいくらかましなのだろう。結衣はそう感じた。不良崩れにはちがいないが、極悪な優莉匡太半グレ同盟には適性がなかった、そんな奴らが大半を占める。すなわち図太い神経の持ち主ではない。どの顔にも不安と恐怖のいろがありありと浮かんでいる。

いきなり違和感のある音声が耳に飛びこんできた。「では高校三年相当、数学Bの授業を開始します。えー、みなさまの事情は知っておりますが、ぜひとも勉強には集中して臨んでいただけますよう……」

結衣ははっと息を吞んだ。全員が驚きとともにモニターを振りかえる。

四つのモニターがさらに複数の画面に分割されていた。それぞれに教員らしき姿がひとりずつ映っている。すべての音声が重なりあう。教師たちは互いの声がきこえていないらしく、各々が勝手に授業を進めだしている。

瀧島が目を瞬《しばたた》かせた。「なんだ？　どういうことだよ」

榛葉も周りを見まわした。「俺たち、まだほとんどここにいるじゃねえか。小教室になんか行ってねえぜ？」

凜香が驚きの声をあげた。「加藤《かとう》!?」

結衣は凜香に歩み寄った。「なに?」

「右上のモニター、左の上から二番目な。あれ日暮里高校の先生だぜ。古典探究のよ」

瑠那がうなずいた。「地学基礎の高見《たかみ》先生もいます。さっき表示されたクラス分けで、わたしが受けるはずだった授業だと思います」

周りの元半グレたちも、馴染《なじ》みの教師たちを見つけたらしい。口々に名前を挙げている。どういうことかと誰もが尋ねあっていた。

結衣にも理解不能な事態だった。画面に映っている教師らは、モニター越しに生徒を名指しにしつつ、質疑応答しながら授業を始めていた。それぞれの映像は、三階の小教室につながっているのか……? 小教室はほとんどが無人のはずではないか。

瀧島が結衣を振りかえった。「俺たちがここにいるのに、いったい誰と授業をしてる?」

ほんの一部が三階の小教室へ向かったにせよ、大多数がまだこの広間に居残っている。教師たちの表情のぎこちなさは、離島にいる元半グレどもを相手にするオンライン授業、それだけの理由で説明がつく。問題は授業自体が滞りなく進められていることだ。教師ひとりにつき複数の生徒と接している。やはり小教室につながっていると しか思えない。

凛香が眉《まゆ》をひそめた。「小教室に誰がいるってんだよ⁉」

行ってみるしかない。結衣は出入口へと向かいだした。瑠那や瀧島、ほかの面々も歩調を合わせてくる。しだいに速度があがっていった。通路にでるや誰もが競うように走りだした。

ありえない。この世は酔狂がすぎる。なにが起きているのかまだ不明だ。だが真実を知らずにはいられない。運命に抗《あらが》うのをあきらめたら死に瀕《ひん》する。半グレの家族に生まれた以上、それが人生の鉄則だった。

9

階段を駆け下りていき、三階の通路に入った。ここにもドアが無数に連なる。どれも小教室のはずだ。だが先行した若者たちが、なにやら手持ち無沙汰《ぶさた》そうに通路をうろついている。

結衣に併走していた瀧島が、行く手の若者たちに呼びかけた。「おい、なにしてる」

「なにって」通路にいたひとりが応じた。「授業は始まったけどよ。なんか変だ。先生には俺たちが見えてねえ」

「どういう意味だよ」

「文字どおり見えてねえってんだ。最初に点呼をして、俺と連れの名前も呼ばれたけどよ。ほかは空席だってのに、先生が全員の返事をきいたみてえに振る舞いやがる」

一同は通路に立ちどまった。互いに顔を見合わせる。結衣は近くのドアを開け放った。

小教室はたしかに十人以下しか入れない狭さだった。それだけの数の机しか用意されていない。前方には黒板の代わりに大型モニターがある。教師ひとりの映像が、分割なしで画面いっぱいに映しだされていた。

「では次」教師がホワイトボードに問題を記した。「αとβを整数とする。どちらも5の倍数なら、$2\alpha-3\beta$が5の倍数なのを証明せよ。まずαとβそれぞれを5で割った数を、xとyで表わしてみる。そうするとどうなる？　石崎《いしざき》」

しばし沈黙があった。画面のなかの教師はカメラ目線よりわずかに下を見ている。そこにモニターがあるようだ。この小教室のモニター上部にも、カメラレンズが設置されていた。ふつうに考えれば、誰も着席していない小教室内を、教師は目にするはずだが……。

「そのとおりだ」教師がうなずいた。「$\alpha=5x$、$\beta=5y$でまず表せる」

瀧島がつぶやいた。「馬鹿っぽくて幼稚な問題だな。落ちこぼれクラスか」

結衣は首を横に振った。「高一の数学ならこんなもんでしょ。それより……」

「ああ。先生には石崎って奴が見えてるらしい」

すると通路から声が飛んだ。「ありえねえよ！　石崎は俺だってのに」

凜香の声もきこえた。「結衣姉！」

人を掻《か》き分け結衣は通路に戻った。別のドアをでてきた凜香と瑠那が、ほかの十数人とともに駆けてくる。

「変です」瑠那がうったえた。「クラス分けでわたしが出席するはずだった部屋をのぞきましたけど、無人なのに先生はなにも気にせず授業をつづけてるんです。しかも先生が〝杠葉〟と名指しにし、わたしがなにも答えていないのに、返事をきいたかのような反応を……」

さっきのクラスとまったく同じだ。結衣は思いのままをつぶやいた。「オンライン授業の接続先が別のクラスだとか？」

遠くから伊桜里が走ってきた。「誰もいない！　どのクラスも空っぽ」

榛葉が難しい顔になった。「あの先生たちの小芝居か？　モニターを切っちまって、接続中のふりをしてるとか」

元半グレのひとりがいった。「俺たちにびびってるのならありうるぜ」

瀧島が否定した。「馬鹿いうな。なんのために先生らがそんなことをしなきゃならねえ」

不穏な空気が通路に立ちこめる。凜香がげんなりしたようすでささやいた。「なんだよこの『セーラー服反逆同盟』っぽい状況は」

昭和の古くさいドラマなら、結衣もときどき無料動画で観る。「こんなシーンあったっけ」

「ねえけど雰囲気がそんな感じなんだよ」

結衣は鼻を鳴らした。「馬鹿みたいな不良ばかりが集まってるとそうなる」

城原がため息をついた。「凜香が特にそれっぽい」

「なんだとコラ」

「だからそういうとこがまさしく……」

階段を駆け下りてくる靴音が響いた。十代がひとり通路に現れるや怒鳴った。「海になにか来やがったぜ！」

互いの表情を意識しあうのは一瞬のみだった。またも集団がいっせいに階段へ駆けこむ。結衣は先陣を切り、全力疾走で駆け上った。四階、五階、六階。踊り場をまわる直前には、常に警戒心を働かせる。行く手になにが待ち受けているかわからない。七階、八階、九階。上からざわめきがきこえる。屋上の階段塔に着いた。結衣はドアを開け放った。

夏の陽射しの下、白ばんだ視界のなか、屋上には元半グレが十人前後いた。さっき広間で見た顔ぶれの一部だった。三階の小教室へ下りず、外のようすをたしかめるため、ここへ向かったのだろう。おかげでなにか見つけたようだ。海が見える方角の手すりに鈴なりになっている。

瑠那が双眼鏡を差しだしてきた。「結衣お姉ちゃん」

結衣はそれを受けとった。海原が巨大な鏡のように輝いている。そのなかに黒い影がぽつんと浮かんでいた。双眼鏡で正体をたしかめる。倍率と焦点を調整した。

潜水艦だった。艦体上部と垂直に突きだしたセイル、レーダーアンテナや潜望鏡が視認できる。艦橋の上に人がでられる構造のはずだが、いまは誰も姿を見せていない。

結衣にわかるのはそれぐらいだった。瑠那に双眼鏡を引き渡し結衣はきいた。「どの国の潜水艦?」

瑠那が双眼鏡をのぞきこんだ。「海上自衛隊のそうりゅう型潜水艦かと。たぶんSS504てんりゅう。同名の訓練支援艦とは別です。全長八十五メートル、幅九メートル、深さ十メートル、喫水八メートルぐらい」

　ここからは小さく見えるが大型だ。結衣はさらに問いかけた。「何人乗れるの?」

「自衛隊の公表する数字では六十五人です」

「兵装は?」

「魚雷発射管が六門、89式魚雷を搭載。それにハープーン級USM」

「ユニバーサルスポーツマーケティングじゃないよね」

「USMは対艦ミサイルです。もちろん島への攻撃にも有効です」

「ちょ」瀧島があわてぎみに近づいてきた。「ちょっとまて。なんでそんなことを気にする? ありゃ自衛隊なんだろ?」

　瑠那が淡々と答えた。「監視目的なら浮上する必要はありません。姿を見せたのは威嚇のためです」

「無防備な俺たちを威嚇? なんのためにだよ。こんな離島から泳いで逃げようなんて、誰も考えやしねえのに」

　元D5とおぼしき十代後半がいった。「筏《いかだ》を作るだけの材料は島内にある。脱走を企てないよう脅してるのかも」

結衣は話しかけた。「あんたD5出身でしょ。名前は？」

「ね、根縫《ねぬい》」十代後半が緊張とともに応じた。「根縫荘已池《そういち》……。なんでD5だと知ってた？」

凜香が鼻を鳴らした。「わかるんだよ、わたしたちには。七つの半グレ集団それぞれの特徴ってやつがあってさ。D5は頭でっかちでヒョロい」

「でも」結衣は根縫を見つめた。「物騒な武器を作るのが専門だったから、技術者のほかに自衛隊出身者が加わっていたりする。ここにもいる？」

「いるよ。俺じゃないけど」根縫が仲間を捜すように、群れを見まわした。「ふたりほど来てる……。だけど素手じゃみんなとそう変わらない」

ふいに高慢な女の物言いが響き渡った。「もし元海上自衛官がいるのなら、潜水艦を乗っ取れるかもって考えてやがるだろ、結衣。アホくせえ話だが問題ねえよな。わたしもそうしたんだし」

鳥肌が立った。結衣は振りかえった。周りの元半グレらは結衣以上の衝撃を受けていた。大半は腰が抜けたように尻餅《しりもち》をつき、死にものぐるいで後ずさっていく。元闇魔棒を除く連中が、うろたえながら四方の手すりまで退いたため、結衣の視界は開けた。

屋上の真んなかには、半袖《はんそで》にスカートの夏服を着た女子高生が立っていた。石川県立荒渡高校の制服だろう。ナチュラルボブの黒髪が潮風になびく。頰がふっくらとした赤ん坊のような面立ち。黒目がちのつぶらな瞳《ひとみ》も幼く見える。小さくすぼめた唇が丸みを帯びていた。

膨らんだ両頰が醸しだすあどけなさ。だがいかに危険な存在か、結衣たちは身をもって知っていた。凜香が愕然《がくぜん》としつぶやいた。「恩河日登美……」

瑠那が満里奈のもとに駆けていき、庇《かば》うように立った。満里奈はなにごとかと不安を募らせている。まだ日登美に恐怖を感じていない。だが素性を知れば冷静ではいられないだろう。満里奈の父、坂東志郎は恩河日登美率いる死ね死ね隊に殺された。

瀧島ら元閻魔棒の七人も、現閻魔棒のなかで最強最悪の日登美を前に、あきらかに及び腰になっていた。まだかろうじて強がってはいるものの、身体の震えがとまらずにいる。そんな彼らのありさまが、元半グレらの絶望感を強めてしまったらしい。屋上にはひきつったような呻《うめ》きや唸《うな》りばかりがこだまする。

ぼんやりしているのは伊桜里だった。伊桜里は日登美に向き合ったことがない。凜香が伊桜里に寄り添った。こういう場合、なんの反応もしめさない伊桜里を真っ先に狙おうとする、それが恩河日登美だからだ。

幼女然とした童顔の日登美がいった。「もうわかるだろうがよ。オンライン授業の接続先はここじゃなくて、わたしたちの拠点につながってる」

「あー」結衣はささやいた。「小教室っぽい部屋をいくつも用意して、現役の半グレどもを座らせてるとか?」

「そう。匡太さんを裏切ってないだけで、出自はこいつらと同じ奴らだからよ。仕草も喋《しゃべ》り方もそれっぽい。モニター越しの教師どもは、予定どおりの出席者らを前に授業を進めてると信じきってやがる」

瀧島が震える声で異議を申し立てた。「でたらめだろう。ここにいる奴らの多くは、あの教師たちの元教え子だ。別人なのは一見してわかる」

日登美が醒《さ》めた目を瀧島に向けた。「無知晒《さら》して馬鹿面こっちに向けんな、閻魔棒のなり損ない」

からくりは知れていた。結衣はため息をついてみせた。「ディープフェイクでしょ」

「当然」日登美は表情も態度も変えなかった。「海外の結婚詐欺師がビデオ通話に使うレベルの技術なのに、いまどきコロッとだまされるのが日本のゴミ政府。デジタル庁とかいって、あいつらなんもわかってねえ」

結衣は日登美を見つめた。「なにが目的よ」

「わかんだろが」

「オンライン授業は順調と装って、自衛隊を警戒モードにさせず、こっそり島に近づいて皆殺し」

「よせよ。わたしたちは自衛隊の潜水艦奪ってるんだぜ？　矢幡が全力でこの島を防御しようが、難なく突破しちまうよ。深刻な人手不足の自衛隊も警察も、匡太さんの半グレ同盟の敵じゃねえ」

「ならなんのためかさっぱり」

「思考停止すんな。どうせそんなふりをして、裏かくことばっか考えてやがるくせに」

「なんのためよ」

「マジでわかんねえってのか。とぼけやがって。そもそもわたしたちがなんでここに来れた？　本来なら離島を探してまわれるほど暇じゃねえんだよ」

そこはたしかにそうだ。自衛隊と警察は細心の注意をもって、大規模な計画を実施した。優莉姉妹と元半グレたちの隔離に、巨額の予算が注《つ》ぎこまれたはずだろう。結衣の見たところ計画に致命的な穴はなかった。優莉匡太といえども容易には、ここ志渡澤島に目を向けられはしない。

日登美が平然といった。「矢幡が匡太さんに情報をつかませた」

屋上は静まりかえっていた。潮風が吹きすさぶ音のみが耳をかすめる。

瑠那が否定した。「ありえません」

「あ?」日登美が瑠那を睨《にら》みつけた。「なんでだよ」

「ここはわたしたちの将来のために、矢幡さんが用意してくださったんです」

「おいおい、瑠那! てめえわたしと同じステロイド漬けの化けもんのくせに、脳手術がうまくいかなかったんか。常識で考えろ。矢幡はおめえらを裏切ったんだよ」

結衣は低く告げた。「日登美。スべってる」

「煽《あお》ってるつもりかよ馬鹿結衣」日登美の声が甲高くなった。「おめえハン・シャウティンをぶっ殺したろ。習近平《しゅうきんぺい》ミサイルコントロールセンターの壊滅を防いだのは、中国に利するかもしれねえんだぜ? 日本の国益にはそんなに貢献してねえんだよ。だから矢幡はおめえらも含め、優莉匡太一派の掃討に賛成した」

「乱暴すぎる理屈」

「そうでもねえ。考えてもみろ。おめえらやわたしたちみたいな脅威がほかにいるか? 法律も守っちゃいねえ、毎日のように人を殺す。しかもまだ十代ときた。優莉の血筋と半グレ同盟を根絶やしにしなきゃ、日本に安泰はねえって結論にたどり着くのは自明の理だろが」

「そのために矢幡総理が、うちのクソ親父に情報を教えたって？　わたしたちが志渡澤島にいるって」

「大当たりよ」

「四月一日はとっくに終わってる」

「得意の煽りが冴《さ》えなくなってきたな、結衣。ちっとは心が揺らいでるんだろ、可能性がゼロじゃねえってな。実際そうなんだって。いま自衛隊はスタンバってる。オンライン授業が途絶えたり、匡太さんが死ね死ね隊を島に送りこんだりしたら、総攻撃をかけるつもりでよ」

「総攻撃？」

「おめえら姉妹と、裏切り者の元半グレども、それに現役の死ね死ね隊の精鋭たちが、この島で全滅。それを狙ってわざわざ離島に隔離したんだぜ？　筋が通ってるって思わねえか」

断じて受けいれられない。だがこの胸騒ぎはなんだろう。結衣は首を横に振った。

「矢幡さんはEL累次体じゃない」

「だがEL累次体が精神的拠《よ》りどころにしてきた象徴的存在だろが。無能な梅沢政権のじじいどもが魅せられた、国粋主義の提唱者ではあっただろが」

「わざわざ偽のオンライン授業をでっちあげて、潜水艦を奪ってレーダー網をかいくぐってまで、あんたがこっそり来た理由、まだきいてないんだけど」

「わたしがそうせずに来てみろ。自衛隊はとっくに総攻撃をかけてる。まずこのビルが遠距離からのミサイル攻撃で木っ端微塵《みじん》。次いで森林地帯に焼夷弾《しょういだん》投下。すべてを焼き尽くしたのちにようやく自衛隊が上陸。万が一にも生き残りがいたら即射殺」

「信じろってほうが無理」

「このビルがテタの手抜き建築業者の建てたしろものだってことぐらい、もちろん気づいてるよな？　おめえらの林間学校のために、なんでそんな場所を日本政府が選んだと思ってるよ。ひとり残らず抹殺するためだろが」

まだ結衣は動じずにいるものの、内心少しずつ肝が冷えていくのを感じていた。可能性を完全には否定しきれない。たしかにこのビルが選ばれたのは変だ。

日登美が真顔できいた。「試してみるか？　わたしが連絡すりゃ、偽のオンライン授業は即座に回線を断つ。そのうえで潜水艦にいるわたしの仲間たちが島に上陸する。日本政府が自衛隊をどう動かすか見ようじゃねえか」

瀧島が動揺のいろをのぞかせつつも強弁した。「おまえらを黙って上陸させると思うかよ！」

張り詰めた緊張のなか、その声が衝動を引き起こした。日登美の間近にいた元半グレの四人が、堪《たま》りかねたように日登美に襲いかかった。しのばせていた鉄パイプをいっせいに振りかざす。

日登美は目を細めた。可愛げに笑う童顔はまさしく天使のようだった。だが身体は瞬時に凶器そのものと化した。背後から振り下ろされた鉄パイプ二本を、振り向きもせずに左右でつかみとるや、攻撃してきたふたりの喉《のど》を強烈に突いた。両方のパイプがそれぞれ首を貫通した。鮮血をほとばしらせ、ふたりが後方に倒れた。

伊桜里が悲鳴をあげ凜香に抱きついた。だが凜香はこの場にいる誰よりも怯《おび》えきっているようだった。伊桜里を支えきれず、凜香はふらついたうえ、揃って尻餅《しりもち》をついてしまった。

日登美のスカートがふわりと舞い、バレエのように跳躍すると、上段蹴《げ》りの爪先《つまさき》が襲撃者の目にめりこんだ。フェンシングで突きを放ったも同然のすばやさだった。最後のひとりに対し、日登美は両太股《ふともも》で首を蟹挟《かにばさ》みにし、軽く身体をひねった。骨の折れる音とともに獲物がくずおれた。日登美は難なく着地した。

瑠那が慄然《りつぜん》としている。結衣も言葉を失っていた。なんという身軽さと強靱《きょうじん》さだろう。動作が的確で無駄がなさすぎるうえ、筋力も半端ない。ほんの数秒で、日登美の足もとには四つの惨殺死体が転がっていた。

元半グレたちの狼狽《ろうばい》ぶりは尋常ではなかった。もはやいっせいに命乞《いのちご》いを口にしている。満里奈や芹菜も泣きじゃくっていた。沈黙を守っているのは元閻魔棒の七人のほか、優莉姉妹の四人しかいない。そのなかでも凜香と伊桜里については、もうかなり切羽詰まっている。

日登美は息ひとつ乱れていなかった。「マジか。凜香、怯えきってんじゃん。無理もないかー。ほら、クソ親父とかイキってみせろよ。一瞬であの世に送ってやるから」

実のところ凜香の顔は真っ青だった。伊桜里を抱き締め、ひたすら震え、嗚咽《おえつ》を漏らすばかりになっている。あれほどの怖がり方は、結衣と殺し合いになったときにも見たおぼえがない。凜香は本気で恐れている。結衣は息を吞《の》んだ。いちど閻魔棒の手に落ちたせいで、こうも変わってしまうのだろうか。

結衣は歩みでた。「日登美。妹をびびらせるためにここにいるのかよ」

日登美がなぜかぼんやりした目を向けてきた。「かっこいい。可愛い」

「あ？」結衣は足をとめた。

「なんでわたしが来たかって？　理由のひとつがいまこの瞬間。おめえはわたしの推《お》しなんだよ」

「話逸《そ》らすな」

「ほんとだって」日登美の目は笑っていないものの、幼い顔が赤らみだした。「わたしがどう思ってるかわかる？　喩《たと》えていえば、全力で推し活に励んでんのに、肝心の推しが恋愛スキャンダルに走ったり、歌とダンスが練習不足だったり、ファンをがっかりさせてばっか。でも嫌いになれねえ。それがわたしにとってのおめえ」

結衣は毒づいた。「キモすぎてそのほっぺを引きちぎりたくなる。瘤《こぶ》取りじいさんみたいに」

「おめえ顔が綺麗《きれい》だから卑怯《ひきょう》だよね。プロポーションもいいし。脚とかすげえ長《なげ》えじゃん。だからいつも思う。おめえをぶっ倒して、乳首を思う存分吸いながら指マンしてやりてえ」

「市村凜《いちむらりん》の要素もあんのかよおまえ」

日登美がちらと凜香を見た。隙が生じるまでもなく、すぐに日登美の視線は結衣に戻った。幼稚園児のような笑顔で日登美がいった。「さてね」

「ここにいるのは半グレ同盟についていけなくなった奴らと、わたしの妹たちだけ。あんたのめあてがわたしだけなら、ほかを巻きこまなくていいでしょ」

「おい結衣」日登美が澄まし顔になった。「いまのところ殺し合いを望んだのは、この足もとでくたばってる四匹だぜ？　わたしはそうじゃねえっていってるだろ」

「脅しは充分でしょ」結衣は苛立《いらだ》ちを募らせていた。「さっさと要求をいいなよ」

「矢幡政権から狙われてるモンどうし、一緒に自衛隊のアホどもと戦おうじゃねえか。この島から無事に帰るためによ」

また静寂があった。瑠那の声も震えだしていた。「わたしたちは狙われてなんかいません。矢幡さんはハン・シャウティン事件で、結衣お姉ちゃんを全面的に信頼して協力を……」

日登美が声高に遮った。「結衣の情報をもとに、中華革命戦線の輸送船をミサイルで吹っ飛ばしたよな。大量殺戮魔《さつりくま》の小娘と知りながら、超法規的に信頼を寄せるなんて、とんでもなく優秀な総理大臣だぜ。この意味わかるかよ、結衣」

潮風に酸っぱいにおいが混ざる。死体が四つも転がっているせいだ。結衣はけっして隙を見せず、全神経を目の前の敵に向けていた。一瞬の油断が命とりになる。

だがそれとは別に、不可解な脈拍の亢進《こうしん》を自覚していた。なぜか心臓の鼓動が速まる。日登美が沈黙したまま、平然とこちらを見つめている。さっき日登美が吐いた言葉が脳裏に反響しつづける。とんでもなく優秀な総理大臣。この意味わかるかよ、結衣。

10

矢幡嘉寿郎は総理官邸の地階、危機管理センターの対策本部会議室にいた。強化ガラスの向こう側、オペレーションルームと情報集約室でも、職員らが慌ただしく立ち働いている。ただし顔ぶれはいつもと若干異なる。けっして公にできない極秘作戦だからだ。

対策本部会議室の円卓を閣僚の一部が囲む。ここにも大臣全員を出席させられない。ほかの閣僚や内閣官房、各省庁の官僚らに対しては、別の事情を伝えてある。部外者は誰ひとり危機管理センターに寄りつかない。当然マスコミにも伏せてあった。記者会見の予定などない。

喉がからからに渇く。こんな緊張感は武蔵小杉《むさしこすぎ》高校で人質になって以来だった。あまり深く思考を働かせたくない。これまで経験した地獄の光景が、目の前をちらつくたび、若者たちの苦悶《くもん》の表情が思い浮かんでくる。銃声も鳴り響く気がする。いまにも爆発音に全身を揺さぶられそうだ。不安に動悸《どうき》が激しくなる。矢幡はネクタイの結び目をわずかに緩めた。暑くもないのに首筋に汗が滲《にじ》んでいる。

悪夢にとらわれない夜はない。精神的に追い詰められているのはあきらかだろう。

議論に議論を重ねた。現状を脱する方法はほかにない。テロ頻発国家の指定を受けたいま、日本はかつてのアルゼンチンのごとく、先進国から途上国へ没落する危機を迎えている。もうとっくにそんな惨状かもしれない。未曾有《みぞう》の円安に歯止めがかからないのだから。

防衛政策局長が告げてきた。「総理。木更津《きさらづ》と北宇都宮《きたうつのみや》、霞ヶ浦《かすみがうら》の各駐屯地から、UH60JAが同時に奪われました。奇襲をかけてきた武装兵の群れは、優莉匡太配下の死ね死ね隊であると確認済みです」

矢幡は目を閉じた。始まったのか。とうとう優莉匡太が動きだしてしまった。

濱野秀作《はまのしゆうさく》防衛大臣が局長にきいた。「UH60Jの輸送ヘリだな？」

「そうです。多用途に製造した機体ですが、従来より多くの乗員を運べるのが特徴です。どの駐屯地でも武装は外した状態でしたが……」

天井のスピーカーがオンになり、情報集約室にいる職員の声が響き渡った。「奪取されたUH60JA三機、東京湾上空で合流し南下中。志渡澤島へ向かう模様」

瀬野敏広《せのとしひろ》警察庁長官がつぶやいた。「来たな……」

「総理」防衛政策局の次長がいった。「志渡澤島への長距離ミサイル攻撃。許可をお願いします」

決断を迫られるときに至った。ほかに選択肢はない。もうわかっている。わかりきったことだ。総理のひとことは重い。国民ひとりひとりの生殺与奪をきめてしまう。いや、凶悪犯罪対策委員会にいわせれば、あの若者たちに果たして、国民としての資格があるかどうか。

憲法には反する。しかしそれは従来も同じだった。優莉匡太の子供たちの罪を不問にしようと画策してきた。本来なら総理にあるまじきおこないだ。だが政治家である以前に、自分だけは人間であろうとした。

ところが現実は非情だった。あらゆる想像を超える事態が多発した。今後も国家は不安定なままか。進駐軍がきめた草案に基づく平和憲法は脆《もろ》かった。梅沢のめざした革命は急進的すぎたが、いままでの日本を放置したのでは破滅に向かう、その危機感はどうしようもなく正しい。

濱野防衛大臣は察したようにささやいた。「総理は充分に手を尽くされました」

そのひとことが胸に突き刺さる。独身の矢幡には相談できる妻子もいない。決断が揺らぎがちになる。いまとなっては息子を秘書にしていた梅沢が羨《うらや》ましく思える。矢幡を後押ししてくれるのは閣僚以外にない。

沈黙がひろがる。誰もが矢幡がうなずくのをまっている。それに応《こた》えねばならない。いまは想像力を働かせる必要などない。すでに決定済みのことをあらためて口にするだけだ。

矢幡は首を縦に振った。「わかった。許可する」

ガラスの向こうのオペレーションルームがいっそうせわしなくなる。矢幡はそちらを注視しなかった。志渡澤島の地図を表示するモニターを目にしたくはない。なにが起きるかはわかっている。

溝部哲《みぞべさとし》外務大臣が瀬野警察庁長官に向き直った。「ブラジル、サンパウロへの作戦決行依頼についても、矢幡総理の名で緊急通達を……」

とっさに矢幡は釘《くぎ》を刺した。「私の名を勝手に用いるな。時期尚早だ」

濱野防衛大臣が声を荒らげた。「総理！　志渡澤島とサンパウロ、同時に作戦開始に踏みきらねば意味がありません。一方を先行させれば、もう一方で賊を獲《と》り逃がします」

賊。それが政府の認識だ。閣僚が用いる言葉にしては乱暴としかいいようがない。けれどもほかに喩《たと》えようもない。もう検討の時期は過ぎていた。総理の立場にあろうと、委員会の決定をなぞるだけでしかない。

矢幡は視線を落とした。沈黙だけで意思の伝達はなされるはずだ。誰もがここで為《な》すべきことを心得ている。国家の運営とはいつも無味乾燥だ。血の通った人の集合体を、ひとつの巨大な身体のごとくとらえる。いまは危険で不要な腫瘍《しゅよう》の除去に踏みきるだけでしかない。

11

太陽は高く昇っている。だがほぼジャングルに等しい森林では、枝葉の差し交わす天井からの木漏れ日が、地面に斑《まだら》状の光を落とすにすぎない。

静寂が破られて久しい。爆音がどんどん大きくなる。辺り一帯から鳥の群れが飛び立った。烈風にしなる木々の向こう、九階建てのビルが見えている。南館の屋上に、三機のヘリが着陸しようとしていた。いずれも自衛隊のUH60JAだったが、やけに乱暴な操縦だった。ビル上空に差しかかったかと思うと、ほとんど重力まかせに降下し、底面のタイヤを屋上に叩《たた》きつける。

アプローチが慎重でないのは乗員が自衛官以外だからだ。降り立ったのは武装兵だが、遠目にも装備が自衛隊と異なるのがわかる。ヘルメットにゴーグル、マスク、防弾ベストに各種プロテクト、チェストリグ。現死ね死ね隊が一機につき約十人、合計三十人ほども躍りでてくる。全員がアサルトライフルを携えていた。

武装兵らは階段塔のドアへ殺到し、続々となかへ消えていった。屋上には誰もいなくなった。三機のヘリは無人のまま、まだメインローターを回転させている。

しばらく時間が過ぎた。枝葉の隙間からのぞく空を、飛行機雲が急速に伸びてきた。物体が徐々に大きくなる。ロケット型で弾頭をこちらに向けていた。遠方から発射されたミサイルが放物線を描き、ビルの屋上に直撃する……。

三機のヘリが爆発の火球に呑《の》まれた。砕け散ったのは機体ばかりではない。ビルがたちまち倒壊しだした。地面から噴きあがる白煙が巨大風船のごとく膨張し、傾いた南館を呑みこんでいく。次いで北館の外壁にも亀裂《きれつ》が走り、炎が壁面全体に延焼しだした。火災報知器のベルの音がここまできこえる。スプリンクラーが作動したかもしれないが、もはやなんの意味もない。凄《すさ》まじい轟音《ごうおん》が島の大地を揺るがした。北館は無数のコンクリート片を飛び散らしつつ崩落し、数秒ののちには瓦礫《がれき》の山と化した。

突風に木々が激しくなびいた。熱を帯びた嵐が吹き荒れる。身体が焼き尽くされるかと思えるほどに熱くなり、ほどなくまた空気が冷めていった。風も穏やかになった。一部始終を見ていた結衣は絶句した。飛来したミサイルはさほど大きくなかったが、たった一発で南館と北館を跡形もなく消し去った。ビルの耐性のなさを考慮した攻撃だった。あれが自衛隊のミサイルだったのなら、林間学校の触れこみで用意されたビルは、破壊を前提に選択されたことになる。

鼓膜が破れなかったのは、両手で耳を塞《ふさ》いでいたからだ。森林のなかでしゃがむ全員が同じようにしていた。近くで瑠那が顔をあげた。凜香や伊桜里も慄然《りつぜん》としている。満里奈と芹菜は怯《おび》えきっていた。元半グレたちも似たようなものだ。瀧島ら元闇魔棒の七人さえ血の気が引いている。

平然と身体を起こしたのは恩河日登美だった。両手を耳から離すと、スカートのポケットから小さな手鏡をだし、髪を撫《な》でつける。日登美が仏頂面でつぶやいた。「SM3なんか撃ちこみやがって。結衣、わかったろ。いまのは弾道ミサイル防衛用誘導弾スタンダードミサイル。海上自衛隊のイージス艦から発射されたしろものでよ」

結衣は瑠那を見た。瑠那がためらいがちにうなずいた。日登美のいったことは本当らしい。

だがすべてを鵜呑《うの》みにはできない。結衣は立ちあがった。「潜水艦を奪ったのなら、イージス艦を乗っ取るぐらいわけないでしょ」

日登美が見つめてきた。「いまのがわたしたちの撃ったミサイルだって？　おい馬鹿結衣。いい加減に現実を直視しろ。攻撃命令を下したのは矢幡なんだよ」

元半グレたちも腰を浮かせかけたが、また一様に驚嘆の声とともにすくみあがった。木々の向こうから武装兵らが駆けつけたからだ。

ビルから脱出した現死ね死ね隊だった。アサルトライフルが元半グレたちに向けられる。だが日登美が首を横に振ると、武装兵らは銃口をさげた。

半グレ同盟から逃亡した十代や二十代が、みな怯えきってへたりこむ場に、死ね死ね隊の約三十人が合流した。本来なら裏切り者たちを銃殺して終わりだろう。けれども日登美は攻撃を許可しなかった。

心拍が急激に加速する。結衣は武装兵らを眺めた。これまで同じ装備を身につけた奴らとは、出会ったとたん殺し合いを繰りひろげてきた。いま結衣が生きているのは、こいつらを次々に葬り去ってきたからだ。ところがそんな死ね死ね隊に、いまは遠足のごとく立ち交じっているではないか。

武装兵の胸と腕にワッペンがある。刺繍《ししゅう》された図柄は幼児が描いたような絵、ひとりが刃物でもうひとりを刺し殺している。結衣の六歳のころの作品だった。

なんともいえない思いが胸のうちにひろがる。こいつらは同じ穴の狢《むじな》だ。勝手に敵視してきたが、傍目《はため》から見ればそれも内ゲバにすぎないのだろう。片や優莉匡太の子供たち、片や優莉匡太の仲間たち。世のなかからすれば一緒くたの人殺し集団。

日登美が近づいてきた。間近に立つと日登美は背が低かった。結衣を見上げながら日登美が生意気な口をきいた。「どうするよ。ぐずぐずしてると自衛隊機が上空から焼夷弾《しょういだん》を降らせてくるぜ？」

結衣の声は喉《のど》に絡んだ。「おまえらが欺いてないってどうしていえるの」

やれやれとばかりに日登美が顔をしかめた。「ったく、推しが煮えきらねえ態度とるってのは、ほんと途方もなくストレスだよな。いっそのことぶっ殺してやりてえ」

「最初からそのつもりでしょ」

「あのな、結衣。いまこの島で、わたしの手下とおまえの仲間が殺し合ってみろ。矢幡の思うつぼじゃねえか。自衛隊も大喜びだろうよ、手間が省けたってな」

「だからっておまえらと一緒に足並み揃えて、自衛隊と戦えって？　論外」

「潜水艦が六十五人しか乗れねえのは瑠那にきいたな？　いまも十三人が操縦のために艦内にいるから、ここにいる八十人以上が乗れるわけねえ。みんなでいっぺんに脱出できねえ以上、攻撃してきた自衛隊の乗り物を奪わねえとな」

自衛隊との全面戦争を、日登美は執拗《しつよう》に示唆してくる。瑠那が首を横に振った。「結衣お姉ちゃん。これにはなにか裏があります。島を脱出するための乗り物がないからって、恩河日登美の口車に乗る必要はありません」

日登美が吐き捨てた。「しょうもない喩《たと》えに脳みそを無駄遣いしてんじゃねえぞ瑠那。てめえの頭ならなにが正解か、もうとっくにわかってるだろが。ここでわたしたちが殺し合ったら敵を利するだけなんだよ。あくまで信じねえなら……」

なにやら意味ありげなまなざしを日登美が向けてきた。結衣はきいた。「なによ」

「潜水艦へ来な、結衣」日登美が低くささやいた。「情報は艦内に集約されてっからよ」

「……まず満里奈さんや芹菜さんを避難させなよ」

「ピクニックに誘ってんじゃねえんだぞ馬鹿結衣！　潜水艦に招くのはてめえひとりだ」

「ほかのみんなは？」

「ここでおとなしく待機だ。うちの死ね死ね隊と一緒にな」

元半グレたちがおろおろと首を横に振る。結衣が立ち去ったら死ね死ね隊に殺されてしまう、誰もが無言のうちにそううったえてくる。

結衣は日登美に向き直った。「誰も傷つけないと誓うのなら潜水艦へ行ってやる」

「恩着せがましいな」日登美が反発した。「来なくたっていいんだぜ？」

「瑠那も連れてく。わたしには潜水艦なんてわかんないから」

日登美が舌打ちした。「要求を否定されてさらなる要求とは厚かましい女だな。しょうがねえ、瑠那だけ同行を許してやる」

凜香が涙目を向けてきた。「結衣姉……。本当に行く気かよ」

「安心して」結衣は凜香に歩み寄った。「日登美も一緒に潜水艦に行くんだから、いざとなったらここにいる奴らぐらい、あんたたちでなんとかなるでしょ」

「おい」日登美が口を挟んだ。「現役の死ね死ね隊を甘く見んなよ。閻魔棒が十人は交ざってるぜ？　凜香や瀧島たちだけじゃどうにもならねえよ」

結衣は日登美を振りかえった。「妹を怖がらせないでくれる？」

日登美が鼻を鳴らした。「お優しい」

また凜香に目を戻す。凜香はいまにも泣きだしそうだった。隣の伊桜里はとっくに涙をこぼしている。結衣はふたり一緒に抱き締めた。

凜香が過呼吸ぎみの荒い息遣いとともにささやいた。「結衣姉。わたしが死んでも構わないって思ってんだろ」

「なわけない」

「前に殺そうとしたじゃねえかよ」

「あんたINFPじゃん。根に持つ性格だってのは知ってる」

「ざけんな」凜香が泣きじゃくりながら身体を密着させてきた。「怖いよ、結衣姉。置いてかないでくれよ」

「だめだって、凜香。あんたが泣くと伊桜里がいっそう怖がる。潜水艦へ行って情報をたしかめてくるだけだから」

「見捨てないでくれよ。結衣姉、わたしを見捨てないで」

結衣は伊桜里が泣きやんだのに気づいた。凜香を支えるためにも、自分がしっかりしなければ、伊桜里の顔にそう書いてある。

ふたりとも愛《いと》おしく思えてきた。こんな気持ちになるとは、かつて想像もつかなかった。結衣はささやいた。「凜香、わたしはもうあんたを失いたくない。伊桜里も。みんなで幸せに暮らす日を信じたくなった。人殺しのくせに我が儘《まま》だけど、不可能を可能にしたい」

凜香が嗚咽《おえつ》にまみれた声を絞りだした。「結衣姉。また奇跡を起こしてくれよ。わたしも結衣姉や瑠那や伊桜里と一緒に暮らしてえよ。ずっと望んできたことだもん。ひとりじゃない毎日が……」

「きっと戻る」結衣はふたりを力いっぱい抱き締めた。その包容力で妹たちを泣きやませる。静かになると結衣はそっと離れた。

目を真っ赤に泣き腫《は》らしたふたりが見つめてくる。凜香が小声で告げてきた。「結衣姉。気をつけて」

結衣はうなずくと踵《きびす》をかえした。目で日登美にたずねる。日登美が進路に顎《あご》をしゃくった。結衣は瑠那をいざない歩きだした。死ね死ね隊から三人が日登美とともについてくる。

日登美が歩調を合わせてきた。「愁嘆場を演じながら、またどんな手を考えてやがるか楽しみだぜ、結衣」

結衣は黙って歩きつづけた。いまはなんの策も講じていない。だが運命が死なら、したがう気はなかった。あんな凜香は初めて見た。凜香がなにを望んでいるかを知った。自分もだ。こんなところでは死ねない。

12

結衣は森林を抜けた。手まわしのいいことに、日登美は入り江に大きめのゴムボートを待機させていた。モーター駆動式で潜水艦の備品らしい。波打ち際にも死ね死ね隊の武装兵がふたりいた。ゴムボートに結衣と瑠那、日登美に五人の武装兵が乗りこむ。それでも余裕があるぐらいのサイズだった。

推力も充分だとわかった。ゴムボートは洋上を滑るように走っていった。潮風が全身に吹きつけてくる。真夏の青に染まった空と海。マリンスポーツのようだが気楽さはない。前方に黒い鉄の塊が浮かんでいる。距離が詰まってくると人工の埠頭《ふとう》に思えるほど巨大だった。

ゴムボートは半ば乗りあげるように横付けした。潜水艦の上甲板も思いのほか広大だった。マンホールのように開いたハッチから、鉄梯子《てつばしご》が垂直に降下している。瑠那が耳打ちした。「わたしが先に行きますから」

「砂漠戦が専門だったんでしょ」結衣はささやいた。

日登美が割って入った。「そうでもねえよな、瑠那。八歳のころ紅海に素潜りして、フーシ派の無人潜水艇を爆破したろ。おめえを救出した米原潜より、こいつは小ぶりでよ。構造は似てるから案内の必要はねえな？」

瑠那がむっとしつつ鉄梯子を下りだした。日登美のしたり顔が腹立たしく思える。結衣も知らないような情報を優莉匡太は把握していた。驚くには値しない。匡太は中東に売り飛ばした六女の成長を、現地にいた架禱斗を通じて知った。六女が帰国してからは、抱きこんだ教誨師《きょうかいし》夫婦を義父母としてあてがい、ずっと監視下に置いてきた。親が我が子を見守ってなにが悪い、どうせ父はそんなふうにうそぶくだろう。子供の生き死にも娯楽のひとつでしかないくせに。

マンホールのなかへ下りていく。艦内は真っ暗ではなかった。いたるところにオレンジいろの照明が灯《とも》っている。グレーチングを床とする通路が、艦首方面へまっすぐ延びていた。武装兵ふたりが先導し、瑠那と結衣、日登美がつづく。背後から三人の武装兵が追い立ててくる。

ビル地階のボイラー室か、トンネルに付帯する設備に思えてくる。それぐらい配管だらけの狭い通路だった。軽装の男が計器類の前に立っていた。不良然とした身なりだが、困ったようすもなくレバーやスイッチを操作する。そんな男たちを随所で見かけた。馬鹿そうに見えるが閻魔棒なのだろう。幹部自衛官レベルから潜水艦のすべてをききだしたのか、あるいは前職が本物の乗員だったのか。結衣の幼少期、父が夢想のように語っていた戯言《たわごと》の数々が、いま現実になっているとわかる。

わりと広い場所に着いた。天井は低めで鉄製の梁《はり》が剝《む》きだしに入り組んでいる。一方の壁には制御卓が並び、その前の椅子に男たちが座る。中央の一段高いフロアで、艦長の役割らしき男が、太い円柱に身体の前面を這《は》わせていた。のぞきこんでいるのは潜望鏡らしい。

瑠那がささやいた。「発令所です。この潜水艦の中心」

スピーカーから無線がきこえる。〝〇一〇《マルヒトマル》よりあきづき、ミサイル標的に命中。志渡澤島北館および南館、崩壊を確認〟

〝こちらあきづき。〇一〇了解。志渡澤島への第二波攻撃準備。これで優莉家のクソガキどもも一巻の終わりだな〟

〝ええ〟無線の会話が砕けた響きを帯びだした。〝今後は舐《な》めた小娘どもに翻弄《ほんろう》されずに済みそうです〟

〝駆けつけたヘリも優莉匡太一味の主力だな？　まとめて葬り去ったいま、残党の弱体化も必至ってことだ〟

〝そのとおりですよ。人殺しの不良どもが傍若無人に振る舞う事態も、もうこれで終わりです〝ピッと電子音が鳴った。別の無線が割りこんできた。〝優莉一派掃討作戦、フェーズ・ツー。焼夷弾《しょういだん》搭載完了、C2発進準備〟……。

結衣は瑠那に小声できいた。「本物の無線連絡？」

「だと思います」瑠那が深刻そうに応じた。「気心が知れていれば、案外こんな砕けた話し方もするものです。発信音やノイズにも不自然なところがありません」

するとこれは自衛官らの生の声か。飛び交う通信に忌憚《きたん》なく本音が表れていた。

あらゆる通信の音声がスピーカーからきこえつづける。ほとんどの声は現在の優莉ファミリーを、かつてのシビックの上位組織ととらえているようだった。架禱斗の父親が半グレ同盟を率いるいま、一般にはそう受けとられても仕方がない。各地で傍若無人に暴れた死ね死ね隊を、不穏分子の主力と位置づける一方、優莉匡太の実子らをその中核と解釈している。〝舐めた小娘〟や〝まとめて葬る〟という言葉に、強い憎悪の感情と、殲滅《せんめつ》への意志が見え隠れする。

ぼんやりと危惧《きぐ》していたものが現実になっていく。矢幡総理の堅固な方針により、結衣たちは守られている、そんな実感があった。しかしおぼつかなげにも思えていた。こうして自衛官らの本音をきくと、あくまで国のトップが現場の不満を押さえこんできたにすぎないとわかる。自衛隊も警察も不本意ながら、政府の命令に従ってきただけでしかない。

優莉匡太が父、シビックの架禱斗が長男だ。現に結衣たちきょうだいは大量殺戮魔《さつりくま》だった。誰が区別してくれるだろう。優莉家のせいで日本がテロの恐怖に晒《さら》され、国力を著しく減退させているというのに。

別の無線通信が耳に入ってくる。〝優莉匡太の長男が死んでるだけ、シビック政変のときよりはマシだが、次女以下が脅威だな〟

〝小娘ごとき焼夷弾で焼き尽くせば骨も残らんよ〟

〝手厚く火葬に付すのか。そのぶんの経費もうちにまわるんじゃたまらんって、上が嘆いてるよ〟

笑い声がきこえた。〝身勝手なクソガキたちなんて、刑務所にいれるほうがよっぽど税金の無駄遣いだ。殺しちまったほうが早い〟

〝了解。敵戦らしい敵戦ができるなんて腕が鳴りますよ。たとえ白旗振るのが見えたって、機銃掃射で蜂の巣にしてやります〟

不愉快な雑談ではあっても、ただ聞き流そうとしていたはずが、どういうわけか胸が詰まってくる。まさか悲哀がこみあげてきているのか。自分らしくもないと結衣は思った。スピーカーをオフにしてもらいたいが、この状況ではそうもいかない。

日登美が大仰に顔をしかめた。「どいつもこいつも好き勝手に喋《しゃべ》ってやがんな。おめえらきょうだいが、死ね死ね隊より上みたいなヒエラルキーだと思いこんでやがる。気にいらねえよな。ぶっ殺してきてやろうか」

結衣は気にしまいと平静に努めた。「この通信の信憑《しんぴょう》性なんて誰にもわかりゃしない」

「そういうだろうと思った」日登美が乗員ひとりの肩を叩《たた》いた。「これを見な。ちっとは認識が改まる」

乗員の操作により壁のモニターが点灯した。映しだされた場所には見覚えがあった。結衣は衝撃を受けた。総理官邸地下の危機管理センター。円卓を斜め上方からとらえる定点カメラの映像。閣僚らの中心に座るのは矢幡総理だった。

志渡澤島で爆発があった直後だ。そのことを事前に知っていようがいまいが、緊急会議が招集されるのは当然の成り行きだった。隣の情報集約室から、職員が次々に書類を届けに来る。矢幡はそれらに目を通していた。近くにいるのは財務大臣らしい。矢幡がぼそぼそと告げる。「円買いドル売り介入で、なんとか市場をいまの水準に……」

音声がきこえている。国難の発生に対し、経済の混乱を懸念しているようだ。カメラがズームアップした。矢幡の顔を大きくとらえる。

日登美がいった。「ディープフェイクじゃねえのは目のなかを見りゃわかるな？　虹彩《こうさい》のいろが絶えず変わるのは本物の証《あかし》。これはリアルタイム映像でよ。矢幡は優莉一派掃討作戦の陣頭指揮をとってる」

瑠那がじれったそうにつぶやいた。「優莉一派という言葉が意味するのは、あなたたちでしょう。わたしたちじゃない」

日登美は瑠那を無視し、結衣に問いかけてきた。「危機管理センターが本物なのもわかるな？　おめえが行ったことのある場所に、会ったことのある総理。偽物じゃねえって納得がいくだろ」

映像に疑いの余地はない。たしかに矢幡総理本人と危機管理センターだ。だが結衣は突っぱねた。「リアルタイム映像かどうかはわからない。矢幡さんの心のなかものぞけない」

瑠那が驚きのいろを浮かべた。「結衣お姉ちゃん、あそこへ入りこんだんですか」

「梅沢前総理に会ってきた。知らなかった？」

「危機管理センターに侵入したとまでは……」

ふいに日登美の声のトーンが高くなった。「結衣が入れたんだから父君が入れねえわけはねえよな。矢幡の心のなかもいまのぞかせてやる」

いきなりモニターのなかに動きが現れた。矢幡の後頭部に拳銃《けんじゅう》を突きつける人影があった。列席の閣僚らがどよめいている。矢幡はぎょっとした顔で凍りついた。総理を人質にとられ、警備員らもいっこうに手をだせない。

矢幡の背後に立つ男が前のめりになり、映像にフレームインした。瑠那が息を呑《の》むのがわかった。結衣も愕然《がくぜん》とせざるをえなかった。

口髭《くちひげ》をたくわえた彫りの深い細面、豹《ひょう》のような目つき、五十代半ばにしては派手なジャケット姿。優莉匡太がカメラ目線でいった。「総理、スマイルだスマイル。俺の娘たちが観てるんだからよ」

13

矢幡は動作のいっさいを控えざるをえなかった。うなじに銃口の冷たい感触がある。本物の拳銃かどうかは疑うまでもない。前方のモニターには鏡のように、自分をとらえた映像が表示されている。背後にあるのはまぎれもなく優莉匡太の顔だった。

円卓に列席する閣僚らは恐れおののき、一様に身体をこわばらせた。みな腰が抜けたように立ちあがれずにいる。

優莉匡太の声は低いもののよく通る。「結衣がここへ来て同じことをやったときにゃ、梅沢政権のゴミ閣僚どもも、ちゃんとやることをわきまえてたんだけどな」

飯泉《いいずみ》文科大臣が泡を食ったようすできいた。「な、なにをすれば……。要求はなにかね?」

「さっさと消え失《う》せろカスども!」

匡太の怒声に列席者らは跳ね起きるがごとく立ちあがった。あわてぎみにそそくさと円卓を離れていき、地上階につながるエレベーターへと急ぐ。強化ガラスの向こう、オペレーションルームと情報集約室からも、職員らが続々と退避していく。

矢幡はじれったく思った。なかなか全員の避難が完了しない。三十代の政務担当秘書官、中西《なかにし》がうろたえながらも、まだ円卓のわきにいる。総理を見捨てられないと思っているようだ。矢幡は目で立ち去るよううながしたが、中西はなおもまごついている。

「ゆ」矢幡はうわずった声でいった。「優莉匡太。どうやってここに……」

「黙ってろ。娘たちが観てるといったろ。カメラから目を逸《そ》らすな」

「娘というと……」

「あー。ビデオ通話になってねえな。おっさんふたりの自撮りなんかサマにならねえ。おい、中継をコントロールしてる閻魔棒の誰か。日登美のいる潜水艦につなげ」

モニターの映像が切り替わった。潜水艦の発令所内と一見してわかる。ふだんは海上自衛隊に属する各艦の艦長を相手に、映像と音声で通信することが可能だった。だがいまは異様な光景があった。乗員の制服はひとりもいない。真正面にいるのは……。

矢幡はぞっとした。悪魔のような女子高生がいる。恩河日登美。その隣にはなんと結衣や瑠那がいるではないか。

中西秘書官が血相を変えた。「ほ、ほら！　総理、私がご忠告申し上げたとおりです。優莉結衣や杠葉瑠那は、優莉匡太と同じ穴の狢《むじな》なんですよ。現に危険人物の恩河日登美と一緒に……」

背後にかすかな風を感じた。匡太の拳銃は、一瞬だけ矢幡の後頭部を離れ、中西に向けられた。耳もとで大音量の銃声をきき、矢幡は片耳だけ聴覚が鈍った。目の前で中西の胸に血飛沫《ちしぶき》があがっていた。中西は茫然《ぼうぜん》としたが、さらに数発の弾を食らい、もんどりうって倒れた。

「中西君！」矢幡は思わず叫んだ。だが立ちあがることはできない。またうなじに銃口が突きつけられたからだ。

匡太がつぶやいた。「俺の家族をよ、同じ穴の狢とか侮辱しやがった罪で死刑にした。同穴狢侮辱罪《どうけつかく》とでも銘打つか。なあ矢幡」

視界が涙にぼやけだした。またしても側近の命が奪われてしまった。どれだけ多くの死をまのあたりにしてきただろう。いま背後にいるこの男が現れてから、ずっと悪夢のなかをさまよっている。地獄だ。いっこうに抜けだせない。

「おい」匡太がぞんざいにいった。「おめえの前にある紙な。なにが書いてある。読みあげろ」

目が書類に落ちる。志渡澤島の地図が印刷してあった。だがなにも言葉にできない。正面のモニターには結衣や瑠那が映っている。ふたりは志渡澤島にいるはずだ。なぜ海上自衛隊の潜水艦に乗っているのかはわからない。乗っ取ったのが恩河日登美だとしても、どうして結衣や瑠那は争うこともなく、日登美とともに発令所にいるのか。

「いえねえか」匡太は右手の拳銃を矢幡に突きつけたまま、左手を円卓に伸ばし、書類をつかみあげた。「見えるか結衣、瑠那。こいつは志渡澤島攻略の作戦図だぜ？矢幡総理はよ、さっきおめえらのいる島にミサイルをぶっ放して、これから焼夷弾《しょういだん》を投下させようとしてやがんだよ」

肝が冷える。矢幡はモニターが直視できなくなった。目が泳ぐ。だが退席はできない。匡太の拳銃が狙っている。

　モニターのなかの瑠那は泣きそうになっていた。だが結衣はいまだ無表情を保っている。結衣が静かに語りかけてきた。「矢幡さん。なぜですか」

　震えがとまらない。こんな問答のときを迎えたくなかった。なにが起きるかを知りながら、事実から目をそむけるうちに、すべてが終わるのを望んだ。たとえ罪深さと後悔の念が長く尾を引こうとも。

　銃口がうなじに食いこんだ。匡太が急《せ》かした。「答えろよ。娘の質問によ」

「……結衣さん」矢幡は嗄《か》れぎみの声を絞りだした。「どこから話せばいいか……。とにかく思いつくままにいおう。私には、知ってのとおり、妻も子供もいない。そのう、私のなかできみという存在は偉大だった。武蔵小杉高校事変からずっとだ。きみを娘のように錯覚することもあった」

　匡太が吐き捨てた。「勝手なことほざくんじゃ……」

　モニターのなかの結衣が目を怒らせた。「黙ってろクソ親父！」

「おっ」匡太がさも嬉《うれ》しそうに興奮しだした。「おめえクソ親父っていったな？　お父さんじゃなくてよ！　クソ親父呼ばわりの第一号は結衣か」

　日登美が冷めた顔できいた。「黙らせましょうか」

「いいんだ。ほっとけ、日登美。俺は楽しんでんだからよ。おい矢幡、つづけろ。結衣を娘みたいに錯覚するとかなんとか、そのあとは？」

「……結衣さん」矢幡はいった。「わかっていると思うが……。きみに親しみを感じ、特別あつかいすることは、一国の総理大臣として、どれだけ危険なことかもわきまえているつもりだった」

胸の奥が絶え間なく痛みを放つ。優莉匡太は悪の権化だ。妻の美咲をめぐり、匡太の恨みを買った自覚はあったが、あの男はとっくに死刑に処せられたはずだった。だが匡太は生きていた。

優莉結衣は矢幡にとって命の恩人だった。彼女と妹たちは国をも救った。だが警察は優莉姉妹の罪を暴きたがった。架禱斗によるシビック政変ののちには、それがいっそう顕著になった。

どうにか折り合いをつけられないかと躍起になった。総理の権限で指揮権を発動することにより、実質的に逮捕や起訴を妨害できるのは事実だ。だが結衣たちは罪を重ねすぎていた。たとえ殺した相手がテロリストばかりだったとしても、私刑など許されないのが法治国家だ。

結衣や瑠那の場合は特別、そんな線引きをどのように保てばよいのだろう。彼女たちが心変わりしないとどうしていえるのか。そのような批判が、公安から閣内まであらゆる方面から寄せられた。苦情の頻度は日を追うごとに増していった。本当の結衣を知ればこそ、信頼に足る存在といいきれる、それを矢幡自身はわかっている。けれども国民にどう説明できる。国民の理解を得てこその民主主義なのに。

抑制できなくなったのはハン・シャウティン事件がきっかけだった。池袋高校の生徒たちまでが銃を手にし戦闘に加わった。ラムッカ島のチュオニアンでもあったことだが、今度は都心だ。結衣たちの赴くところ、優莉家や半グレ同盟と無縁の未成年らまで、銃の使用をためらわない少年兵に育ってしまう。

銃犯罪での死者など皆無に近い国だった。それが昨今は武力襲撃が頻発している。元凶は優莉匡太や架禱斗だったが、結衣や瑠那、凜香、伊桜里の周辺にも、絶えず死体の山が積みあがる。国民は安らかに過ごせる日々を送れない。梅沢政権は皆殺しにされてしまった。国家的な信用が揺らぎ、記録的な円安となり、国連からも見放されようとしている。矢幡は世界じゅうからの非難の矢面に立たされてきた。

決定的だったのはアメリカ政府からの通達だった。優莉家を存続させるのなら、合衆国法典第五〇編二四〇五条に基づき、国務省が指定するテロ支援国家に日本を加える。日本はシリアやキューバ、イラン、北朝鮮と同列あつかいにする。その際には列島各地に、新たに二百以上の在日米軍基地を建設する、そう申し渡された。じつは地位協定により、アメリカが基地建設を望んだ場合、日本は土地の提供を拒めない。二百もの基地が新設されたら、日本は事実上、アメリカに主権を奪われるに等しいだろう。それが嫌なら、私情を挟まず、手段を選ばず、テロ一族の脅威を完全除去せよ。ホワイトハウスはそんな要求を突きつけてきた。

海外の目のみならず、日本国民から見ても、優莉家こそが脅威だ。親子間の分け隔てなど、どうやって説明できるだろう。誰の賛同を得られるのだろう。

どんな人間であれ見捨てたくなかった。政治家の理想としては全員を救いたい。だが医療の世界にもトリアージがある。国民の大多数が抱える不安や苦しみを思えばこそ、そこには優先順位が生じる。まして元凶であることがあきらかなら、やむなく切り捨てざるをえない。平気で人を殺せる一族、しかも未成年。恐怖だ、脅威だ。そんな存在を許していては法治国家が成り立たない。信頼も安堵《あんど》も得られない。

「……結衣さん。瑠那さん」矢幡は視線を落とし、ただすなおにつぶやいた。「私は六十六歳だ。もう限界だ……」

背後にいる匡太の声が反響した。「結衣。矢幡ってのは利口で有能な総理大臣だ。正義の人でもある。だからこそどう考えるかわかるな?」

14

結衣は半ば放心状態のまま立ち尽くした。

発令所の計器類に囲まれた小さなモニターに、矢幡の顔が映っている。苦渋の決断を下す前後の、深刻かつ厳《いか》めしい表情は、これまでも何度となく目にしてきた。しかしいまは途方もなく距離を感じる。冷えきった心に乖離《かいり》がある。他人だと結衣は思った。忌まわしいことに、矢幡の背後に映りこむ髭面《ひげづら》の男こそ、自分の父親だった。

優莉匡太が告げた言葉が、いつまでもこだまするように感じられる。矢幡ってのは利口で有能な総理大臣だ。正義の人でもある。だからこそどう考えるかわかるな？島内にいたときに日登美が吐いた台詞《せりふ》にそっくりだ。日登美もいっていた。とんでもなく優秀な総理大臣。この意味わかるかよ、結衣。

武蔵小杉高校の光景が目の前に浮かぶ。校庭で人質にとられていた矢幡を、結衣は強引に奪回し、家庭科室へ逃れた。あれが最初の出会いだった。戦場と化した校舎をあとにするとき、矢幡は指揮権発動にうったえてでも、結衣を無罪放免にしようとしてくれた。

架禱斗を殺したのち、身体の自由を失った結衣は、病室のベッドに横たわっていた。見舞いに来た矢幡がいった。この場で誓ってくれないか。二度と暴力は振るわない、罪を犯さないと。

なぜ約束させようとしたのか、いまになってよくわかる気がした。結衣のおこないは世間に横暴と受けとられる。ずっと庇《かば》いつづけられるわけではない。いずれ限界が来る。

すべての犯行を双子の姉、智沙子《ちさこ》になすりつけ、結衣は罪を逃れた。結衣にとっては不本意だったが、矢幡がすでに手をまわしていた。どれだけ見え透いていても、矢幡の証言に基づき、結衣の無罪が司法の最終判断になった。地獄の終焉《しゅうえん》に思えた。けれども現実はちがっていた。

あの病室で矢幡は宣言した。私たちは変わらなきゃいけない。国も、省庁も、警察も。私も、きみもだ。これから私の政権は弱者に目を向ける。誰も見捨てたりしない。

ところが第二のシビック政変を恐れた政財界が、ＥＬ累次体として急進的な革命をめざしだした。瑠那が運命に抗《あらが》いだし、結衣や凜香も人を殺しつづけた。そうせざるをえなかった。十代の命を散らして国家の中央集権化を強化するなど、悪《あ》しき戦前への回帰ではないか。

結衣は約束を守れなかった。理由は矢幡も承知済みのはずだ。EL累次体の蛮行など許せなかった。しかも優莉匡太が生きていた。様相は父親と子供たちとの抗争に変化した。

きょうだいは罪を重ねた。大勢を殺してきた。政府と国民にしてみれば、絶え間なく銃声が轟《とどろ》き平和が破られる、あらゆる元凶は優莉家と半グレ同盟だった。優莉架禱斗が国家を転覆し、シビック政変を果たした。そののちも突発的な武力襲撃が発生、昨今のほとんどの事件に弟篤志と、結衣以下姉妹が関わっている。この国は日本赤軍《にほんせきぐん》やオウム真理《しんり》教、恒星天球教が跋扈《ばっこ》していたころ以上の、危険きわまりない治安の揺らぎを生じてしまった。

国のトップが優莉家および一派の掃討を願うのは当然だ。考えてみれば結衣の幼少のころから、機動隊がそうすべく包囲網を狭めていたではないか。

平気で銃をあつかい、銃がなくても大量殺人を犯し、徹底して法を無視しまくる。そんな十代が大勢いて、頻繁に無残な事件が起きる。無法者を率いるのは、死刑に処しても死ななかった優莉匡太。優莉架禱斗が死んでも、きょうだいがいつでも平和を乱しうるうえ、現に殺人を繰りかえす。匡太の実子と、悍馬団や闇魔棒、死ね死ね隊。

日本国民ならそれらが一掃されてほしいと切実に望むだろう。結衣たちを含めてだ。

優秀で有能、正義の総理大臣だからこそ決断に至った。もう限界だと矢幡はいった。国から脅威を取り除く。そこにかぎっていえば、EL累次体の方針を踏襲せざるをえない、そう結論づけたことになる。

本来それ以外の道はなかった。人殺し一家は野放しにできない。何度となく逮捕を試みても逃してしまう。死刑執行すら通用しない。ならば非常手段もやむをえない。これは法治国家存続の危機だからだ。優莉家はただちに殲滅《せんめつ》。情状酌量の余地はない。まして国のトップが優莉家の子供たちと結びつくなど言語道断だ。

瑠那はまだ納得していないようすだった。焦燥のいろとともに瑠那は呼びかけた。「総理。島への攻撃命令を撤回してください。亡くなった坂東さんのご令嬢、満里奈さんがいます。ここに集められた半グレ同盟の脱退者たちのうち、多くはまだそんなに罪を重ねていないし……」

モニターの向こうで矢幡がぼそりといった。「瑠那さん。それはできない……」

背後の匡太が笑った。「きいたかよ、結衣、瑠那！　こうやって俺が銃を突きつけてんのに、矢幡は頑《かたく》なに意志を曲げねえんだぜ。ほんと有能な総理大臣だろ。梅沢とは大違いだよな！」

結衣は冷えきった心とともにささやいた。「総理。本当に攻撃命令を撤回なさらないつもりですか」

なおも匡太が声高に怒鳴った。「結衣！　総理大臣の権限がおよぶのは国内だけだ。地球の反対側への命令はな、撤回がきかないどころか、もうとっくに完了してるぜ」

意味不明だった。志渡澤島は東京湾の南、せいぜい五百キロ以下の距離だ。地球の反対側とはなんの話だろう。

すると日登美がパネルに手を伸ばし、モニターの映像を切り替えた。

ブラジル最大のテレビ局、ヘジ・グローボのロゴが、画面の片隅に表示されている。音声は現地の公用語、ポルトガル語のようだった。放送電波が受信できるのはそう意外でもない。在日ブラジル人の多い群馬や愛知、三重などに向け、ヘジ・グローボは日本国内でも放送されているからだ。

結衣にはポルトガル語がわからなかった。だが映像はニュース番組だった。LIVEの表示がありながら夜間なのは、地球の反対側ゆえだった。ニューススタジオではなく、どこか現場からの中継だ。郊外とおぼしき荒廃した街並みに、サンパウロ州軍警察が展開し、絶えず銃声が響き渡る。いたるところに死体が転がる。燃え盛るビルの前に横たわるのは、黒焦げになった子供の焼死体だ。

瑠那には言葉がわかるらしい。愕然《がくぜん》とした面持ちで瑠那がつぶやいた。「そんな……」

結衣はきいた。「なに？」

ふいにスマホの着信音が鳴った。結衣ははっとした。胸ポケットのなかに振動がある。自分のスマホだった。島はケータイ電波が届かなかったはずだが……。

日登美が顎《あご》をしゃくった。「でろよ。潜水艦のなかはワイファイ電波が飛んでる。衛星でネットにつながってるからな」

とりだしたスマホの画面を見た。＋55から始まる番号は、ブラジルからの国際電話を意味する。つづく携帯電話番号には馴染《なじ》みがあった。結衣は応答のためボタンをタップした。

篤志の声がきこえてきた。「結衣？」

「……篤志兄」結衣は思いつくままいった。「小さいころ、わたしのキャンディーを勝手に口に放りこんで、なにもいわず立ち去ったよね。抗議しようとしたら架禱斗が蹴《け》ってきやがった」

「キャンディーじゃなくガムだ。クールミントのな。音声変換じゃなく俺だと納得がいったか？」

たしかに篤志本人にちがいない。ずいぶん騒々しいところにいるようだ。背景に銃声らしき音がきこえる。結衣は問いかけた。「なにがあったの」

篤志の声は咳《せ》きこみながら告げてきた。「病院や学校宿舎が一斉襲撃に遭った。結衣」

「……なに？」

「耕史郎《こうしろう》が死んだ。明日磨《あすま》もだ。駿太《しゅんた》も」

結衣はなにもいえず立ち尽くした。思考や感情の破綻《はたん》を防ぐため自制心が働いている。それゆえ数秒にわたり、なにも頭に浮かばない時間が流れた。

「死んだ？」結衣はきいた。

「ああ」篤志の声が震えだした。「死んだ」

「なんで」

「軍警察の奴らが、同時多発的に踏みこんできて……」

「じゃなくて。なんで守ってあげなかったかをきいてるんだけど」

「……俺がなにもしなかったとでもいいてえのかよ」

胸のうちに抑制のきかない激しい感情がこみあげてくる。結衣はスマホを握り締めた。「殺されてちゃ、なにかやったうちに入らない」

「知りもしねえくせに」篤志が涙声になりつつあった。「現地警察の動向ならちゃんと気にかけてた。なんの前触れもなくいきなりだ」

「しっかり警戒してりゃそんなことにはならない」

「こっちへ来て自分の目と耳でたしかめてみろ！　日本ほど情報が入りやすくはねえんだ」

「反撃しなかったの」

「したさ。軍警察の奴らも何人か捕らえて締めあげてやった。日本とブラジル間の刑事共助条約に基づく極秘作戦だってよ。早い話、日本側から要請があったんだよ。俺たちの弟を皆殺しにしろってよ！」

髪が逆立つような寒気をおぼえる。結衣はモニターに目を戻した。映像はまた危機管理センターに切り替わっていた。矢幡が映っている。その背後には優莉匡太の姿もある。

結衣は篤志に問いかけた。「弘子《ひろこ》は？」

「わからん。ホームステイ先が襲われたとはきいた。これから行ってみる」篤志のささやきが耳に届いた。「軍警察が来やがった。切るぞ」

機関銃の掃射音が鳴り響いたが、スマホによるノイズカット機能が働き、すぐにフェードアウトした。ほどなく通話が切れた。

スマホをポケットに戻した。耐えがたい思いを自制心で強引に封じこめる。

「総理」結衣は静かにたずねた。「なんの真似ですか」

矢幡は頬筋《きょうきん》を痙攣《けいれん》させ、うつむきがちにつぶやいた。「公安警察からの報告により、篤志が優莉家の子供たちを連れ、違法出国した疑いが浮上した。現地で匿《かくま》っている者が在日ベトナムマフィアの可能性も……」

「耕史郎はまだ十三だったんですよ！　わたしたちとはいちども関わったことがなく、暴力なんかなにも知りません」

「……凶悪犯罪対策委員会で協議を重ねた結果だ。きみらきょうだいは十代前半から殺人を重ねてきた」

「明日磨はずっと入院して寝たきりだったんです！　クソ親父から解放されたときには、もう極度に衰弱してて、その後遺症に苦しんできました。公安なら知ってたでしょ。駿太も……」

虚《むな》しさとともに言葉が消えいりそうになる。四男の明日磨、五男の耕史郎までは、まだぼんやりと記憶に残っている。だが六男の駿太までいくと、名前ぐらいしか思いだせない。世間に実名が公表されず、おそらく本人も父が何者なのか知らなかっただろう。それゆえ犯罪とは無縁に育ったはずだ。たしか十二歳になっていた。いまはブラジルの小学校に留学中ときいていた。

瑠那が悲痛なまなざしを向けてきた。「結衣お姉ちゃん……」

モニターのなかで矢幡が辛《つら》そうに告げた。「私が報告を受けたのは、優莉家の子供が複数、鵠酸塩菌への感染を逃れるためブラジルに脱出した、それだけだ」

あまりに強すぎる感情ゆえ、かえって胸のなかが空っぽになってくる。結衣は淡々と矢幡にいった。「優莉家を根絶やしにすると決めた以上、わたしたちの抹殺と同時に、海外にいる弟たちの命を奪ったわけですか」

「根絶やしという命令を下したわけでは……」

「同じことでしょ。脅威になる優莉一族は皆殺し」

「きいてくれ。信じてもらえるとは思わないが……。私はこの作戦に最後まで反対した。幼い子供たちまで手にかけるなんて……」

匡太が銃口で矢幡の後頭部を小突《こづ》いた。「いまさらつまらねえ弁明はよせ。島への攻撃を撤回する気ねえくせによ」

矢幡が顔をあげた。潤みがちな目がまっすぐ見つめてくる。震える声で矢幡が告げてきた。「結衣さん、瑠那さん。どうか理解してくれ……。私はこの国の将来を、国民ひとりひとりの幸せを構築しなければならない」

「はん」匡太が鼻で笑った。「つくづくあっぱれな政治家だよな、こいつは」

なおも矢幡がつづけた。「きみたちは図らずも、中国の軍事力拡大と維持に貢献してしまった……」

瑠那はいまにも泣きだしそうだった。「総理。習近平ミサイルコントロールセンターが核爆発で消滅したら、アジアの軍事バランスが崩れます。平和が大きく乱れたにちがいないんです」

「わが国としては敵に利する行為と受けとるしかないと、防衛省が意見してきた」

短絡的だ。瑠那ほど国際情勢に精通していない結衣にもわかる。国の役人は利己的で視野が狭い。ハン・シャウティンに好き放題させておけるはずがなかった。地上三五〇メートルの展望デッキに人質たちが閉じこめられていた。あの大勢の命の重さを、政府はもう忘れてしまったのだろうか。そんなに国益ばかりが大事か。

匡太が呼びかけてきた。「瑠那、俺をお父さんと呼べよ。お父さん、総理大臣に銃を突きつけてるんだから、志渡澤島への攻撃をやめさせてってな」

瑠那は拒絶した。「誰がそんなこと」

「そうか。だろうな。俺もガキのためにわざわざこいつを脅すつもりなんかねえ。結衣、瑠那。自分たちでなんとかしろよ。生きようが死のうが楽しませろ」

結衣は父親を無視した。話すべき相手は矢幡だけだ。なにかいおうとすれば憤怒《ふんぬ》があふれそうになる。感情を少しずつため息に逃がし、結衣は矢幡に問いかけた。「国家元首として、正義のためにやむなし、ですか」

「優莉家および一派がいなければ、この国の憲法に基づく法が正常に機能し、平和が戻る……。閣議と委員会の協議がそう結論づけた」

「本当の凶悪犯のせいで、罪なき十代が犠牲になってても、無視する国のくせにですか」

「結衣さん……」矢幡の顔がわずかに険しくなった。「公安からの報告によると、きみは伊桜里さんの保護者となり、犯罪者に育てようとしてきたな。法を逸脱する教育を施した。こんなことはいいたくないが、優莉匡太となにがちがうんだ」

「伊桜里には殺人なんかさせません」

「だが法を守る大切さは教えていない。犯罪を奨励してきた」

「猫みたいにおとなしく生きてるだけじゃ、痴漢に襲われストーカーに追われ、通り魔に殺される世のなかだからです」

「それが法を破っていいという話にはならない」

「なぜですか」結衣のなかに激しい憤りがこみあげてきた。「異次元の少子化対策とやらのために、妊娠させられ殺された女の子たちは、なんのために死んだんですか」

「あれは……許すべからざる犯罪だ。梅沢たちは手段を誤った。だがこの国の弱体化と崩壊を食いとめねばならないという使命感があった。シビック政変が私たちを追い詰めたんだ」

受容しがたい不快感がこみあげる。矢幡がEL累次体への同情を口にした。

「結局」結衣はささやいた。「同じ穴の狢《むじな》ですね」

「結衣さん。私はなにも梅沢たちが正しかったといいたいんじゃない。しかし政治家は国家の平和と安定をめざす。きみは個人的な主観で、法の遵守に意味はないという。それでは国家が成り立たない」

かっとなって結衣は声を荒らげた。「一流私立の幼稚舎から大学まで上りつめた良家の育ちで、ほんとに国民のことなんかわかってるんですか!? 公立じゃ恐ろしく馬鹿な奴らが乱暴に振る舞って、おとなしい子をいじめてる。教師は無視してる。親もなにもいわない。女の子が変態の犠牲になるのも、どういうわけかあるていどは仕方がないと、社会が容認してやがる」

「そんなことはけっして……」

「国が裕福だったころになんの努力もせず浪費して、いまになってわたしたちにツケをまわしてる！　なにか意見すれば、若者や未成年は無知だから、そんな解釈で一蹴《いっしゅう》される。十代のほうが知力も体力も勝《まさ》ってるってわからないですか。まして犯罪者の家系というだけで差別して、なにひとつ耳を傾けようとしないなんて」

「私たちは耳を傾けようとしてきた！　だが治安の悪化に歯止めがかからない現状では、緊急に元凶を取り除くとの判断が下ることは、国家として……」

「国家だなんて！」結衣は怒鳴った。「武蔵小杉高校をジンたちが襲撃した瞬間、あなたはいったいなにしてたよ!?　腰抜かしてSPに守られて逃げまわってただけだろが！　なんでみんな死ななきゃならなかったんだよ。あんたが高校に来たからだろうが！」

静寂のなか、自分の言葉が何度となく反響しつづける、そんなふうに思えた。

結衣の冷えきった胸のうちに、かすかな当惑が生じた。いまのが自分の本音か。たしかめるまでもない。偽らざる感情の吐露だ。矢幡は政敵から命を狙われていた。それに対処もせず武蔵小杉高校を訪問した。そのせいで生徒たちが犠牲になった。

矢幡は衝撃を受け絶句しているようすだった。愕然《がくぜん》と見つめてくるまなざしがある。いま矢幡がなにを考えているか、結衣は想像する気にもなれなかった。

どうせ堂々めぐりだ。政治家の主張など火を見るよりあきらかだった。世間も同調するだろう。国家という枠組みを保ち、多くの幸せに貢献するため、多少の犠牲は仕方がない。だがそれはごく少数の立場に置かれたことのない人間の声だ。伊桜里はほうっておけば、みずから命を絶っていた。そうでなければ虐待死していた。結衣たち全員が似たような境遇だった。大人の身勝手な犯罪や事故に巻きこまれ、理不尽に命を落とす未成年みんながそうだ。

結衣はつぶやいた。「この世は欠陥だらけ。救いようがない」

モニターのなかの匡太が呻《うめ》いた。なんと匡太は感激の涙を流していた。

「マジか」匡太が声を震わせた。「結衣。おまえ、その境地に達したか」

気づけば日登美も大粒の涙を滴らせていた。幼女のような童顔が、鼻の頭を赤く染め、さかんにすすり泣く。そのさまが憎らしい反面、あろうことか可愛げがあるように感じられてきた。

瑠那があわてたようにいった。「だめ、結衣お姉ちゃん。そんなのは極論すぎる」

極論ではない、正論だ。この世のなかは根本的にまちがっている。神の気まぐれ、生あるうちの暇潰《ひまつぶ》し。しょせん動物でしかない人類が、国家だ法だと理想を掲げるなど、思いあがりも甚だしい。瑠那が結衣に共感できない理由もはっきりしている。死んでいった弟たちへの想いが希薄だからだ。死に等しい苦しみや悲しみを代償に、いったいなにを守れというのだろう。多くの幸せというが、ほうっておいても犯罪の被害者が続出するばかりではないか。

スピーカーから自衛隊の無線の声がきこえつづける。〝優莉結衣が黒焦げ死体になったんじゃ、また別人の可能性が浮上しますね〟

〝島内にいるのは百人以下だ。なに、DNA鑑定でこと足りるさ〟

〝ああ〟また別の声が呼応した。〝優莉匡太の娘は四人だったか。該当する死体が四つでればいいわけだな〟

〝そういうことだ。部分遺体を数えまちがえるなよ。そのためにも八つ裂きにはせずに、きれいにこんがり焼かなきゃな〟

笑い声がきこえる。結衣は虚空を眺めていた。以前なら言葉を交わすのも毛嫌いした相手に、すんなりとささやきかける。「日登美。無線には割りこめねえのかよ」

日登美の目のいろが変わった。「自衛隊の潜水艦だぜ、当然割りこめる。まってろ」

制御盤に向き合うひとりがスイッチを操作する。ブツッという音とともにスピーカーの音が途絶えた。かすかにハウリングのノイズが鳴り響く。マイクがオンになったらしい。日登美がうなずいた。

結衣はいった。「島に来やがったら全員殺す」

日登美は狂喜乱舞しかねない表情で、また手下に合図を送った。マイクからスピーカーにふたたび切り替わったものの、自衛官らの無線は沈黙していた。誰もが言葉を失ったのは明白だった。

「うおお！」匡太がモニターのなかでわめいた。矢幡を円卓に叩《たた》き伏せると、後頭部に銃口をめりこませる。カメラを見ながら匡太がいった。「結衣、お父さんはいま猛烈に感動してるからよ！　もうすぐ二十歳になる次女のために、このクソ総理の脳髄をぶちまけてやりたくなった。島への掃討作戦はたぶん延期になるぜ」

「やめろよ」結衣はモニターにいった。「親父。手だしする気ねえっていったろ。ならほっとけ」

匡太がじっとカメラを見つめ、低く口笛を吹いた。「おめえ、島で死ぬつもりじゃねえんだろ。帰ってくる気満々だよな」

「当たり前だろ。クソ親父。てめえはぶっ殺す」

「最高だぜ！」匡太は拳銃《けんじゅう》の底で矢幡のうなじを強打した。矢幡は全身を痙攣《けいれん》させ、円卓の上に伸びた。目を輝かせつつ匡太がいった。「日登美、手を貸してやれ。自衛隊相手にどれだけやれるよ、結衣。半グレ同盟の全員が見守ってるぜ！」

それだけいうと匡太がフレームアウトした。姿が見えなくなっただけではない、気配まで消えた。実際もう危機管理センターから脱出経路へと逃れたのだろう。容易《たやす》いことだと結衣は思った。以前に結衣もそうやって帰ってきたからだ。

矢幡はぐったりしたまま動かない。失神しているだけだろう。いずれ警備員たちが危機管理センターに戻ってくる。結衣は必要を感じていなかったが、島への焼夷弾《しょういだん》投下命令が、期せずして多少延期になったのはたしかだ。

振りかえると瑠那と目が合った。瑠那は涙にくれながら結衣をじっと見つめてきた。

「結衣お姉ちゃん」瑠那がささやくようにきいた。「ほんとに自衛隊と戦うつもりですか」

「まあね。『ぼくらの七日間戦争』の、もっとスケールのでかい凶悪バージョン」

「なんのためにそんなこと……」

「これ以上殺させない」

「誰をですか？　伊桜里や満里奈さん、芹菜さんなら納得もいきます。でもこれじゃ恩河日登美たちと手を結ぶも同然じゃないですか」

「どうせ一枚岩とみなされてる」

「やめてよ、結衣お姉ちゃん！　闇落ちなんかしてる場合じゃないでしょう」

「闇落ちなんかしてない。本来のわたしに戻っただけ」

瑠那が日登美を一瞥《いちべつ》した。「こいつらがなぜわたしたちを殺さないか、結衣お姉ちゃんにもわかるでしょう！　わたしたちを心変わりさせようとしてる。こいつらを頼るように仕向けてるんです」

日登美がじれったそうにいった。「ならわたしと一戦交えるかよ。ここで滅ぼし合ったら、矢幡の思うつぼだっていったよな？」

沈黙があった。瑠那は首を横に振った。「結衣お姉ちゃん。わたしは一緒に行けません……」

「……なら」結衣は応じた。「好きにして」

心外だというように瑠那が抗議してきた。「結衣お姉ちゃん！　自衛隊の装備だとか軍事作戦だとか、この潜水艦だとか、さすがに結衣お姉ちゃんも知らないことだらけでしょう。そこまで学べてるのはわたしだけです」

「協力する気はないんでしょ」

「ありません。だからあきらめてください」

日登美が冷めた目を瑠那に向けた。「降伏しろってのかよ。白旗あげようが、あいつらはもう焼夷弾落とすって決めてやがるんだぜ？」

瑠那の怒りのまなざしが日登美を見かえした。「あなたは黙っててください」

結衣は黙って日登美を見た。その視線の意味を察したように、瑠那が動揺をしめす。逆に日登美は真顔になった。

「ああ」日登美が小さくうなずいた。「瑠那が学ぶようなことは、わたしも学んでるよ。しかももっと多くな」

「まって！」瑠那が結衣にすがりついてきた。「本気じゃないんでしょ？　恩河日登美なんかと組むなんて……。坂東さんを殺した奴なのに」瑠那の目がそううったえている。

承知のうえだと結衣は思った。「わたしたちはみんな人殺し。何百何千もの遺族の恨みを買ってる」

「だけど、結衣お姉ちゃん……」

「瑠那。潜水艦から降りなくていい。あとはわたしがやる」

日登美が平然と付け加えた。「わたしたちでな」

自衛隊の無線の声はきこえない。絶句したにせよ長すぎる。おそらく周波数を切り替えたのだろう。静寂のなかで瑠那が憤りを漂わせた。結衣を睨《にら》みつけ瑠那がいった。

「あなたの顔が……。ときどき友里佐知子に見えてくる。優莉匡太にも。そんなふうにしか見れない自分が嫌だった」

「あんたはまちがってない。いいからほっといて」

瑠那のわきを抜け、結衣は発令所から通路へと歩きだした。いま瑠那が結衣を阻もうとすれば、小競り合いに日登美が飛びいりし、たちまち殺し合いに発展する。そんな馬鹿げた状況にしてはならない、瑠那にもわかるはずだ。だからこそ瑠那は結衣を呼びとめたりしない。

ともすれば感情のすべてが胸からあふれだしそうだ。泣き崩れるか混乱して自暴自棄におちいるか、どうなるかわかったものではない。だから心は閉ざしておく。思いは武蔵小杉高校のころに戻っていた。人は生きてきたようにしか死ねない。

15

モーター駆動のゴムボートは島の入り江へ戻った。結衣と日登美は五人の武装兵を引き連れ、仲間たちが待機する森林のなかへ帰ってきた。

凜香が立ちあがった。「これからどうなるんだよ」

やるべきことはもうきまっている、結衣はそう思った。「凜香。みんなと一緒に安全なところにいて、伊桜里を守ってあげて」

「んなこといって、結衣姉はどうする気？」

「わたしのことはいいから」

瀧島がトランシーバー型の高出力無線機を手に近づいてきた。「そうはいかねえ。これを渡された。艦内のやりとりならぜんぶきいた」

日登美が黙ってこちらを見ている。情報は全員が共有して当たり前だろうが、そんなふうにいいたげな態度をとっていた。結衣はしらけた気分で顔をそむけた。そもそも日登美など信用できるはずがない。

「さてと」日登美がいった。「ここにゃ半グレ同盟が揃ってる。裏切り者ども。生きて帰りたきゃ協力するんだな」

怯《おび》えの反応ばかりがひろがった。日登美はすでに四人を殺している。半グレ同盟の脱退者らが恐れるのは当然だった。

榛葉が苦々しげにきいた。「策はあるのかよ」

「さあ」日登美が平然と榛葉を見かえした。「潜水艦には武器も積んであるけど、島に押し寄せる自衛隊を返り討ちにできるほどじゃねえよな」

「ならどうする気だ」

「このなかでいちばん賢くて強いわたしが陣頭指揮をとってやってもいい。おめえらがついてくるのなら」

一同がしんと静まりかえった。日登美が見渡すと誰もが目を逸《そ》らした。

「へっ」日登美が不快そうに顔をしかめた。「なら人望のありそうなのがリーダーになれよ」

元半グレたちの目はさまよわなかった。誰もが結衣を見つめてくる。

結衣は近くを一瞥した。ビルから脱出する際に運びだした雑多な物が山積みになっている。ミサイル攻撃でビルが跡形もなく吹っ飛んだいま、これらは貴重な物資となる。

しかしまずはまともな武器がどれだけあるか知らねばならない。結衣は日登美にきいた。「積んである武器ってのは？」

「アサルトライフルやロケットランチャー、手榴弾《しゅりゅうだん》。いまからゴムボートのピストン輸送でぜんぶ陸揚げする。裏切り半グレども、十人ほど手伝え。あー、武器を持ったからって妙な考えを起こすなよ」

元半グレたちが顔を見合わせた。臆《おく》したようすながらも、ひとりふたりと立ちあがる。

日登美が結衣に向き直った。「自衛隊にひと泡吹かせて、島を無事に脱出できたあかつきには、わたしたちと一緒に来るかよ?」

「死んでも断る」結衣はきっぱりといった。「わたしは妹たちと静かに暮らす。いっさい干渉すんな」

「やっぱりおめえみたいなのはむかつく。わたしも推し変してぇ。こっちも関わりたかねえけど、匡太さんがどういうか」日登美は武装兵らを振りかえった。「行くぞ」

歩きだした日登美に、武装兵と元半グレらが十人ほど、ぞろぞろとつづく。一行は森林を入り江方面へと立ち去っていった。

居残り組の元半グレらは両手で頭を抱えたり、なにもいわず項垂《うなだ》れたりしていた。むろん死ね死ね隊の武装兵たちも油断なく控えている。ここからの逃亡はいっさい許さない構えだ。

そんななか瀧島が芹菜を抱き、黙って頭を撫《な》でている。芹菜も涙にくれながら身をまかせていた。

そこから少し離れた場所に、ひとりたたずむ満里奈の姿があった。満里奈の射るようなまなざしが凜香の動きを追いつづける。その視線を凜香も意識しているらしい。距離が詰まると満里奈が後ずさることに、凜香は気まずさをおぼえる一方、苛立《いらだ》ちものぞかせていた。そのうち耐えられなくなったのか、凜香は入り江方面へ向かいだした。日登美と反りが合うとはとても思えないが、満里奈から離れたい一心だろう、結衣はそう思った。

　森林に鳥や虫の声がこだまする。結衣は伊桜里と並んで腰を下ろした。ふたりで木の幹にもたれかかる。伊桜里が不安げな顔を向けてきた。

　その素朴な表情を見かえすうち、結衣はいたたまれない気持ちになってきた。伊桜里の人生を変えてしまったのは結衣だ。罪悪感が胸を満たしていく。

「伊桜里」結衣はささやいた。「ごめんね」

「……なんで謝るの？」

「わたしの生き方にひきずりこむなんて、やっぱりまちがってた。法律に背いても平気だなんて……」

「おかげで死なずに済んでる」

　そんな考えが芽生えること自体、まともな高一女子とはいえない。結衣が人を殺すところを、伊桜里は何度となくまのあたりにした。姉が大量殺戮魔《さつりくま》と知り、しかも違和感を抱いていない。結衣がそのように教育したからだ。

　結衣はため息をついた。「わたしがやってることはお父さんと同じ……」

「そんなことない」伊桜里が結衣の手を握ってきた。「結衣お姉ちゃんのおかげで強くなれたんだもん」

「だけど……。人の道からは大きく外れちゃってる。世のなかからも」

「なんでいまさら？　結衣お姉ちゃんがいなかったら、わたしはもう死んでるんだよ」

沈黙せざるをえない。安らぎや慰めにはなりえない言葉だ。結局それが伊桜里のなかにあるすべてだろう。伊桜里は人生に絶望し、いちど死んだ。この世に連れ戻したのは結衣だ。だから結衣のいうことが絶対だと思っている。これはグルーミングに類するものではないのか。だとするなら、やはり父の所業と変わらない。

瀧島が暗い顔で歩み寄ってきた。「結衣……。俺たちゃこの島で死んで終わりか？」

そんな運命は受けいれられない。結衣は首を横に振った。「蹂躙《じゅうりん》されはしない」

16

矢幡がぼんやり正気に戻ったとき、見覚えのある天井の模様をまのあたりにした。ほどなく総理官邸内の医務室だとわかった。

失神寸前の状況もすぐに脳裏によみがえってきた。矢幡は戦慄《せんりつ》せざるをえなかった。

医務室内にはSPの錦織《にしきおり》がいた。矢幡は錦織に状況をたずねた。時間はさほど経ってはいない。優莉匡太は非常階段から地上へ脱出、警備員数人を殺したうえで、どこへともなく姿を消した。敷地内を隈《くま》なく捜索したが、優莉匡太は見つかっていない。おそらく逃げおおせているでしょうと錦織がいった。

医務室長によれば、矢幡の症状は脳震盪《のうしんとう》による失神とのことだった。X線検査では頭骨に異常は認められないという。念のため病院での精密検査を勧められたが、矢幡は断った。ふたたびネクタイを締め、地階の危機管理センターへ向かった。作戦は決行中だ。最高責任者が席を外したままにはできない。

地階でエレベーターを降りた。通路を歩きだすと錦織がささやいた。「総理……。本当に若者たちを殺すのですか。未成年も多く含まれているそうですが」

神経を逆撫でされた気分になる。SPとして総理のそばに控える立場なら、そんな発言は控えてもらいたい。怒りに駆られそうになったものの、矢幡はかろうじて自制した。「いまさらよせ」

錦織の顔に苦悩のいろが浮かんでいた。「一般人が銃を手にとり、他者に向けて撃つのはむろん罪ですが……。それなら律紀《りつき》も当てはまります。ラムッカ島のチュオニアンで同じことをしたのですから」

「きみの息子は心配ない。あれは海外の非常時における緊急避難だ……」

「優莉結衣のおこないもそれと変わらない。そんな解釈ではなかったのですか」

「議論はしたくない」矢幡は歩を緩めなかった。「委員会でさんざん話し合った」

総理大臣は国の頂点ではない。あくまで三権分立の原則に基づく、行政のトップでしかない。本来は司法にまで介入できないが、常に連携と協調を求められる。あらゆる機関が足並みを揃えねば、この国難からは脱出できない。

自動ドアの手前まで達した。わきに警備員が控えている。ふたりは立ちどまった。

錦織の声が切実な響きを帯びた。「総理。私たちが武蔵小杉高校から生還できたのは……」

「私が生還したんだ。きみは自分の職務をまっとうしてくれた。それだけだ」

「……多くの生徒たちが犠牲になったんですよ」

矢幡はじれったい思いで自動ドアが開くのをまった。「よくわかってる」

ようやく危機管理センターが目の前にひろがった。矢幡はなかに入った。錦織は苦い顔で一礼した。SPの彼に対しても作戦の詳細は極秘だった。閉じる自動ドアの向こうに錦織の姿が消えていった。

対策本部会議室は重苦しい空気に包まれていた。中西秘書官が倒れた床には、まだ血痕《けっこん》が残っている。矢幡が医務室にいるあいだに遺体は搬出された。有能な右腕だった彼に、いまだ別れさえ告げていない。

円卓の列席者が立ちあがった。矢幡は浮かない気分で自分の席についた。「座ってくれ」

全員が着席する。濱野防衛大臣がいった。「総理。航空自衛隊のC2八機が志渡澤島に接近。焼夷弾《しょういだん》投下まであと五分です」

矢幡はガラス越しにオペレーションルームを一瞥《いちべつ》した。モニターに表示された島の地図に、八つの光点が点滅しながら接近していく。

C2は本来、武装のない大型輸送機だ。戦力を持たない建前上、自衛隊には爆撃機が存在しないことになっている。

もちろん実態はちがう。改造したC2は胴体内に爆弾倉《ウエポンベイ》があり、機体下部には投下用ハッチも設けてある。あらゆる種類の爆弾を搭載可能だった。今回使用される焼夷弾は、クラスター爆弾の性質を併せ持つときいた。一帯を焼き払うだけでなく、落下時の衝撃で無数の小弾をばら撒《ま》き、より広範囲に殺傷力を及ぼす。

いまさらながら抵抗をしめしたくなる。矢幡はつぶやいた。「国際法で問題視される戦術ではないのか」

防衛政策局長が即座に否定した。「特定通常兵器使用禁止制限条約により、焼夷弾の民間人や人口密集地付近への使用は禁止されています。ただし……」

瀬野警察庁長官が付け加えた。「志渡澤島は人口密集地に当てはまりません。優莉家の子供と配下たちを、通常の民間人とみなさないことも、すでに委員会で決定済みです」

とはいえ非公式の決定だ。公には許されるものではない。いかなる罪人も法にのっとって裁かれねばならない。だがそれでは国家の存続に関わる、そんな結論に至った。極秘作戦ですべてを終わらせる以外にない。

ただし作戦を容認したうえでも、なお懸念材料はある。矢幡はきいた。「潜水艦てんりゅうがジャックされ、島の近海にいるのだろう？」

防衛政策局の次長が応じた。「てんりゅうのビーコンが島南東部、入り江の近海に探知されています。自衛隊の上陸作戦を阻止するため、付近に潜っているのでしょう」

「対処は？」

「P3C一機を向かわせています」

「P3C？」

「ええ。対潜水艦戦用の魚雷を積んでいるのです。これがC2八機よりも先行し、てんりゅうを沈める予定ですが……」次長がオペレーションルームに目を向けた。「レーダーに探知されないよう、極端に高度を低くし、海面ぎりぎりを飛行中です。そろそろ高度があがります」

矢幡はふたたびガラス越しにモニターを観た。光点は九つに増えていた。次長の説明どおりP3Cは、C2編隊に先んじ、島の北部へ猛進していく。これから島の外側をまわりこみ、南東部の近海へ赴き、魚雷を投下するのだろう。P3Cが潜水艦てんりゅうを仕留めた直後、C2八機が島を焼夷弾で焼き払う。そんな段取りらしい。

次長が淡々とつづけた。「潜水艦てんりゅうの武装は魚雷と対艦ミサイルですので、わが自衛隊の攻撃に対し、彼らはなにもできません。対艦ミサイルで飛行物体を撃ち落とすのは不可能です。魚雷はいわずもがな……」

ふいにブザーが鳴り響いた。矢幡はびくっとした。オペレーションルームのモニター上、P3Cの光点が赤く染まっていた。

「な」次長がうろたえだした。「そんな馬鹿な……。対空ミサイルにロックオンされてる」

光点が消滅するとともにブザーが鳴りやんだ。スピーカーからきこえる声が、茫然《ぼうぜん》の響きを帯びている。「P3C、撃墜されました。後続のC2編隊からの連絡によると、島の北方十キロ沖に潜水艦が浮上、対空ミサイルを連続発射中」

北方十キロだと。矢幡は目を凝らした。だが潜水艦の位置表示などどこにもない。

別の職員が苦々しげに吐き捨てた。「やられた……。ビーコンだけを取り外して海中に投棄したんでしょう。防水バッテリーで数時間は電波を発します」

濱野防衛大臣が目を剝《む》いた。「なら潜水艦てんりゅうは、探知されないまま位置を変えていたのか。島の南東海域にいたんじゃなかったのか」

「はい……。島の北方でまちかまえていたようです。先制攻撃を受けP3Cは撃墜されました。P3Cが目視で洋上の潜水艦をとらえたときには、もう魚雷投下など間に合わなかったかと……」

「対空ミサイルなど積んでいないはずだろう!」

ブザーがけたたましく何重にも鳴り響きだした。C2編隊の光点が次々と赤く染まる。スピーカーからの声も激しく狼狽《ろうばい》していた。「てんりゅうの対空ミサイル、C2編隊を攻撃。二番機、四番機、五番機撃墜」

赤くなった光点は順次消えていく。矢幡は怒鳴った。「ただちに退却させろ!」

防衛政策局長は動揺しつつも、なお頑《かたく》なな姿勢を崩さなかった。「なんらかの方法で対空ミサイルを積んだとしても、数にかぎりがあるはずです」

濱野防衛大臣も身を乗りだした。「そうですとも。総理。弱腰になってはなりません。C2一機ずつに大量の焼夷弾を搭載しているのです。数機だけでも残れば充分に作戦は続行可能……」

だが残機もどんどん赤い表示に変わっていった。ブザー音が重なりあう。スピーカーの声が矢継ぎ早に飛んだ。「一番機、六番機、八番機撃墜。七番機、三番機……」

静かになった。モニター上の光点はすべて暗転し、ひとつ残らず消え去った。

円卓が沈黙した。矢幡は濱野防衛大臣を見つめた。濱野の汗だくの顔が視線を逸《そ》らす。防衛政策局の面々も一様にうつむいている。

矢幡は唇を噛《か》んだ。引き際を知らず全滅。これがわが国か。ガダルカナルの失敗からなにも学んでいない。

17

結衣は島の南東部にある入り江で、岩場の上に立っていた。双眼鏡を東北東の方角へ向ける。

撃墜されたＣ２輸送機、いや爆撃機の残骸《ざんがい》が洋上を漂う。海面一帯に炎がひろがり、青空を黒煙に染めていた。やや離れた場所に浮かぶ潜水艦が、上部のミサイルハッチを閉め、前進しながら潜航していく。

背後で日登美の声がした。「対空ミサイルは対艦ミサイルより小ぶりだからよ、発射管をイージス用と交換するだけで搭載可能でよ。結衣。いまのＤ５ってのはそれぐらいのことができるんだぜ」

結衣は黙って双眼鏡を下ろした。あの潜水艦内には瑠那がいる。対空ミサイル発射を邪魔しなかったようだ。

察したように日登美がいった。「瑠那は艦内の個室に引き籠《こ》もってるってよ。あんな馬鹿でも、島への焼夷弾《しょういだん》投下を許しちゃいけねえってことぐれえ、ちゃんと判断がついたみてえだな」

凜香の数十倍は口が悪い。だが神経を逆撫《さかな》でされている場合でもない。結衣は振りかえらず、ただ理性のみで応じた。「対空ミサイルはまだ残ってるの？」

「いいや。見物しながら数えてたが、全弾撃ち尽くした。もう一発も残ってねえ」

「素人然とした質問だろうけど、ほかに爆撃機や戦闘機を撃墜する方法はある？」

「あー、おめえやっぱただの不良あがりなのな。そっちについてなんにも知らねえ」

「知りたくもない。いまは必要に迫られてるだけ」

「対空攻撃可能な武器はな、潜水艦にはねえよ。それどころか対艦ミサイルも、対空ミサイルを積むために出航前にぜんぶ下ろしちまった。あとは魚雷ぐれえしかねえ」

「空を飛んでくる物には手も足もでねえって？」

「こっち見ろよ」日登美が踵《きびす》をかえした。入り江には陸揚げされた銃器類が山積みされている。死ね死ね隊や元半グレが列をなし、ひとり一丁ずつアサルトライフルを手にしていく。その状況を指ししめしながら日登美がいった。「艦内にあった銃と手榴《しゆりゆう》弾《だん》、これでぜんぶ。ロケットランチャーは一一〇ミリ個人携帯対戦車弾。あいにくスティンガーミサイルはねえ」

結衣は銃器の山に歩み寄った。上空の敵機に対し、ロックオンできる仕組みがなければ、命中させるのは不可能だ。日登美のいうように携帯式スティンガーが理想的だったが、それがなければどうにもならない。

入り江の浜辺には島内にいる全員が集合している。凜香もアサルトライフルのマガジンに弾をこめていた。伊桜里が不安げな顔で凜香に寄り添っている。

武装兵は現死ね死ね隊だが、学生服や普段着の連中は元半グレだ。そのうち元閻魔棒の七人と、数人の元死ね死ね隊は、体格を見ればひと目で区別できる。大半はワルぶっているものの鍛え方の足りないヒョロ男とヒョロ子だった。みな腰が引けたようすで、おろおろしながら銃器を受けとる。

スウェットを着た金髪の十代男が、武装兵からアサルトライフルを押しつけられたものの、びくついたまままたたずんでいる。マガジンも渡されたが受けとろうとしない。男はうろたえたように首を横に振り、半泣き顔で後ずさった。

「嫌だ」男はわめきだした。「こんなのはもう嫌だ！」

仲間がなだめに入った。「豊健《とよたけ》、冷静になれ」

豊健と呼ばれた十代金髪男がアサルトライフルを投げだした。「やってられっかよ！　半グレ同盟から逃げてきたってのに、なんでこんな目に遭わなきゃいけねえ」

武装兵がいっせいに銃を構える。銃口は豊健だけでなく、その周囲にいる仲間たちにも向けられていた。豊健と近くの全員がすくみあがった。

「まて」日登美が片手をあげ制した。だが処刑を遅らせたのは、みずから手を下すためだと顔に書いてある。刃渡りの長いナイフを引き抜き、舌なめずりしながら日登美が豊健に歩み寄る。

結衣は足ばやに追いかけ、日登美の右腕をつかんだ。「てめえこそまて」

日登美が振り向きざま、刃を結衣の喉《のど》もとに這《は》わせてきた。結衣は身じろぎもせず、無言で日登美を見かえした。

しばし沈黙があった。日登美はふんと鼻を鳴らし、ナイフを結衣から遠ざけた。お手並み拝見とばかりに後ずさる。結衣は豊健のもとにまっすぐ歩いた。

豊健は怯《おび》えの感情をあらわにしながら取り乱した。「近づくんじゃねえ！　てめえのせいだぞ。てめえら親子が好き勝手しやがるから、俺たちがこんな……」

なおも結衣が距離を詰めると、豊健は絶句し、衝動的につかみかかってきた。だが結衣はすかさず手刀を繰りだし、豊健の腕を横方向へ弾《はじ》いた。胸倉と片腕をつかみ、ねじ伏せながら背中を岩場に叩《たた》きつける。激痛に顔をしかめた豊健が、仰向《あおむ》けに苦悶《くもん》している。結衣は胸倉から手を離さなかった。スカートの下で片膝《かたひざ》に体重を乗せ、豊健の腹を強く押さえつけ、身動きがとれないようにする。

「豊健」結衣はきいた。「どこの半グレ集団にいた？」

「の……野放図だよ。でももう関係ねえ」

結衣は凜香に目を向けた。「野放図出身だって」

凜香が興味なさそうに応じた。「わたしはパグェを率いて野放図を名乗れって、架禱斗兄からいわれただけ。いまの四代目野放図とやらは知らねえ」

日登美が嘲《あざけ》るようにつぶやいた。「架禱斗が勝手に暖簾《のれん》分けしやがったか。匡太さんが死んでると思ってたから仕方ねえけどな。本家の野放図は二代目も三代目も、凜香やパグェなんかとは無関係」

規模が軍隊並みに拡大しても、やっていることの馬鹿さ加減はむかしと変わらない。野放図は半グレ同盟のなかでも、イベサーの影響が大きい伝統のせいか、軽薄な犯罪に手を染めてきた。それが結衣の認識だった。結衣は豊健に詰問した。「専門は相変わらず貧困ビジネスとか囲い屋?」

「知らねえ。俺が仰せつかったのは、DVシェルターに逃れた女を攫《さら》ってきて、もとの男に引き渡すって仕事だけだ。耐えられなくなって辞めた」

「あー。それもきいたことがある」結衣は周りにちらと目を向けた。「ここじゃその種の経験は役に立たないから、D5のトラップ作りを手伝いなよ」

「俺に命令すんじゃ……」

結衣は豊健の頰を勢いよく張った。入り江に音がこだまするほどだった。

静寂に波の音だけが響く。結衣はささやくようにいった。「生きて帰りてえなら、みんなと一緒に戦え」

「……なんでだよ」豊健が情けない顔で泣きだした。「なんで殺されそうになってんだよ、俺」

「不良から反社の道に踏みこもうとした。どうせならいちばん悪名高い優莉匡太に身を寄せようって？」

「だ……だからなんだよ」

「そういうくだらない考えを持つ奴は、どうせこれまでもいろんな人を苦しめてきてる。その累積した罪のせいでここにいる」

「帰りてぇよお」豊健が涙声になった。「家はねえけど、日本のどっかで普通に過ごしてぇ。改心する。もう悪いことはしねえから」

「あいにくあんたが改心しようと、いままで苦しめられた人の記憶は消えない。あんたの現状を知れば、どうせみんなざまぁと思ってる」

「だからってなんで自衛隊と戦わなきゃいけねえんだよ。銃なんか持ったこともねえよ」

「それならD5の手伝いに励め」結衣は豊健を引き立てると、背を向かせ襟の後ろをつかんだ。「やらねえってんなら、足手まといにさせるわけにいかない。この場で殺す」

「殺せよ。脅したところでてめえなんかの言いなりには……」

腹這いに豊健を叩き伏せ、片腕を後ろ手にまわさせると、折らんばかりにねじ曲げる。豊健が苦痛に絶叫しもがいた。

「わかった、わかったよ！」豊健がわめいた。「手伝う！　お使いでもなんでもする」

結衣は握力を緩め、豊健を解放した。俯《うつぶ》せたまま豊健は泣きじゃくっている。抵抗をしめした者の処遇をまのあたりにし、ほかの元半グレらの表情は、どんよりと曇りだした。

周りが結衣を敬遠したがっているのは明白だった。忌避するような無数の視線のなか、結衣は銃器類の山に歩み寄った。アサルトライフルを拾う。20式五・五六ミリ小銃だった。もともと離島防衛用だけに錆《さ》びにくい素材が使われている。この島が戦場になる以上は頼りになる。

日登美がぶらりと近づいてきた。「おめえに嫉妬《しっと》したくなる」

「なんの話よ」

「匡太さんがおめえを持ちあげたがるのは、ただ実の娘だからってだけだと思ってた。でも知れば知るほど面白《おもしれ》え女だとわかってくる」

馴《な》れ合う気はなかった。結衣はぶっきらぼうに突き放す物言いを口にした。「てめえらがわたしたちを殺さないってどうしていえる」

「くでえな！」日登美が吐き捨てた。「わたしは退路を断ってここへ来てるんだよ。C2編隊を撃墜したいま、もう東京湾も自衛隊のイージス艦やら潜水艦やらが、びっしりと守りを固めてんのはわかるな？　そのうち在日米軍もでばってくる」

「わたしたちが戦闘で数を減らしても、生き残りが潜水艦てんりゅうでのんびり帰るのは不可能ってことよね」

「そのとおり。てめえとわたしでなんとかするしかねえんだよ」

複数の足音をきいた。振りかえると元闇魔棒の七人が、アサルトライフルを携えながら近づいてきた。瀧島は日登美に目を向けず、結衣に話しかけてきた。芹菜がうつむきながらつづく。瀧島の後ろに隠れるように、芹菜がうつむきながらつづく。「いちおう装備は行き渡った。でもまたミサイルが飛んできたり、焼夷弾《しょういだん》を落とされたりするんじゃ、こんな銃でなにができるんだよ」

日登美が毒づいた。「しょうもねえ不良あがりのド素人はこれだから困る。軍事作戦ってのは経費と人事とスケジュールがあるんだよ」

結衣は瀧島にいった。「あれだけの規模の空爆に、予備が控えてるなんてとても思えない。こういう本格的な戦争になると、わたしも新参者だけど、自衛隊側はもう上陸部隊を残すだけと想像できる」

「……ほんとか？」瀧島が疑わしげにきいた。「焼夷弾で島を焼き払ってから上陸するはずなのに、焼かないうちから上陸してくるのかよ」

計画どおり真面目に履行することについては、日本人は天才的だといわれる。だがひとたび計画が狂いだした場合、臨機応変に戦略を変更できず、杓子《しゃくし》定規に予定どおりの段取りを実行し、失敗にひた走ってしまう。旧日本軍のころから受け継がれる欠点といえる。

大幅な変更がきかないのは予算のせいでもある。いちどの軍事作戦につぎこめる経費には、常に低めの上限が設けられる。いまも島を焼き払えていなくても、ミサイル攻撃には成功しているため、上陸を強行してくるだろう。矢幡が二の足を踏んでも、防衛省の上に立つ者が利口でないことは、これまでの展開を見ればわかる。

日登美が見つめてきた。「おい結衣。おめえがやってきた高校事変みてえな児戯とは、根本的にちがう。こいつは日本そのものを敵にまわした、本格的な戦争だぜ？そこんとこわかったうえで対策を立てろよ」

結衣は黙ってブラウスの下からメモ用紙の束をひっぱりだした。どれもびっしりとボールペンで書きこんである。

受けとると日登美が眉《まゆ》をひそめた。「なんだこれ」

「トラップの種類と設置場所」結衣は答えた。「ビルの屋上から見たかぎりで地形を判断してるから、細部はちがってるかもしれないけど、そこはそれぞれの現場に合わせてアレンジして」

「マジかよ。わたしが考えてた策とほぼ同じじゃねえか。まんまとビルのなかにあった物を活用してやがる」

「昨夜それを書いたときには、あんたたちが現れるなんて予想もしてなかった。銃もなにもないと思ってたから」

「でも島が襲撃された場合に備えて、トラップをどう張るか考えたわけだな？」日登美はメモ用紙を次々と繰《く》った。ふとその手がとまる。「おい、ちょっとまて。こりゃなんだ。〝手に負えないぐらい敵の数が増えた場合、島中央の丘に集合〟だと？」

「そう」結衣は海を背にし、島の内陸部に向き直った。緑の絨毯《じゅうたん》に覆われた島全体は、中心に近づくにつれ隆起している。真んなかは海抜五十メートルぐらいの丘だった。

「馬鹿かよ」日登美がメモ用紙の束を突きかえそうとしてきた。「こんなんじゃ敵に包囲されちまうだろが」

結衣は受けとらなかった。「いうとおりにできねえのかよ」

「おめえのやり方にしたがったら全滅だぜ。ほかの方法を考えやがれ」

「わたしにまかせたんじゃなかったの」

「なんか出し抜こうとしてねえかてめえ」

「なら別行動をとるかよ」

「勝手な真似すんな。ぶっ殺……」

「ぶっ殺すって？」結衣は悠然と日登美に詰め寄った。「さっさと試してみろ。内ゲバは矢幡政権を喜ばすだけじゃなかったのかよ？　自分でいったことに責任持て」

日登美の童顔が苦虫を嚙《か》み潰《つぶ》したようになった。「マジむかつく。近づいて気づいたけど、おめえベースメイクもしてねえのかよ」

「こんなときに化粧できるわけなくね」

「それでその艶《つや》やかな肌って嫌味かよ」

「あんたこそそのぽっちゃり頰に、ファンデもコンシーラーも必要ないでしょ」

瀧島や榛葉がへっと笑った。日登美は幼女っぽいふくれっ面になったが、それはフグ同様、激しい殺意の表れだった。猛然と元閻魔棒に詰め寄ろうとする日登美の前に、結衣はすばやく立ち塞《ふさ》がった。低能のやることなのは承知のうえでガンを飛ばし合う。

やがて日登美が舌打ちした。「しょうがねえ。おい館山《たてやま》」

武装兵のひとりが駆け寄ってきた。日登美がメモ用紙の束を手渡す。館山という名の武装兵は死ね死ね隊のリーダー格らしい。仲間のもとへ戻ると、全員でメモ用紙の内容を分析しだした。これから元半グレたちを顎《あご》で使い、各所にトラップを築き始めるだろう。

結衣は日登美にいった。「銃を使ったことのない元半グレには、死ね死ね隊からレクチャーしねえと。交替で五人ずつぐらい。手榴弾《しゅりゅうだん》も練習させないとヤバい」

日登美もその提案は受けいれたらしい。周りに声を張った。「銃に不慣れな奴、死ね死ね隊に習っとけ。トラップ作りをサボれると思ったら大間違いだぞ。せいぜい五分から十分だかんな」

芹菜が極度の不安にとらわれているのがわかる。結衣は瀧島にいった。「彼女は満里奈さんとともに、どこか安全なとこに匿《かくま》わないと」

瀧島が目で同意をしめしたのち、別の方向を眺めた。ほかの元闇魔棒らもそちらを見ている。結衣は振りかえった。

満里奈が青い顔でたたずんでいる。怯《おび》えきった表情で少しずつ後ずさった。首を横に振り、泣きそうな声で満里奈がささやいた。「嫌。こんなのもう嫌……」

日登美が頭を掻《か》いた。「またグダグダが始まんのかよ」

不穏な空気がひろがる。瀧島が満里奈に歩み寄ろうとした。「こっちへ来なよ。芹菜と一緒にどっかへ隠れて……」

ところが満里奈は表情をひきつらせた。瀧島が近づくや、満里奈は恐怖に駆られたように身を翻した。脱兎《だっと》のごとく森林のなかを逃走していく。

「まって!」伊桜里がふいに飛びだした。

近くにいた凜香がとっさに追いかけ、伊桜里の腕をつかんだ。「どこ行くんだよ。ひとりで動くな」

「だって……。満里奈さんが」

日登美が怒鳴った。「てめえら本当に匡太さんの血かよ! なんだよこのママゴトは。脳みその足りねえアホ女なんかほっとけ」

凜香が日登美を睨《にら》みつけた。「アホ女だ? 満里奈の父親を殺したのはてめえだろが」

「おめえがそれをいうかよ」日登美がせせら笑った。「あの小娘は誰よりてめえをこそ嫌ってるだろが。坂東一家三人殺人未遂犯の凜香」

表情を険しくした凜香だったが、なにもいわず結衣に視線を向けてきた。結衣が黙って見かえすと、凜香は伊桜里をうながし、ふたりで駆けだした。

なおも日登美が追い打ちをかけた。「満里奈を連れ戻して罪滅ぼしをしようってのか、クソ凛香。で、あいつの親父を殺したのは、この恩河日登美だって言いつけようって？　つくづく膿《う》んでやがんな。ガキじみた遊びにつきあってられねえってんだよ！」

だが凛香は足をとめなかった。満里奈が姿を消した木立の奥へ、凛香と伊桜里が走り去っていった。

日登美がおさまらないようすで歯軋《はぎし》りした。「結衣。妹どもに好き勝手させとく気かよ」

結衣は嫌気がさし、日登美に背を向けると、波打ち際へと歩み寄った。入り江から大海原を眺め渡す。ちっぽけな島で孤立無援。自衛隊は国の正式な軍隊だ。ついに本格的な戦争か。いつまでも呪縛《じゅばく》から逃れられない。

18

総理官邸地階の危機管理センター、対策本部会議室は紛糾していた。

大声で議論を戦わす列席者を前に、矢幡は頭痛をおぼえた。脳震盪《のうしんとう》で失神した後遺症ではと心配になる。病院での精密検査を勧めた医務室の判断は、あるいは正しかったのかもしれない。

濱野防衛大臣が強弁した。「なにもまちがってはいません。作戦の第三段階は地上掃討部隊の上陸です」

瀬野警察庁長官が首を横に振った。「地上掃討部隊というのは、焼夷弾《しょういだん》で島を焼き払ったのち上陸するはずだったでしょう。いまのところ島は無傷ですよ」

「作戦第一段階の長距離ミサイル攻撃は成功したんです！　島内唯一のビルが全壊したのも確認しました。最初から島にいた半グレ同盟の脱退者らは、すでに全滅した可能性すらあります。残る脅威は優莉家の子供や死ね死ね隊にジャックされた、潜水艦てんりゅうのみ……」

矢幡は難色をしめさざるをえなかった。「島を焼き払えていないうちに上陸するのは危険だ」

「総理！」濱野防衛大臣は引き下がらなかった。「二百九十名もの武装した自衛官を上陸させるんです。林間学校の名目で島へ閉じこめた標的はせいぜい六十名以下でしょう」

「UH60JA三機を奪った死ね死ね隊が合流してる。潜水艦をジャックした連中もだろう」

「三機のヘリはビルとともに跡形もなく吹き飛びました。屋上に着陸後、こちらのミサイルの着弾まで、ほとんど間もなかったんです。何人乗っていたかは知りませんが、ひとりも助かっていないと解釈しても、けっして楽観が過ぎるとはいえません」

防衛政策局長がうなずいた。「てんりゅう潜水艦の定員は六十五名ですが、定員いっぱいまで乗っていたとも思えませんしね。シミュレーターで操縦を習得した者、せいぜい十数名がやっとのことで動かしているだけかと」

溝部哲外務大臣がしらけ顔で疑問を呈した。「やっとのこと？　C2編隊は対空ミサイルで全滅したようだが？」

言葉に詰まったようすの局長に代わり、次長が身を乗りだした。「総理。作戦第一段階のミサイル攻撃に成功、第二段階の焼夷弾投下に失敗、現状はそれだけです。第三段階では二百九十名もの兵力にうったえます。むしろ仕留めた標的の遺体が確認できて好都合かと」

なにが好都合だ。矢幡は苛立《いらだ》ちを募らせた。「潜水艦から武器が持ちこまれたかもしれないんだぞ。生存者の抵抗にあったらどうする。味方に犠牲がでる」

「あるていどの損耗はやむをえません」

「いたずらに兵力を失うだけだ。上陸前に揚陸艇が潜水艦の魚雷で撃沈される恐れもある」

「総理」次長が語気を強めた。「すでに莫大《ばくだい》な費用と大勢の人材を投入しております。もう焼夷弾投下はできませんし、長距離ミサイルも撃てないのです。極秘作戦ゆえ長引くのも好ましくありません。在日米軍やマスコミ、周辺国の目も気になります」

「ならいっそのこと中止しては……」

「論外です。優莉家の子供や配下が逃げ延びたらどうするのです。いままでの苦労が水の泡ではありませんか。P3CやC2編隊の尊い犠牲のためにも、作戦の目的を果たすべきです」

忍耐の限界だと矢幡は思った。「ガダルカナルやインパールとなにがちがうんだ！ ミッドウェイからなにを学んだ？ 無謀な作戦で兵力を無駄にしておいて、彼らの無念を思えばこそだの、愚の骨頂ではないか！」

「総理」濱野防衛大臣が諭すようにいった。「心配はごもっともです。しかしこちらも海上自衛隊の潜水艦かいりゅうを向かわせました。完全装備で乗員は精鋭ばかりです」

思わずため息が漏れる。矢幡はつぶやいた。「潜水艦には潜水艦を、か……」

「そうです。対潜戦ともなれば、武装半グレの付け焼き刃の知識でどうなるものでも

ありません。確実にてんりゅうを撃沈できます。兵員の上陸はけっして邪魔させませ
ん」
矢幡は口をつぐむ以外になかった。畑ちがいの行政のトップが異を唱えていても、軍事作戦の打開策は見つからない。結局、専門部署の手に委《ゆだ》ねるしかない。かつてわが国はそれで戦争に負けたのだが。

19

瑠那は薄暗い小部屋のなかで、椅子に腰掛けていた。

備え付けのテーブルはひとり用で、やはり小ぶりだった。浴室ていどの広さしかない室内だが、壁には書棚やテレビモニター、エアコンの吹きだし口が効率よくおさまっている。むろん窓はない。潜水艦のなかだからだ。ひどく閉塞《へいそく》感がある。内装に木目が多用されていても、それだけで心が安まるものでもない。

絶えずぐらぐらと前後左右に傾斜する。海底を縦横無尽に航行する潜水艦ならではの感覚だった。吐き気がしてくる。乗り物酔いは知識や戦闘経験に関係がない、そのことを痛感させられる。

さっき艦体が海面まで浮上し、対空ミサイルを発射したのがわかった。落雷のような騒音が鳴り響き、激しい揺れが襲ったからだ。搭載したミサイルはすべて撃ち尽くしたのだろう。だがおかげで上空の爆撃部隊を殲滅《せんめつ》できたらしい。

どうやって裏をかいたのか。たぶんビーコンを海に捨てた。位置情報を誤らせることで、爆撃部隊をおびき寄せ、島よりも北方で迎撃した。

多くの自衛官の命が奪われた。受けいれがたい事態だった。とはいえ島への焼夷弾投下を見過ごすことなどできない。

戦争はいつもこうだ。正義はどちらの側にもない。イエメンでも嫌というほど思い知らされた。あろうことか日本でも同じ苦痛にさいなまれるとは。

結衣とは互いに心の距離が開いた。途方もなく遠ざかった。それ自体が耐えがたい。なぜこんなことになってしまったのだろう。成人前に死ぬはずだった瑠那は延命を果たした。その引き換えに得られた将来はあまりに辛《つら》い。あるいはやはり大人になれない運命なのだろうか。このまま志渡澤島の近海で果てるだけかもしれない。

突如として重心が急激に移動しだした。瑠那ははっとして机にしがみついた。艦が大きく傾いている。旋回の半径が極めて小さい。底部を砂にこすったのがわかる。

しばらくのあいだ瑠那はじっとしていた。ようすをうかがうためでもある。だがそれ以上に、もうこの状況には関わらないときめた。女子高生が日本の自衛隊と戦うなんて非常識だ。

それでも胸騒ぎがおさまらない。今度は艦首があがった。急に上昇角になった。トリムの操作が忙《せわ》しすぎる。みずからの推進音で周りの音もきこえにくくなってしまう。こんな航行は危険だ。

瑠那は立ちあがった。背後のドアを開ける。通路には黒シャツ姿の半グレが立っていた。斜めになった床に対し、必死に踏みとどまろうとしている。男は瑠那に目をとめると、拳銃《けんじゅう》で威嚇してきた。

心配せずとも喧嘩《けんか》する気はない。瑠那は男に一瞥《いちべつ》をくれると、発令所のほうへと向かいだした。男は背後をついてくるが、思うように歩を踏みだせないらしい。瑠那はバランスをとりながら足ばやに駆けていった。

通路沿いにある剝《む》きだしの配管や、複雑な機器類も、瑠那にはすべてお馴染《なじ》みだった。発電機や電動機の制御装置、配電盤と整流装置、静止電力変換装置。無理な航行が祟《たた》っているのか、焦げるようなにおいが漂う。きしむ音も好ましくない。一刻も早くまともな操縦に改めさせないと。

発令所内は赤く染まっていた。緊急時には暗順応を早くし、モニター類を見やすくするため、こんな照明に切り替わる。

普段着姿の半グレらが乗員の代わりを務める、この状況がなおも信じられない。しかしすべては現実だった。潜望鏡に張りついている青年は、さっき偉そうに名乗ってきた。蓮川豪毅《はすかわごうき》、現D5の一員だという。元海上自衛官で潜水艦の操縦にも詳しい、そんなふうにうそぶいていたが、おそらく下っ端の乗員だったのだろう。命令もどこかあやふやだった。

壁際の制御卓の前に並んで座る男たちは、あきらかに素人ではあるものの、シミュレーターでの研修を済ませたレベルの知識を有するようだった。操舵《そうだ》を担当するのは、共和に属する十九歳で、馬本譲《うまもとゆずる》と名乗った。ハンドルを握るのは暴走族時代のバイク以来だと、ふざけたことを話していた。たぶん冗談ではなかったのだろう。

瑠那は蓮川にきいた。「なにがあったんですか」

艦長気どりの蓮川が一段高いフロアから見下ろした。「自衛隊の輸送艦が来た。沈めてやる」

「輸送艦？」

「LST4007おにざきだ。上陸用船艇を積んでるはずだよな。島へ上陸などさせん。魚雷で吹っ飛ばす」

おにざき。おおすみ型輸送艦だ。全長約百八十メートル、全幅約二十六メートル。後方のハッチを海面に下ろせばスロープになり、LCAC1級エア・クッション型揚陸艇二隻を展開できる。

蓮川が上陸用船艇と呼んだとおり、LCAC1級エア・クッション型揚陸艇は浅瀬の上も航行でき、島の海岸にかぎりなく接近可能だった。全長二十七メートル、幅十四メートルほどで、百四十五人の武装兵を運べる。二隻で二百九十人。いま島にいるのは八十人ていどだ。上陸を許せば戦闘の優劣は目に見えている。

「行くぞ」蓮川が意気揚々と声を張った。「方位0－3－0。アップトリム三十度。魚雷準備」

瑠那は顔をしかめてみせた。「アップトリム？　カーテンの装飾を編みあげろって意味にしか……」

「口を挟むな女子高生。戦闘の邪魔だ。魚雷準備まだか」

制御卓のひとつに座る、仁野倭《じんのやまと》という出琵婁《デビル》所属の若者が、厄介そうに手をこまねいていた。「ええと……。発射管を開けるんですよね。どれを押せば……」

瑠那は蓮川にうったえた。「上昇角で魚雷を撃つのは賢明じゃありません。輸送艦も単独では来てないはずです」

蓮川が小馬鹿にした目を向けてきた。「黙って部屋にひっこんでろ。匡太さんの娘だからって容赦しないからな。潜水艦ってやつぁ男の乗り物……」

激しい縦揺れが襲い、轟音《ごうおん》が耳をつんざいた。立っていた瑠那と蓮川は大きくよろめいた。警報音がけたたましく鳴り響く。

「な」蓮川が動揺をしめした。「なんだよ。なにが起きた⁉」

悲鳴に似た声がスピーカーからきこえた。「こちらソナー室、なんかでかいやつが後ろからぶつかってきた。ええと、右をかすめてまた離れていった」

「なんかってなんだ。もっとはっきりいえ！」

瑠那は冷静に説明した。「自衛隊の潜水艦です。輸送艦の護衛についてきたんでしょう。こっちが潜水艦を奪ったと知ってるんだから当然です」

蓮川が緊張に表情をこわばらせた。ほかの乗員らも凍りついたように固まっている。ビーコンを投棄しようと、敵潜水艦もソナーによる探知を怠らない。こちらの航行音が海中に響いている以上、見つかるのは時間の問題だった。

また警報音が鳴った。ソナー室からの声が反響した。「か、艦長！　離れていった敵が向きを変えてる。魚雷来たー！」

「か……躱《かわ》せ！」蓮川はあたふたしながら怒鳴った。「躱すんだ、早く！　なんとかしろ」

制御卓の前で舵《かじ》を握る馬本も泡を食っていた。「躱せって……。なにをどうしたらいいんだか……」

一刻を争う。急ぎ状況を知らねばならない。ぶらさがっているマイクを見上げ、瑠那はとっさに声を張った。「ソナー室！　魚雷の方位は？」

「えっと……あの……0—7—5だ」

瑠那はさらにきいた。「敵艦との距離は？」

「八百……五十ぐらいかな」

「馬本さん」瑠那は命じた。「針路3—2—5、ダウン二十度」

「おい！」蓮川がつかみかかってきた。「勝手な命令を……」

すかさず後ろ回し蹴《げ》りを放った。舞いあがったスカートの下から右脚を繰りだし、蓮川の側頭部を蹴り飛ばす。一段高いフロアから蓮川が転落した。

背後の半グレが拳銃を向けていたが、瑠那は振り向きざま、上部のスライドを奪いとった。トリガーが引かれたが、もう分解された拳銃は発砲できない。男はぎょっとした。

艦長の居場所は無人になっていた。瑠那はそこに立った。「急いで！」

「お、おう」馬本が操舵した。「針路さん……ふた……」

「さん、に、ごでいいです。自衛隊用語なんか使おうとしないで。ヨーソローとかもいりません」

「わかった。3－2－5、ダウントリム二十度……」

「ダウン二十度といってください。トリムなんていれるのはまちがい」

床に転がった蓮川が、頬に手をやりながらぼやいた。「でも漫画では……」

「黙っててくれますか」瑠那は回転計と圧力計に目を走らせた。「ソナー室、いまの深度は？」

「二百……十二か三かな」

瑠那はフロアから下り、仁野の制御卓に近づいた。「三秒で右舷《うげん》に囮弾《デコイ》を発射」

仁野の手がスイッチ類をさまよった。「え、ええと……」

「これです」瑠那はスイッチをオンにした。「こっちが魚雷発射管、装塡《そうてん》、発射のスイッチ」

デコイ発射の鈍い音が反響する。艦体は旋回しつづけていた。ほどなくソナー室からの昂揚《こうよう》した声がきこえた。「魚雷が逸《そ》れていったぞ！」

「馬本さん」瑠那はわかりやすい言い方を心がけた。「面舵《おもかじ》いっぱい、アップ二十五度」

蓮川が上半身を起こした。「そっちにはなにもいないだろ！」

瑠那は取り合わなかった。「敵艦は二発目を撃つため、そっちへまわりこんできます」

「こちらソナー室！」スピーカーが割れんばかりの声が響いた。「輸送艦おにざきから、上陸用船艇の一隻目が出現。島へ向かってやがる」

「やべえ！」蓮川が立ちあがった。「ただちに浮上を……」

瑠那は遮った。「撃たれます」

「運まかせだ。馬本、浮上しろ！　上陸用船艇を魚雷で仕留めろ」

馬本が判断を迷っている。瑠那は声を張りあげた。「馬本さん！　脅威は敵潜水艦だけじゃない。おにざきは輸送艦だけど二十ミリ機関砲を備えてる。浮上したら敵潜水艦との挟み撃ちに遭って自滅する！　いいから面舵いっぱいを維持して！」

ふたたびソナー室から興奮ぎみの声が届いた。「レーダーに敵艦出現！　ぴたり真正面に入ってきやがるぜ」

一同がざわっと驚く反応をしめした。瑠那は狙いどおりだと思った。「ソナー室、敵艦の種別は？　表示されたデータを読みあげて」

「SS522かいりゅうです」

こちらと同じクラス、そうりゅう型潜水艦だ。瑠那はいった。「仁野さん。一号発射管、魚雷装塡」

「……そ、装塡するぞ」

瑠那はつづけた。「発射口を開いてください」

「発射口……開いた」

「ジャイロ角度ゼロ」

「角度ゼロ……」

蓮川の手にストップウォッチがあった。瑠那はつかつかと歩み寄るとそれをひったくった。「方位を確認し発射」

馬本がいった。「確認」

仁野も呼応した。「発射！」

艦体に衝撃が走った。魚雷が撃ちだされた反動だった。鈍い発射音も轟《とどろ》く。

振りかえった仁野が気遣わしそうにきいた。「向こうも撃ってきたら？」

瑠那は首を横に振った。「敵艦はまだこっちに向き直ってない」

ストップウォッチで魚雷命中までの残り時間が計測できる。あと三秒、二秒、一秒……。

激震が発令所を揺さぶった。凄《すさ》まじい縦揺れだった。爆発にともなう海流の乱れだとわかった。ソナー室から歓喜に満ちた声がきこえてきた。「命中！　敵艦が粉々に吹っ飛びやがった！」

はしゃぎだした半グレたちに対し、瑠那は一喝した。「静かに！　馬本さん、方位1－4－0、アップ三十度。仁野さん、二号三号魚雷装塡」

命令を簡略化したが、乗員らはてきぱきと正確に操作をこなした。艦首があがったのがわかる。準備完了の声がふたり同時に飛んだ。蓮川がぽかんと口を開けながら周りを見ている。

瑠那は指示した。「発射」

今度は艦体が二度連続して揺さぶられた。魚雷が二発、仰角に発射された。スピーカーからの声が反響する。「こちらソナー室、魚雷正面におにざきを捕捉《ほそく》」

またも発令所に縦揺れが襲った。今度の揺れは尋常ではなかった。着席中の乗員までが椅子から転げ落ちた。むろん瑠那と蓮川は揃って床に叩《たた》きつけられた。

震動のなかソナー室の声がこだました。「おにざき撃沈！」

「や」馬本が叫んだ。「やったぜ！」

甲高い声が重なりあって響いた。まさにヤンキーのノリだったが、瑠那は耳を塞《ふさ》ぎたくなった。いま大量殺戮《さつりく》におよんだ、その認識が彼らにはない。

瑠那はきいた。「ソナー室、LCACは?」

「……はい? LC……」

「揚陸艇。上陸用船艇のこと」

「ああ、はい。……やべえ。おにざきが沈む前に、二隻目の上陸用船艇も海上へでてたみたいだ。二隻とも島へ向かってやがる」

発令所は静まりかえった。蓮川が愕然《がくぜん》とした面持ちで瑠那を見つめてくる。瑠那はため息をついた。およそ二百九十対八十。島は血みどろの戦場になる。

20

危機管理センターの対策本部会議室は、通夜のように静まりかえっていた。

円卓を囲む誰もが沈痛な面持ちでうつむく。いまさら列席者の神妙な態度がかえって鼻につく。とりわけ防衛政策局の連中が腹立たしくて仕方がない。

矢幡は怒りを抑えながらきいた。「揚陸艇は無事か?」

次長が遠慮がちに告げてきた。「衛星経由の無線通信によれば、二隻とも無事であると……」

輸送艦おにざきは沈没の憂き目に遭った。最悪の事態だった。あるいは予想どおりというべきかもしれない。揚陸艇二隻は島にたどり着けそうなものの、これからは泥沼の戦いになるのではないか。

損耗の激しい状況下で打てる手はただひとつだ。矢幡は濱野防衛大臣に要請した。「増援を……」

さっきまでの自信はどこへやら、すっかり及び腰になった濱野が首を横に振った。「精鋭は全員送りこみました」

「精鋭でない者は？」

「……どれも似たり寄ったりの経験の浅さです。実戦には耐えきれないかも」

「それでも人海戦術でありったけの頭数を送りこめば、結果もちがってくるのではないか？」

「手持ちの駒をぜんぶ注《つ》ぎこむのですか」濱野は少し考える素振りをしたのち、ため息とともにうなずいた。「そうですな。それしかないでしょう」

まさしく太平洋戦争末期の様相を呈してきた。けれども総力戦以外に挽回《ばんかい》の手立てはない。

自衛隊の部隊は細分化され、防衛要員らは互いに垣根を越えられず、政府としてもむやみに兵力を掻《か》き集められない。とはいえこれは極秘作戦だ。事情は複雑だった。兵力の強制招集という乱暴な指示も受容される。なぜなら対象になる自衛官は……。

天井のスピーカーから音声が響き渡った。「こちらオペレーションルーム。上陸掃討部隊の揚陸艇二隻、島への上陸に向かいます」

矢幡は両手を組み合わせた。いままで優莉結衣たちの存在を努めて考えまいとしてきた。だがもう現実に目を向けねばならない。二百九十名の上陸掃討部隊。結衣や凜香、瑠那はそれぞれ、ひとりでそれぐらいを相手にしてきたのではないか。

やはり増援は急務だ。敗北を重ね、国民に事実を伏せつつ、最後には学徒動員も同然の人海戦術か。やはり歴史は繰りかえす……。

21

結衣は入り江の岩場に立っていた。隣に立つ瀧島が双眼鏡をのぞいている。

「どう?」結衣はきいた。

瀧島が唸《うな》った。「LCAってやつだな。エア・クッション型揚陸艇。だが一隻だけだ。こっちに向かってくる」

受けとった双眼鏡を、洋上に見える点のような存在に向ける。結衣の目に映ったのは、ホバークラフトのようなスカートのついた大型ボートだった。後部に二基の扇風機に似た推進用プロペラを備えているのもホバークラフトっぽい。屋根はなく、ぎっしりと武装した自衛官らが乗船しているのが見える。頭数からすると優に百人以上は乗っている。

本格的な軍事兵器類には詳しくない結衣だったが、島に上陸するための船艇として、有効な乗り物なのは理解できた。結衣は瀧島にたずねた。「長距離を航行できるボートじゃないんでしょ？」

「東京湾からここまで来れるかといえば、もちろん無理だ。輸送艦で近海まで運んでくるんだよ」

「その輸送艦ってのには何隻載るの？」

「おすみ型輸送艦で縦に二隻。一隻に武装兵が百四十五人乗れる」

「いまこっちに一隻しか来ないってことは……」

「ああ。もう一隻は別の場所から上陸するつもりだ。真北にもうひとつ小さめの浜辺があるんだろ?」

「そこじゃないと思う」

「やれやれ、頑固だな。西北西の崖《がけ》だって?」瀧島は頭を掻いた。「どうにも賛成しかねるぜ。わざわざ大変なところを登ってくるってのか?」

「高校のころ世界史で習ったノルマンディー上陸で、連合軍がそうしたって」

「おい……。マジか。根拠はそれかよ?」

結衣の幼少期、父の半グレ同盟は、到底いまの規模ではなかった。死ね死ね隊はただ猪突《ちょとつ》猛進ひとすじの愚連隊で、作戦にしても卑怯《ひきょう》なテロ攻撃と、機動隊との衝突を第一に想定していた。自衛隊と真正面からぶつかりあうなど、誰ひとり考えていなかった。

閻魔棒やら悍馬団やら、ダサいネーミングの妙な地位が設定されたいまは、半グレ同盟も様変わりしたのだろう。より本格的な戦闘経験者を迎え、若い世代を育成してきたにちがいない。結衣には想像がつかなかった。よって現状の作戦は、学校で習った世界史における戦争の知識に頼るしかない。

ふと気づくことがあった。結衣を何度となく修羅場に送りこんだり、瑠那を中東の戦地から連れ戻したり、すべては半グレ同盟強化の一環か。クソ親父は本当に子供たちを呼び戻せると思っているのか。

瀧島が緊迫の声を響かせた。「来た。もう向こうからも目視でこっちが捉《とら》えられる距離だ」

結衣は身を翻した。「二次防衛線まで後退」

入り江には六十人以上がいた。何割かは死ね死ね隊の武装兵だが、残りは元半グレたちだ。普段着の連中はアサルトライフルを持たされているものの、あきらかに腰が引けている。びくつきながら森林のなかへと駆け戻っていく。例外は元閻魔棒だ。瀧島の仲間のうち、ここにいるのは榛葉だけだが、機敏な動きで元半グレらを先導する。

全員が浜辺をあとにし、木立を入ってすぐの場所に、それぞれ身を隠す。結衣も横倒しになった太い幹の陰で腹這《はらば》いになった。瀧島は少し離れた大木の手前に潜んだ。

午後になっても夏の陽射しが強烈に降り注ぐ。光り輝く海原を揚陸艇がまっすぐ向かってくる。自衛官らのヘルメットが肉眼で視認できるぐらいの距離になった。すると銃声が轟《とどろ》いた。揚陸艇の上からアサルトライフルで森林を銃撃してくる。威嚇ではない、水平方向への発砲だった。木立のなか枝葉が次々と被弾し、破片を辺りに撒《ま》き散らす。元半グレたちがどよめき、いっせいに伏せた。

射撃がわりと正確だった。そこいらのテロリストとはちがう。とはいえ結衣も本物の軍人と渡り合ったことはいちどや二度ではない。今回ちがうのは、完全に国家がバックについた軍事作戦に対する、真っ向勝負という一点のみだ。ひとりずつの兵士は人間にすぎない。鍛え抜いた肉体の持ち主だろうが人間は人間だ。

揚陸艇がかなり大きくなってきた。もう細部がはっきり見えるほどになった。自衛官らはヘルメットにゴーグル、マスクで顔を隠し、首もプロテクターで覆っている。防弾ベストまでが迷彩柄だった。最前列の兵士らが容赦なく森林に銃弾を撃ちこむ。わずかにのぞく元半グレらの姿を、めざとく見つけては狙撃《そげき》してくる。

いきなり元半グレの少年ふたりが木立から駆けだした。一瞬なにが起きたか判然としなかった。少年らはいずれも姿をさらし、両手を振りかざしながらわめいていた。はっきりきこえないが降伏をアピールしているらしい。

瀧島が罵《ののし》った。「馬鹿野郎どもが」

少年のうちひとりは武器を投げだしたが、もうひとりは片手に持ったままだった。それがまずかったのかもしれない。揚陸艇からの狙撃はセミオートからフルオートに切り替わった。けたたましい掃射音が鳴り響き、ふたりはたちまち蜂の巣にされた。

「うわああ!」と戦慄《せんりつ》の声が森林にひろがった。むろん叫んでいるのは戦闘に不慣れな元半グレたちだった。

さすがにもう浜辺へ駆けだす者は皆無だったが、代わりにそこかしこで逃亡が始まった。入り江に背を向け、木立のなかを逃げ去ろうとするのも、十代の普段着ばかりだった。ところが自衛官らは、それらの動きを狙い澄まし、今度はセミオートで狙撃してきた。逃走者はみな背中を撃たれ、次々と突っ伏していった。

結衣の間近でも逃げようとした茶髪の少女が被弾した。背と胸に血飛沫《ちしぶき》があがったのは、弾丸が貫通したからだ。茫然《ぼうぜん》とした面持ちの少女が、目を開いたまま、前のめりに倒れた。

茶髪の少女は元半グレだけにヤンキーコーデだった。不良少女の死にざまに結衣も胸が詰まってくる。カタギのファッションよりも、優莉姉妹の人生にとって身近に思えた。この子はなんのために死んだのだろう。頭の片隅で考えた。不良になり半グレ同盟への加入を求めた時点で終わっていた、そう解釈するのが妥当か。やむにやまれぬ事情があったのかもしれない。いまとなっては彼女自身が思い悩むこともない。

逃走を図らなかった元半グレらのうち、一部が大声でわめきつつ、アサルトライフルを乱射しだした。早くも焦燥に駆られ、やけくそぎみに揚陸艇を銃撃している。だが素人にとっては距離があるため、むろんまだ命中しない。自衛官らにしてみれば余裕の射程距離だ。入り江の浜辺に乗りあげた揚陸艇からの狙撃が、発砲する元半グレたちの銃火を捉え、ひとり残らず仕留めていく。森林のあちこちで脳髄がぶちまけられた。

瀧島が唇を噛《か》んでいる。結衣も同じ気分だった。自衛官らが木立に入ってくるまで、けっして銃撃しないよう、全員に申し渡してあった。ところが早くも防衛ラインが崩れつつある。

揚陸艇から自衛官らが降り立ち、たちまち浜辺いっぱいに展開した。互いに前後左右の間隔を空け、群れの密度を最小限に留《とど》める。さすが熟練を感じさせる動きだった。テロリストならひとかたまりになりがちだが、自衛隊はそれに当てはまらない。全身をさらす浜辺から、一刻も早く木立へ駆けこもうとしている。あんなに機敏に行動せずとも、元半グレのへっぴり腰な狙撃では、ろくに当たりもしないだろうに。たとえ当たったところで、どうせ防弾ベストやプロテクターは貫けない。

だが完全装備ゆえにデメリットもある。ゴーグルは視野を狭めるうえ、透明アクリルを通しただけでも、わずかな反射のちがいが視認できなくなる。しかも自衛官らは、森林のなかの敵に気を取られていた。

崩落前のビルには釣り用具も多くあった。五号のテグスになると、もうゴーグル越しには見えづらくなる。それ以下のテグスのほうが目にとまりにくいが、今度は強度に難が生じてしまう。

先陣を切った数名が、地上十センチに張られたテグスに足をひっかけた。浜辺に埋めた手榴弾《しゅりゅうだん》のピンが次々と抜ける。間欠泉のように爆発が噴きあがり、自衛官らを巻きこんだ。まともに爆風を浴びた三名ほどが宙に舞いあがり、ほどなく地面に叩《たた》きつけられた。こればかりは防弾ベストで守りきれるものではない。全身から鮮血を噴出させつつ自衛官らが転がった。

それでも群れの間隔が空いていたため、人的被害は最小限に留まった。自衛官らは姿勢を低くし、中腰と匍匐《ほふく》の者が交互に入り乱れ、慎重に前進してくる。敵の銃撃を受けないうちは、地面に留意しながら進もうというのだろう。匍匐のほうは一定の距離ごとにナイフで地面を刺す。さすがに勘がいい。だがそこまでなら結衣にも予想がついていた。

結衣は手で合図した。瀧島がテグスを引っ張る。ビルにあった塗料や接着剤、溶剤、洗浄剤を詰めたボンベが埋まっている。わずかに蓋《ふた》を開けてあったが、テグスを引くことによって密閉される。

匍匐の自衛官がナイフで地面を刺した瞬間、緊張に全身を硬直させた。ハンドサインで、なにかが埋めてある、仲間たちにそう伝えたようだ。周りがいっせいに飛び退こうとした。

だがボンベの爆発のほうが早かった。大小の金属片が炸裂弾《さくれつだん》のごとく広範囲に飛び散る。爆心から遠方まで届く威力は手榴弾の比ではなかった。十人以上の自衛官が吹き飛ばされた。滞空中の脱力ぐあいから即死したとわかる。腕や脚の部分遺体も宙を舞った。

自衛隊はさすがに動揺を生じつつも、浜辺の中央を避け左右に展開した。正面突破が危険きわまりないと判断したのだろう。戦術というより群集心理に近かった。けれどもそこは結衣も予想済みだった。

森林近くの両脇に堆積《たいせき》する、砂ばかりに見える一帯は、実際には砂ではなかった。近くに潜む元半グレらがマッチを擦り、自衛官らの足もとに投げこむ。

地面に巨大な火柱が生じた。左右の端に集まらざるをえなかった自衛官たちが、一瞬にして火だるまになった。トウモロコシの粉による粉塵《ふんじん》爆発だった。

自衛隊の先頭集団を一網打尽にした。着実に敵の頭数を減らせた。だがまだ百二十人ていどが残っている。恐れ知らずの自衛官らが森林に雪崩こんできた。木々が織り成す迷路のせいで、自衛隊はまっすぐ突入できず、数人ずつに分散せざるをえない。逃げ惑う元半グレらに対し、自衛官らが容赦なく背中を撃つ。木立のなかに阿鼻叫喚《あびきょうかん》がひろがった。

だが大半の元半グレは、結衣の立てた作戦どおり散りぢりに逃走し、自衛隊を奥地へおびき寄せている。獲物を充分に引きつけたうえで、木陰に潜んだ死ね死ね隊の武装兵が飛びだし、フルオート掃射を浴びせた。至近距離から不意を突かれた自衛官らがばたばたと倒れた。

酸味を含む悪臭が一帯に漂いだした。それだけ死体が増えてきたのを意味する。戦場はいつもこのにおいだ。息を深く吸いこむ際に嘔吐《おうと》感を引き起こす。何度体験しても慣れない。

瀧島に自衛官が襲いかかった。互いに銃を向けづらくなるほど距離が詰まっている。それゆえ近接戦闘が始まった。

結衣は瀧島に加勢すべく立ちあがったが、いきなり眼前に自衛官のゴーグルが現れた。ふたりの自衛官が間近でアサルトライフルを構えてくる。いずれの銃口も正円だった。トリガーが引かれれば結衣は頭部を撃ち抜かれる。

しかしなんの策もなくここに潜んでいたわけではない。近くに浅く掘った穴の水たまりは、じつはガソリンを溜《た》めてあった。武装用のマスクで顔を覆っていると嗅覚《きゅうかく》がききづらい。自衛官らが気づかない一方、結衣は足もとに目を落とさずとも、においで位置を把握していた。地面のテグスに足払いをかけ、そのまま後方宙返りする。テグスはチャッカマンのトリガーに接続してあった。ガソリンは一気に燃えあがり、自衛官ふたりの全身が炎に包まれた。耐火性のある装備だけに、熱さに身もだえはするものの、ふたりとも膝《ひざ》をついたりはしなかった。着地した結衣は膝立ちになり、スカートをたくしあげ、片側を縛った。裾《すそ》がずり落ちたら火が燃え移る危険があるからだ。

すかさず結衣は跳躍し、ひとりに前蹴《まえげ》りを浴びせた。よろめいた自衛官は、あくまで踏みとどまろうとはせず、前方に倒れるに身をまかせた。迷彩服を地面にこすりつけたほうが消火できると考えたのだろう。だがそこには大きな見落としがある。倒れる自衛官の先には、先を尖《とが》らせた竹が無数に、地上三十センチほど突きだしていた。気づいた自衛官が両手を振りかざしたときには遅かった。装備品で増量した体重が勢いよくつんのめった。竹槍《たけやり》の剣山が全身を貫いた。

もうひとりの表情は見えずとも、取り乱したのはあきらかだった。迷彩服が燃えるにまかせながら結衣に対峙《たいじ》してくる。あまりの接近戦ゆえ、アサルトライフルを構えれば、かえって隙が生じやすい。そのため自衛官が拳銃《けんじゅう》を抜きつつアサルトライフルをかなぐり捨てる。胴体が炎に包まれているためか動作が鈍い。結衣は外から巻きこむ蹴りで、自衛官のまだ燃えていない右腕をとらえ、ねじりあげ拳銃の銃口を逸《そ》らした。身体全体を横回転させ、遠心力を利用し敵の重心を崩し、ローキックで転倒させた。結衣も地面に横たわったが、すかさずアサルトライフルを拾いあげ、膝立ちになった。構える前に敵が襲いかかってくるのはわかっていた。銃剣術の突きを食らわせ敵を後退させる。自衛官がよろめくあいだにアサルトライフルで狙い澄まし、至近距離からゴーグルごと目もとを撃ち抜いた。

結衣は立ちあがった。ふたつの無残な自衛官の死体を見下ろす。どちらも顔が見えない。テロリストではない。国に育成された兵士だ。だが悔いはない。なぜならこいつらは……。

いきなり瀧島が猛然と走ってきた。「結衣!」

瀧島はほかの元半グレらとともに全力で駆けてくる。その向こうからは十人前後の自衛官が追ってきていた。結衣は瀧島の逃走グループに加わった。森林のなかをジグザグに駆け抜けていく。アサルトライフルは走りながら撃つのに適せず、後方からの追っ手の銃撃は、常に逸れがちだった。

逃走グループは分散しなかった。どちらへ向かうかはもうきまっている。木の幹に傷がつけてあるため方向を迷うこともない。全員ががむしゃらに走った。自衛隊が背後に追いついてくる。前方の木の幹に矢印が彫ってあった。結衣たちは走り幅跳びのように踏みきり、低く遠くへと跳んだ。

自衛隊が速度を落とした。地面に転がる結衣や瀧島らを俯《ふ》角《かく》で狙い澄ます。しかし距離が詰まったとたん、自衛官らは落とし穴に嵌《は》まった。あらかじめ掘った縦穴に、兵士の群れが瞬時に転落していった。

近くの木々の陰から榛葉らが飛びだしてきた。落とし穴の縁に立ち、底に折り重なる自衛官たちに銃撃を浴びせる。絶叫が生々しくこだました。

嫌な声の響きだったが、死人の状態はもうたしかめるまでもない。結衣は周囲に目を配った。

ほかの自衛隊は森林のなかに散開していた。死ね死ね隊の反撃に遭いながらも、元半グレらを追い、島内のあちこちへ向かっている。

結衣はアサルトライフルのマガジンを交換した。「敵はどれぐらい減った？」

瀧島が息を切らしつつ応じた。「半分までは削れてないな。三分の一ってとこか」

百人弱を島に迎えいれてしまったことになる。いたるところに落とし穴が掘ってあり、さまざまなトラップもあるが、問題は死ね死ね隊の弾に限りがあることだ。残弾数は自衛隊のほうがはるかにうわまわるだろう。倒した敵の銃を奪わなければ戦力を拮抗《きっこう》させられない。

「なあ結衣」瀧島が真顔でささやいた。「仲間が芹菜を匿《かくま》ってる。自衛隊が島に入りこんだ以上……」

「ええ。そっちへ行っていいから」

「すまん。またあとで落ち合おう」瀧島が榛葉をうながし、ふたりで駆けていった。

結衣も木立のなかを別の方角へと走りだした。甲高い鳥の声にいちいち警戒心が働く。迷彩服がいつ飛びだしてくるかわからない。だが足をとめる気はなかった。猛烈な暑さのせいで全身に風を感じていたくなる。

亜熱帯の夏に離島で自衛隊と戦闘。これが女子大生のやることだろうか。クソ親父には恨みしか募らない。ここで死んだら呪い殺してやるしかない。

22

恩河日登美は島の西北西、切り立った崖《がけ》の頂上から、かなり手前にひっこんだところにいた。

高さ二十メートルもある崖の下は海だ。叩《たた》きつける波の音がここまで響いてくる。

崖に近づく気にはならない。死ね死ね隊の数人が崖っぷちぎりぎりに伏せ、遠方に双眼鏡を向けている。あいつらに監視させておけば充分だ。

日登美はスプレー式のサラテクトをとりだし、夏制服の半袖《はんそで》から露出した腕と、スカートの膝下に噴きつけた。暑いうちはいいが、少し気温が下がりだすと、蚊に食われやすくなる。これだからこんな離島は嫌だった。工事現場用のでかい蚊取り線香を焚《た》いておきたいが、戦闘を控えている以上はそうもいかない。

汗で日焼け止めが流れ落ちやすくなるのも気になる。SPF100の日焼け止めクリームは、鏡を見ると白粉《おしろい》を塗っているみたいでげんなりするが、なければ困る。虫《むし》除《よ》けと日焼け止めを交互に塗りたくって、肌に良好なわけがない。

やはり早く帰るにかぎる。ただし島をでて、無事に半グレ同盟の拠点へ戻る方法については、まだなにも考えていない。優莉匡太の指示は単純だった。島へ行くだけ行って、あとは結衣にまかせろ。匡太さんはそういった。

結衣の作戦は杜撰《ずさん》きわまりない。結局は島に立て籠《こ》もり、包囲網を狭められるだけに終わる。ド素人に運命を託すなど戯れが過ぎる。ほとんど全滅して人数が減ったら潜水艦へ戻るとするか。ただしあの潜水艦てんりゅうはもう、日本全国の自衛隊と在日米軍基地から警戒対象に認定済みにちがいない。血眼になって海中を捜索している奴らをやりすごすのは難しい。

まさか詰んだか。こんな離島で死ぬなんて冗談じゃねえのにな。日登美は頭を掻《か》きむしった。

そのとき崖の監視班のひとりが、匍匐《ほふく》前進でこちらへ戻ってきた。「ＬＣＡＣ１級エア・クッション型揚陸艇、接近中」

「マジで？」日登美はつぶやいた。驚くほどではないが意外だった。

監視班のひとりがつづけた。「武装した自衛官が定員いっぱいに乗ってる。百四十五人ってとこだ」

へえ……。日登美はひそかに感心した。結衣の勘が当たったのか。こんな崖から上陸しようとするとは。あえて無謀な作戦にでて、こちらの予測の裏をかこうとしたか。

もうひとり監視班が地面を這《は》ってきた。「揚陸艇が崖の真下まで来て、三十人ほどを下ろした。そいつらはわずかな足場に立ち、波が打ち寄せる崖に身を這わせてやがる。どういうわけか揚陸艇は沖へひきかえしていった」

ああ、そういうことかと日登美は思った。「周りの死ね死ね隊と合流しろ。いまから発砲音が響くが、銃撃すんなとみんなに伝えとけ。崖にもいっさい近づくなって」

「了解」ふたりが左右に分かれ、姿勢を低くし遠ざかっていく。

崖の頂上は開けているが、両サイドには森林がひろがっている。それぞれに死ね死ね隊が潜んでいた。元半グレの馬鹿どもはここにはいない。あんな使えない駒を身近に置くほどお人好《ひとよ》しではない。せいぜい結衣と一緒に島を駆けめぐって、ひとりでも多くの自衛官を罠《わな》に嵌めていればいい。この崖での攻防はエリートだけでやる。

火薬の軽く弾《はじ》ける音が連続した。ライフルほどの鋭い響きはない。崖っぷちの上に鉤《かぎ》がいくつも横並びに現れ、地面に突き刺さった。

索発射銃だ。自衛隊の約三十人が崖の頂上にロープ付きの鉤を撃ちこんだ。張ったロープで崖を登ってくるだろう。

人影が日登美のもとに駆け寄ってきた。全身を武装で固めた閻魔棒のひとりだった。ヘルメットとゴーグル、マスクで顔を隠していても、動作から館山だとわかる。

館山が近くに立った。「崖をよじ登ってきやがる。対処は?」

「なにもしねえ。崖に近づくなっていってんだろ」

「なぜだ」

日登美はほくそ笑んだ。「沖に遠ざかった揚陸艇にはまだ百人以上乗ってやがる。わたしたちが崖から身を乗りだすのをまって狙撃《そげき》する気なんだよ」

「あー、なるほど……。崖を登る三十人ほどは、第一波攻撃隊であると同時に、囮《おとり》でもあるわけか」

「そういうことよ。上陸を阻止するため、死ね死ね隊が崖っぷちに鈴なりにならざるをえねえ状況を作ろうとしてやがる。そこを狙い撃とうってんだ。ったく、恐ろしく古典的すぎる作戦だぜ。ノルマンディー上陸じゃねえか」

「ならさっき埋めたやつが効力を発揮するな？」

……そのとおりだと日登美は思った。いま日登美が立つ場所から、前方の崖っぷちまで数十メートルもある。そこまでの中間地点に大きな穴を掘り、埋めておいた物がある。崩落前のビルにあった大量の染料や農薬を詰めこんだ、いくつものドラム缶だった。地中のドラム缶には鉄パイプが垂直に突き刺してあり、その先端部が地上に突きだしている。鉄パイプの口に手製の漏斗が嵌《は》めてある。

「館山」日登美は指示した。「水だ。それとスナイパーライフルが二丁あったな？　持ってこい」

「了解」館山が木立へ駆けていった。

日登美はメモ用紙の一枚をとりだした。ドラム缶の埋設を指示したのは結衣だ。丁寧に図解まで描いてやがる。稚拙な考えと思っていたが、自衛隊の猿知恵とは釣り合いがとれていたか。

なんにせよ結衣はこの状況を正確に予測していた。やはり侮れない。日登美はメモ用紙を握り潰《つぶ》した。

死ね死ね隊の数人が、水の入ったポリ容器を手に匍匐前進する。崖っぷちまでは行かず、埋設ドラム缶の真上、漏斗に水を注ぎこむ。姿勢を低くしていれば、洋上の揚陸艇からは見えない。

館山が駆け戻ってきた。自衛隊のM24対人狙撃銃を二丁携えている。うち一丁を日登美に引き渡した。

片膝《かたひざ》をつき、ずしりと重いライフルを両手で支える。狩猟用のレミントンM700を軍用に改造したしろものだった。照準器は固定倍率十倍のウルトラM3スコープ、レオポルド社製。

日登美は腹這いになった。スナイパーライフルには銃床前部二脚が付いていて、その姿勢での狙撃に適している。もっとも、いまは前方の崖っぷちの向こうには青空しかない。海面どころか水平線すら見えやしない。

それでもこうして待機するのが適切だった。日登美は館山にいった。「おめえも横に来い」

館山は地面に伏せると、日登美に倣い、スナイパーライフルを前方に据えた。

死ね死ね隊が水の注入を終えた。からになったポリ容器を手に撤収していく。

崖っぷちから物音がきこえだした。鉤から崖下へ垂れ下がったロープは、ここからは結び目ぐらいしか見えないが、いずれもぴんと張っているのがわかる。自衛隊がかなり上まで登ってきた。じきに顔をのぞかせるだろう。

だがそれよりも早く、ドラム缶に注入した水が中身に浸透していく。染料や農薬に含まれる金属ナトリウムに水が接触、水素ガスを発生し、多量の反応熱を生じる。ほぼ密閉されたドラム缶は大きく膨れあがり、やがて限界に達するや……。

地面がいくつも盛りあがった。畑を耕したような隆起ぐあいになった。しかしそれは一瞬にすぎず、ふいに轟音《ごうおん》とともに広範囲が爆発を起こした。無数の土塊とおびただしい量の白煙が噴きあがる。まさに火山噴火に等しい凄《すさ》まじさだった。

水素爆発だ。熱を帯びた爆風が吹きつけ、泥の雨が横殴りに顔面に降りかかる。だが日登美は瞬《まばた》きひとつしなかった。爆発により日登美の前方の地面は陥没、崖《がけ》に至るまでのすべてが崩落していった。自衛官らの絶叫がきこえる。奴らは土石流に呑《の》まれた。

砂埃《すなぼこり》が立ちこめ、しばらくはなにも見えなかった。けれども少しずつ視界が戻ってくる。真っ白な霧が立ちこめるなか、切り立った崖は完全に失われていた。ドラム缶が埋まっていた場所から海までは、緩やかに斜めの下り坂と化している。崖が崩れ、地面が削りとられ、ただ下降する傾斜だけが残った。よって海面が見下ろせるようになった。ぽっかりと浮かぶ揚陸艇が小さく見えている。

日登美は館山とともにスナイパーライフルの照準器をのぞいた。ダイヤルをすばやく調整し、揚陸艇の上に焦点を合わせる。すし詰めの自衛官らが激しくうろたえていた。一部が伸びあがり、崩落した崖に目を凝らしている。

その顔面を狙い、日登美はトリガーを引いた。発射の反動と同時に、照準器のなかで自衛官ひとりが血を噴き、後方に倒れた。周りがいっそうの動揺をしめす。日登美と館山は次々に狙いをつけ、揚陸艇の上の乗員を仕留めていった。一秒ごとに数か所で血飛沫《ちしぶき》が撒《ま》き散らされる。満員状態のボートだけに、どこを狙おうがかならず誰かに当たる。撃ち尽くすやただちにマガジンを交換し、さらに猛然と狙撃をつづけた。

死体が増える一方、生存者らは激しくパニックを起こしていた。身動きがとれず隠れることもできないからだ。なかには海に飛びこんで逃げる者もいる。だが重い装備品を抱えての立ち泳ぎは、動作を著しく鈍らせる。海面からのぞく頭部を、日登美は容赦なく狙い撃ちにした。ヘルメットをかぶっていようが、ゴーグルとマスクでは顔を守りきれない。海上への脱出組はたちまち仕留めた。死体が累々と波間に浮かぶ。

隊長クラスとおぼしき自衛官が、早く発進させろと、身振り手振りで伝えているのがわかる。日登美はその自衛官の目もとを撃ち抜いた。だが操縦士が反応し、揚陸艇は海面を逃走しだした。プロペラの推力を全開にし、みるみるうちに遠ざかっていく。半分近くが死体の山になった揚陸艇が、照準器で捉《とら》えられないほど小さくなり、やがて消えていった。

日登美はスナイパーライフルから顔をあげた。「真北の浜辺だ！　奴らそっちへ向かうぜ。ほかに上陸できる場所はねえからな。十人ほどここに残れ。あとはわたしと来い」

スナイパーライフルは地面に残し、片付けは死ね死ね隊にまかせる。日登美は自分のアサルトライフルを拾いあげた。

館山も立ちあがった。「仕留めたのは八十六人か」

「しっかり数えとけ、八十七だ」日登美は吐き捨てた。「真北の浜辺にもテグスと手榴弾《りゅうだん》のトラップがある。無事に上陸しやがるのはせいぜい十から二十だな」

森林から繰りだしてきた死ね死ね隊が、日登美と館山の周りに集まる。海原を眺めながら日登美は燃えあがるものをおぼえた。結衣、面白《おもしれ》え女。親父が夢中になるのもわかる。推しだけにこの手で殺してやりたくなってきた。

23

坂東満里奈は森林のなかを逃げまわっていた。

足手まといなのはわかっている。きっと厄介がられているにちがいない。だからこそもう戻れない。あんな人殺し集団と合流するなんて耐えられない。

木々の根が無数に這《は》う、ぬかるんだ地面を駆け抜けていく。息が乱れていた。ひどく苦しいものの、足をとめる気になれない。どこへ向かっているかも判然としないが、ただ走りつづけるしかない。

真っ暗な印旛沼で地獄を見てから、ずっと悪夢のなかをさまよってきた。父はもういない。母もいなくなったも同然だ。気づけばこんな薄気味悪い島にいる。いまもあちこちから銃声がきこえてくる。地震かと思えば遠くで黒煙が噴きあがる。これは戦争だ。日本史の授業で習った沖縄戦だ。なぜこんな仕打ちに遭わねばならないのだろう。ふつうに大学に通っていたかったのに。あまりにも悲しすぎる。

足が滑った。いきなりの転倒に、満里奈は手をつくことさえできず、全身が地面に叩《たた》きつけられた。

ワンピースは泥だらけになっていた。腕や脚も汗で汚れ黒ずんでいる。ふくらはぎに大きな虫が這っていた。満里奈は悲鳴とともに手で払いのけた。泥のなかを転げまわり、身体じゅうを両手で叩《はた》いた。

もう立ちあがる気力も失われていた。情けなさに涙が滲《にじ》んでくる。いつしか両膝を擦り剝《む》いていた。ひりつく痛みに嗚咽《おえつ》が漏れる。もうやだ。満里奈は心のなかで嘆いた。お母さん、お父さん。

ふいに物音を耳にした。満里奈ははっとして顔をあげた。

枝葉の差し交わす向こう、木製の外壁らしきものが見えている。満里奈はなんとか身体を起こし、ほとんど這うように進んでいった。生い茂る草を掻《か》き分けたその先に、古びた小屋が建っていた。

なかに入れるだろうか。満里奈はゆっくりと立ちあがった。おぼつかない足どりで小屋へ近づいていく。

ところが突然、木陰から複数の人影が飛びだし、満里奈に襲いかかってきた。悲鳴を発する寸前、手袋を嵌《は》めた手が満里奈の口をふさいだ。背後から大きな身体が抱きつき自由を奪う。次の瞬間には地面に引き倒されていた。

仰向《あおむ》けに横たわった満里奈を、武装した男たちがのぞきこんだ。ヘルメットにゴーグル、マスクで顔もわからない。だが死ね死ね隊といわれていた男たちとはちがうようだ。迷彩服の上腕には日本の国旗のワッペンがある。

自衛隊のようだ。満里奈は救いを求めようとした。だが口はふさがれたままだった。地面に押しつけられた状態で身動きもとれない。なぜか両腕両脚をつかまれていた。

くぐもった男の声がきこえた。「捕虜を確保。……小隊長に連絡しますか」

やけに切羽詰まった物言いだった。応じる男の声も焦燥感に満ちていた。「よせ。どうせ交戦中か、悪くすれば殺《や》られてる」

「でも」さらにほかの自衛官が進言した。「不利な状況だからこそ捕虜は使えますよ。脱出のためには敵との駆け引きが不可欠です」

「そうだな」最も階級が上とおぼしき男のゴーグルが小屋に向けられた。「ひとまずあのなかに運ぼう」

口をふさぐ手は片時も力を緩めなかった。満里奈は荷物のように持ちあげられた。身体の自由がきかない。両手首と両足首を強く掌握され、抵抗のすべをいっさい封じられていた。満里奈の髪はぬかるんだ地面にひきずられた。おぞましい鳥の鳴き声が響き渡るなか、自衛官らが小屋のドアをこじ開け、満里奈を暗がりに運びこんだ。

小さな窓から陽光が射しこむほかに、照明の類《たぐ》いはなさそうだ。天井も内壁も特に装飾のない木板、床は土間だった。机や椅子が点在するものの、備品らしき物は置かれていない。緊急避難用の小屋だろうか。

自衛官のひとりが命じた。「そこに寝かせとけ」

満里奈は乱暴に放りだされた。コンクリート敷の床面に突っ伏す。ぶつけた顎《あご》に激痛が走った。だが自分の発した声をきいたとき、喋《しゃべ》る自由を得たことに気づいた。

「まって」満里奈はうったえた。「わたしはなにも……。ち、父は殉職しましたが、警視庁捜査一課の……」

ひとりが笑いながら満里奈の口にガムテープを無理やり貼りつけた。「おいでなすった。お偉いさんの子供だとよ」

「みんなそうほざきだすんだよな」別のひとりが満里奈の両腕を後ろにまわさせた。ガムテープが両手首に巻かれる。

また呻《うめ》き声しかだせなくなった。満里奈は恐怖のなか身をよじった。上半身を起こそうとすると、自衛官の靴底がこめかみを踏みつけ、満里奈の片頬を床に押しつけた。「寝てろ」自衛官が乱暴にいった。

小屋のなかの迷彩服は五人だった。まだ誰もゴーグルやマスクを外そうとしない。落ち着かなそうに室内をうろつきまわったのち、ひとりが悪態をついた。「畜生」

「おい」リーダー格が指示をだした。「外を見まわるぞ。誰かついてこい」

「俺ぁもう……」

「おまえだ。来い」

指名された男が心外だとばかりに食ってかかった。「ほかの奴を連れてってくださいよ」

「いいから来い！」

険悪な空気が満ちる。舌打ちした男がリーダー格にしたがいだす。ふたりがドアへ向かった。

残された三人のうち、ひとりがぼやきぎみにきいた。「あいつらがこの小屋を襲撃してきたらどうします？　捕虜ひとり盾にしても、異常者の集団には通じないかも」

リーダー格がドアの前で足をとめた。「危険を感じたら退避しろ。その場合は小娘を殺せ。俺たちの頭数だけでも敵に知られたくない」

一緒にドアをでていくひとりが、へっと笑った。ふたりが連れだって小屋の外へ姿を消した。ドアが叩きつけられるように閉じた。

小屋のなかに三人の迷彩服が立つ。満里奈は横たわる土間の冷たさを肌身に感じていた。体温が根こそぎ吸いとられてしまうようだ。

三人のうちひとりが椅子に腰かけた。ゴーグルを外すと目もとがのぞいた。忌々《いまいま》しげなまなざしが満里奈を一瞥《いちべつ》する。マスクが外された。口髭《くちひげ》を生やした顔は浅黒く、元半グレたちと大差ない印象だった。

「なんてこった」口髭の男が疲れたように唸《うな》った。「第五連隊は全滅かよ」

「第六の奴らも、たぶんほとんど残ってない」別のひとりがそういいながら、やはりゴーグルとマスクを外し、ヘルメットを脱いだ。やはり気性の荒そうな顔つきをしている。

三人目だけはわりとおとなしそうで、ゴーグルの下に眼鏡をかけていた。だがさっきの元半グレのなかにも、こんな外見の十代二十代が多くいたのを、満里奈は思いだした。

口髭を生やした男がヘルメットを浮かせ、短髪を掻きむしった。「なんでこんなことになっちまったんだ」

「優莉家のクソガキどものせいだ」もうひとりが厳《いか》めしい顔を満里奈に向けた。「こいつら半グレも同罪だな。ガキのくせに戦争ごっこなんかに興じやがって」

ちがう。満里奈は唸った。異議を申し立てようとしても言葉が伝えられない。たちまち目から涙があふれた。

内気そうな眼鏡の男が黙って見下ろした。ただひとり同情のまなざしを向けるのでは、満里奈はそう期待した。だがどうも眼鏡の男の態度は変だった。視線が満里奈の下半身に向く。気づけばワンピースの裾《すそ》がめくれあがっていて、太股《ふともも》の付け根まで露出していた。満里奈はあわてて身じろぎし、裾を下ろそうと床を這った。

ほかのふたりも、眼鏡の男の視線を追うように、満里奈の脚を凝視しだした。ぞっとする悪寒が満里奈を包んだ。

「なあ」三人の誰かがつぶやいた。「どうせ生きて帰れないんなら……」

「だな。好き放題やるのも悪くない」

三人が包囲を狭めてきた。眼鏡の男がしゃがみこみ、満里奈の下半身に手を伸ばす。鳥肌が立つほどの不快感がひろがった。満里奈は呻き声でやめるよう懇願した。だが眼鏡の男の鼻息は荒くなるばかりだった。その手が満里奈の脚をつかんだ。

激しい嫌悪感が反射的に身体を突き動かした。満里奈は無我夢中で暴れた。蹴《け》りが眼鏡の男の顔面に当たった。男は尻餅《しりもち》をついた。眼鏡が床に落ち、鼻血を滴らせている。あとのふたりがげらげらと嘲笑《ちょうしょう》した。

眼鏡の男は逆上したように、満里奈に馬乗りになると、猛然と平手打ちを浴びせてきた。何発も繰りかえし往復ビンタを食らう。満里奈の頬は激痛に麻痺《まひ》しだした。たちまち顔全体が腫《は》れあがり、肌が硬くなったのが自分でもわかる。

口髭がいった。「蹴れないようにしないとな。机に乗せろ」

満里奈はまた抱えあげられた。今度は机の上で仰向けにされた。力ずくで股《また》を開かれ、左右の膝《ひざ》をそれぞれガムテープで固定される。どのようにガムテープが巻かれたかはさだかではない。ただまったく身動きがとれなくなった。満里奈は泣き叫んでいたが、呻き声にしかならなかった。

ひとりがのしかかってきて顔を近づけた。「俺からいくぜ」

口臭に吐き気を催しそうになる。満里奈はひたすら首を横に振った。大粒の涙が宙に舞うのを見た。ワンピースの襟もとが開かれ、ボタンが何個か飛んだ。いかつい顔が眼前に限りなく迫る……。

その顔面が誰かの手に覆われた。女子高生の夏制服の小さな手だったが、恐るべき握力を発揮し、鼻と口を完全に塞《ふさ》いでいる。男が苦痛に身悶《みもだ》えしだした。さらに女子高生は腕力をも有するらしく、片腕だけで男を満里奈から引き離し、壁際へ投げ飛ばした。

なにが起きたかわからなかった。三人の男たちにとっても、まるで予想のつかない事態だったらしい。口髭の男が血相を変えていた。「て……てめえ！　どこから……」

だが小柄な制服が豹《ひょう》のように襲撃した。長く伸びる腕の殴打と脚の蹴りが、矢継ぎ早に繰りだされ、ふたりの顔面を直撃した。ひとりが痙攣《けいれん》を起こし、その場に膝をついたものの、もうひとりが反撃を開始する。刃渡りの長いナイフを抜き、猛然と突きを浴びせた。女子高生は身を退《ひ》きつつ縦横に躱《かわ》した。

満里奈は衝撃を受けた。女子高生は凜香だった。ショートボブの髪を振り乱し、射るような目で敵を睨《にら》みつつ、ナイフを回避しつづける。だが刃が凜香の上腕を切りつけた。夏制服の袖《そで》が裂け、血が滲《にじ》むのが見てとれる。さらに何度か切り裂かれ、制服がボロ着と化しだした。それでも凜香は不意を突き、床に滑りこむように足払いをかけた。凜香は敵とともに転倒した。金属音が響いた。敵の手を離れたナイフが床に跳ねたとわかる。

窓がいつの間にか開いていた。そこからもうひとり細身の少女が忍びこみ、床に着地した。

伊桜里が机に駆け寄ってきた。満里奈を拘束するガムテープをちぎる。気遣いに満ちた目で伊桜里がささやいた。「怪我してない?」

そのあいだに凜香は三人の自衛官と渡り合っていた。三人は痛そうに顔を歪《ゆが》めながらも、同時に凜香に襲いかかる。ふつうなら女子高生ひとり、容易《たやす》くねじ伏せてしまうだろう。だが凜香はちがっていた。いつしか凜香の手には、さっきのナイフが逆手に握られていた。自衛官のひとりが、瞬時に喉《のど》もとを掻《か》き切られ、苦しげに呻きながら膝をついた。

残るふたりはいずれも拳銃《けんじゅう》を抜いた。凜香は口髭の男に高く飛びつき、両太股で首を絞めつつ、身体をひねり重心を崩させた。口髭の男がトリガーを引くタイミングを熟知していたのか、銃口をもうひとりに向けさせる。けたたましい銃声とともに、ふたりめの自衛官が犠牲になった。口髭の男は尻餅をついた。凜香はまだ左右の太股で男の頭部を挟みこんでいた。すでに男は首を不自然な角度に曲げていたが、凜香がすばやく腰をひねると、骨の折れる音がした。男がぐったりと仰向《あおむ》けに倒れた。三人とも絶命はあきらかだった。

伊桜里がガムテープをほぼ取り払ってくれた。茫然《ぼうぜん》とする満里奈の前で、凜香は二丁の拳銃を拾い、いずれもスカートベルトに挟んだ。アサルトライフルも左右の手でつかみあげると、凜香はドアへ向かった。

「立てる?」伊桜里が満里奈にきいた。

満里奈はうなずいた。伊桜里の手を借り、ふらつきながらも腰を浮かした。凜香がドアを開けた。また強烈な陽射しの下へと繰りだす。

小屋の前には死体がふたつ横たわっていた。いずれも武装した迷彩服姿で、ゴーグルとマスクを装着している。満里奈は思わず後ずさった。顔はわからないが、さっき小屋をでていったリーダー格ともうひとりだ。リーダー格のほうは首にワイヤーが食いこんでいる。絞殺されたのだろう。もうひとりのほうは防弾ベストの隙間から、胸部にナイフを突き立てられていた。

少し離れた場所に凜香の後ろ姿があった。アサルトライフル一丁のストラップを肩にかけ、もう一丁を携えながら周囲に目を凝らす。腕も背中も切りつけられ、裂けた制服の下から血が滴り落ちていた。

満里奈はなんともいえない思いを嚙《か》み締めた。凜香に救われた。捨て身であの荒くれ者たちに挑んでくれた。

ショートボブの髪が微風に揺れる。凜香がわずかに振りかえった。けれども満里奈と目が合うのを恐れるかのように、また背を向けた。

「先に行く」凜香が歩きだした。「わたしが露払いになる。伊桜里、ふたりでついてこい。離れるなよ」

「……まって」満里奈は声をかけた。

凜香が足をとめた。遠慮がちに振りかえる。「なんだよ」

「怪我してる……」

「だから？　まだ生きてる」

「手当てしないと」

沈黙が降りてきた。凜香の視線が落ちた。「勘弁してくれよ」

伊桜里がいった。「凜香お姉ちゃん。包帯とガーゼあるよ」

余計なことをといいたげに凜香が顔をしかめる。伊桜里が救急セットのパックを差しだす。満里奈はそれを受けとり、凜香のもとに駆けていった。

「お願い」満里奈はささやいた。「そっちの木陰で……。手当てさせて」

凜香は一瞬だけ満里奈を見たものの、また目を伏せた。それでも小さくうなずいた。氷がふっと溶け去ったように思えた。木立へと向かいだす凜香に、満里奈は歩調を合わせた。伊桜里が微笑とともについてくる。

満里奈の胸を感傷が鋭くよぎった。思わず泣きそうになるのを堪《こら》える。印旛沼にいた凜香とはちがう。まして父の命を奪ったのは別の誰かだ。いまの凜香は恩人だ。それだけでいいのではないか。

24

瀧島は汗だくになりながら、アサルトライフルを手に森林を突っ切っていた。元閻魔棒の七人で芹菜を守りながら移動する。榛葉と乙幡譲次《おとはたじょうじ》が、瀧島とともに先行し、行く手の索敵に努めた。それぞれで視野を補いつつ、けっして足をとめず猛進しつづける。海岸を遠く離れ、島の奥深くに向かうにつれ、足場が極端に悪くなっていく。それでも静止するわけにいかない。

だが背後から城原の声が呼びかけた。「瀧島、ちょっとまて」

三人は立ちどまり振りかえった。城原のほか同世代の仲間、銅羅儀一《どらぎいち》や緒環笙《おだまきしょう》、嶋《しま》森庄之《もりあつゆき》が前進をためらっている。みなハン・シャウティン事件でともに命をかけた友人たちだ。つきあいも暴走族のころから長い。なにを考えているかはわかる。

城原ら四人が囲むのは芹菜だった。芹菜は疲れきった顔でへたりこんでいる。瀧島がじっと見つめていると、芹菜が気丈にも身体を起こそうとした。

「よせ」緒環が芹菜を制してから、瀧島に向き直った。「少し休まないと駄目だ」

瀧島はじれったさを噛み締めた。仲間の六人が芹菜に配慮せねばならないのは瀧島のせいだった。閻魔棒の拠点から芹菜を連れださずにおけば、こんな手間をかけさせずに済んだ。

芹菜も申しわけなさを感じているのか、荒い呼吸のなかでささやいた。「わたしはだいじょうぶだから……」

ここは休憩に向かない場所だ。四方八方から敵が出現する恐れがある。それでも瀧島はいった。「わかった、しばらく休もう」

水筒をまわし飲みする。榛葉と乙幡が周りへの警戒を続行した。瀧島は芹菜に歩み寄った。

げっそりした芹菜の顔と間近で向き合うのは辛《つら》い。脱水症状ぎみかもしれないが、飲み水にはかぎりがある。芹菜もひと口しか飲まなかった。

瀧島は静かに語りかけた。「すまない。こんなことになるとは思ってなかった」

芹菜が力なく首を横に振った。「直貴は悪くない。悪くないよ……」

胸が詰まってくる。ワルぶった生き方を選んだがゆえに袋小路に迷いこんだ。因果応報かもしれないが、苦しむのは自分だけでよかった。芹菜を巻きこみたくない。

銅鑼が近くにしゃがみ、汗と泥だらけの顔を拭《ふ》いた。「都内の高い高い塔なんて、いま思えば楽勝だったな。このクソ暑い島でサバイバルだなんて」

嶋森は水筒をリュックに戻した。「島を脱出できる見込みはあんのかよ」

なんともいえない。瀧島はつぶやいた。「揚陸艇で侵入してきた自衛隊はかなり数を減らしてる。これからしばらくはゲリラ戦だろうな。潜水艦に乗りきれない人数が、無事に海を渡れる移動手段を見つけねえと」

「揚陸艇は？」

城原が鼻で笑った。「沖にでて燃料切れ、あとは筏《いかだ》みてえに漂うのみ。あんなんじゃどこへもたどり着けねえ」

「畜生」嶋森がため息をついた。「ヤー公の金をかっぱらってたころは楽だったな」

銅鑼が澄ました表情で、アサルトライフルのマガジンを外し、残弾をたしかめた。「どうせなら反社のなかの反社を頼ろうなんて、匡太さんのとこへ赴いたのがまちがいだった」

嶋森が不服そうに銅鑼を見た。「閻魔棒まで上り詰めたのは俺たちの努力のたまものだぜ？」

「窃盗に恐喝に殺し。匡太さんの道具にすぎねえって気づいたときには、もうどっぷり浸《つ》かっちまってた。時間が戻るならってときどき思うよ。ワルはほどほどがいい」

「ああ」瀧島は同意せざるをえなかった。「芹菜がまともに生きたいっていったとき、無理してでも抜けだせばよかった」

銅鑼が弾をこめたマガジンをアサルトライフルに戻した。「それをいっても始まらねえよ。匡太さんに背を向けるなんてできっこねえ。恩河日登美が不在のときに夜逃げするしかなかった。俺たちがやったみてえに」

城原が皮肉なつぶやきを漏らした。「その恩河日登美が島まで追いかけてきて、自衛隊相手に共同戦線とはよ」

ふいに芹菜が泣きだした。「みんなごめん……」

周りが戸惑いをしめした。銅鑼が芹菜をなだめた。「なにも謝ることじゃねえよ……。俺たちゃみんなお互い様のろくでなしだぜ？」

「そうとも」嶋森がうなずいた。「世のなかからはみだしちまってるんだから、たまにはこんなこともあるさ。ま、ちと極端だけどよ」

瀧島は芹菜を見つめた。「きっと帰れる。約束するよ」

芹菜が目を潤ませながら見かえす。瀧島の胸のうちには当惑と焦りがあった。結衣にはなにか勝算があるのだろうか。でたとこ勝負な印象は父親とよく似ている。まさかとは思うが、いい加減な采配《さいはい》で全滅の憂き目に遭うのでは、そんな不安もよぎってくる。結衣になんらかの考えがあったとしても、恩河日登美がそれを掻《か》きまわす可能性も否定できない……。

榛葉が怒鳴った。「敵だ！」

たちまち銃声がけたたましく鳴り響いた。瀧島は芹菜に飛びつき、地面に伏せさせるや、アサルトライフルを木立に向けた。銃火が見える。迷彩服が森林の緑に紛れがちだが、おそらく三人か四人だ。

仲間たちがそれぞれ物陰に隠れ、自衛隊に応戦を始めた。前方から飛んでくる弾丸が頭上をかすめ飛ぶのがわかる。瀧島はアサルトライフルをセミオートに切り替え、銃火から想定される敵の位置に狙いをさだめた。慎重に数発ずつ小刻みに撃つ。

ぎゃっという叫びがきこえた。敵の銃火が頻度を減らした。着実にひとりかふたりを倒した。生き残りの迷彩服が身を翻したのを見てとった。それっきり銃火が途絶えた。逃走を図ったらしい。

乙幡が身を乗りだした。「弾切れ寸前だ。死体の武器を奪おうぜ」

「まて」瀧島は引き留めた。

「……なんだよ」

風のなかに異音がききとれる。一定のリズムの重低音。プロペラエンジンの爆音に思えるが、かなり距離がある。だが一機や二機ではない。

嶋森がいった。「瀧島、上だ！」

空を仰ぎ見るや瀧島は愕然《がくぜん》とした。小さく見える機体が四つ、島の真上を旋回しているが、そのサイズ感は高度のせいだ。どれも大型輸送機、おそらくC130だろう。後部のハッチを開け、空中に飛びだした無数の点が、それぞれ白いパラシュートを開く。まるでクラゲの群れだ。

空挺《くうてい》要員を放出し終えた機体が遠くへ飛び去る。すると間髪をいれず、新たな機体が飛来し、島上空の旋回に加わった。やはり大勢の空挺要員が降下を開始する。もはや青空は何百何千のパラシュートに覆い尽くされている。

榛葉が啞然《あぜん》としながらつぶやいた。「なんだよこれ……。自衛隊に空挺団はひとつしかねえはずなのに」

迷彩服や装備が視認できるていどに大きく見えてきた。やはり自衛隊だ。ヘルメットにゴーグルとマスク、アサルトライフルも同一だった。だが揚陸艇での慎重な上陸作戦にくらべると、ずいぶん大胆な手段にうったえてきている。物量で圧倒しようとするとは自衛隊らしくない。

乙幡が唸《うな》った。「潜水艦が対空ミサイルを撃ち尽くしたとわかって、空からの援軍を投入してきたか」

「だけどよ」嶋森が疑問を呈した。「焼夷弾《しょういだん》投下じゃなく、空挺部隊を降下させる理由は?」

知れたことだと瀧島は思った。「揚陸艇で島に侵入した自衛隊がいる以上、仲間ごと焼き払うのは無理だ」

だからといって、これだけ多くの兵力でねじ伏せに来るとは、まったく予想外のできごとだった。頭数を考えても特殊作戦群に限定されているとは思えない。ありったけの人員を掻き集めたのか。国民に説明する気のない極秘作戦だろうに、それで情報漏洩《ろうえい》を防げるのだろうか。あるいはこいつらは……。

降下しながら空挺要員らがアサルトライフルを掃射してきた。木立は上から見ると枝葉がびっしり覆っているはずだ。地上の標的にはろくに照準をさだめられない。あるいは見通しのいい場所へいぶりだそうとしているのかもしれない。

榛葉や乙幡がアサルトライフルを真上に向けた。降下中の空挺要員を狙撃《そげき》し始める。だが当たりにくいばかりか効率が悪い。無限に湧く敵に対し、こちらは残弾数を削るばかりでしかない。

周囲の木々のなかにパラシュートが続々降り立つ。もう目をつけられたらしい。あらゆる方角から一斉射撃が開始された。しかも敵の数がどんどん増えていく。瀧島たちは芹菜を守りつつ円形に散り、各自が前方の敵勢に応戦した。

だが今度の猛攻はさっきの比ではなかった。銃弾が枝という枝を切り落とす。身を隠すための木の幹がたちまち削られていく。完全に包囲された。逃げ場がどこにもない。ここからかろうじて脱したとしても、島じゅうが自衛隊だらけだ。

榛葉が血飛沫《ちしぶき》をあげ、後方に吹っ飛んだ。かすかに呻《うめ》き声がきこえた。仰向《あおむ》けに倒れたまま動かない。

乙幡が叫んだ。「榛葉⁉」

周囲の木立へ銃撃するなか、城原ひとりが這《は》っていき、榛葉のようすをたしかめた。ゆっくりと城原が暗い顔をあげた。瀧島を見ると、首を横に振った。

胸のうちに衝撃がひろがる。榛葉が殺《や》られた。仲間たちが歯を食いしばり、必死にアサルトライフルを撃ちかえす。どの目にも涙が滲《にじ》みだしていた。

冷静にはなにも考えられない。状況が急変したのはたしかだ。自衛隊側は力業の殺《さつ》戮《りく》に打ってでた。これではなすすべもない。なおも銃弾が嵐のごとく浴びせられている。息をつけないほどの猛攻だった。

「野郎！」嶋森がアサルトライフルを乱射しながら立ちあがった。「この畜生どもが！」

瀧島は焦燥に駆られた。「嶋森、伏せてろ！」

だが嶋森は敵陣へと駆けだした。「俺が脱出経路を切り拓《ひら》く」

乙幡が呼びかけた。「やめろ！　無茶をするな」

「俺は暴走族《ゾク》のころからケツモチだったからよ！　いまぐらい切り込み隊長やらせろ。あとは頼んだぜ！」嶋森がアサルトライフルを水平に構え、連射しつつ全力疾走していく。

たちまち被弾したらしい、嶋森の胸部に血が飛び散った。よろめき前かがみになったのは、手で出血箇所を押さえるためか。ちがうと瀧島は悟った。嶋森はなにかを噛《か》んだ。右手に握った手榴弾《しゅりゅうだん》のピンを抜いた。だが投げるだけの腕力が残っていない。嶋森はふらふらと敵陣に突撃していった。

ほどなく閃光《せんこう》が走った。轟音《ごうおん》とともに爆風が吹き荒れ、辺りの梢《こずえ》が大きく揺れた。瀧島は信じがたい光景をまのあたりにした。累々と横たわる死体がある。どれもほとんど原形を留《とど》めていない。嶋森は自衛官らを巻き添えにした。おかげでそちらからの銃火が途絶えた。

「行くぞ」瀧島は芹菜の腕をつかみ、力ずくで引き立てた。

芹菜は泣きじゃくっていた。ほかの仲間らが四方八方へ銃撃しつつ、ひとかたまりになって駆けだした。分散すると芹菜が無防備になってしまう。嶋森の切り拓いた道へと突進していった。急がねば新手がそちらを塞《ふさ》いでしまう。

背後で「ぐっ」と呻く声がした。振りかえると乙幡が跪《ひざまず》いていた。腹に被弾したらしい。切腹さながらに血があふれている。

瀧島は足をとめかけた。「乙幡！」

「行け」乙幡が怒鳴った。もうアサルトライフルを投げだし、手榴弾を握りしめている。追っ手を一網打尽にする、乙幡の目がそう伝えてきた。

心を通わせる暇などあろうはずがない。感慨もなかった。芹菜を死なせられない。すまない、瀧島はそうつぶやきを漏らし走りつづけた。木立のいたるところから迷彩服が繰りだし、雪崩のごとく追いあげてくる。

またしても爆発が起きた。凄《すさ》まじい爆速が広範囲に達し、迷彩服の群れを薙《な》ぎ倒す。乙幡の自爆が追っ手の大半を巻きこんだ。瀧島らも爆風に押された。つんのめりそうになったが踏みとどまり、熱風が吹き荒れるなか、なおも死にものぐるいに走る。

木々の陰から新たな迷彩服が現れる。飛び交う銃弾をかいくぐり、瀧島たちは駆けつづけた。立ちどまれば包囲される。このままがむしゃらに走るしかない。

行く手は上り坂になっていた。のっぴきならない状況になったら、島の中央にある丘へ集まる。結衣がそう指示していた。自衛隊の軍勢に囲まれるだけではないのか。しかしいまは結衣を信じるしかない。

視野が涙に揺らぎだすたび、ただちに瞬《まばた》きを繰りかえし、水分を瞼《まぶた》の外へ押しだした。わずかな見落としが死につながる。知覚を鈍らせている場合ではない。なんとしても丘へたどり着く。仲間が切り拓いた道だ。

これが戦争なのか。反社は火遊びだった。命の奪い合いなど狂気だ。二度と憧《あこが》れたりするものか。

25

結衣は森のなかの急斜面を駆け上っていった。

行く手の木陰から迷彩服が躍りでてくる。結衣は足をとめずアサルトライフルで銃撃し、自衛官らのゴーグルを撃ち抜いた。姿勢を低くし、死体のチェストリグから予備のマガジンをひったくると、走りながらポケットにねじこむ。

海抜約五十メートルの丘。島の中央に近づくほど地面が隆起している。鬱蒼《うっそう》と茂る木々は相変わらずだが、足場は岩だらけになってきた。頭上に目を向ける。なおもパラシュート降下はつづく。ただし空挺《くうてい》要員はこの丘に降り立ったりしない。丘を取り巻く森林地帯ばかりを着地地点に選んでいるのがわかる。

常識的な判断だった。急斜面よりは平地に降り立つほうが安全と考える。おかげでこうして空からの来襲があっても、この丘がたちまち敵兵に覆われたりはしない。ここに退避すべきとしたのはまちがいではなかった。

ところが前方から銃撃を受けた。近くの木の幹が弾《はじ》け飛んだ。結衣はとっさに身を屈《かが》めた。

斜面の上方に人影が複数見える。自衛隊とは思えない。結衣は声を張った。「遠足と同じ。集合場所を忘れなかったのは偉い」

銃声がやんだ。岩場の上から身を乗りだしたのは凜香だった。「結衣姉!?」

結衣はすばやく駆け上った。そこは早くも丘の頂上付近だとわかった。傾斜が緩やかになっている。凜香と一緒にいるのは伊桜里や満里奈だけではない。元半グレが群れをなしていた。怯《おび》えきった顔で身を寄せ合っている。数はざっと二十ぐらいか。

誰もが汗まみれ、泥だらけのいでたちだった。凜香も真っ黒になった顔をしかめながらいった。「ガチでやばくねえか。自衛隊が本気だしてやがる。完全に囲まれちまったぜ?」

瀧島の掠《かす》れた声が耳に届いた。「結衣……」

結衣は振りかえった。別の方角から丘を登ってくる一行があった。元闇魔棒の四人と芹菜は、まるで敗残兵のようなありさまだった。みなぼろぼろになり、足をひきずりながら現れた。丘の上に着くや膝《ひざ》をつき、地面に突っ伏した。

凜香や伊桜里が駆け寄った。元半グレらも瀧島たちを助け起こした。結衣は瀧島の前に片膝をついた。瀧島にあるのは疲弊だけではない、放心状態に近かった。仲間たちも同様だった。

そのようすを目にし、なにがあったのか見当がついた。榛葉の姿が見えない。結衣はささやいた。「三人が……」

「ああ」瀧島が小声で応じた。「殺られた」

胸の奥がぎゅっと痛んだ。数を減らした元半グレたちもそうだ。自衛隊による総攻撃は予想以上だった。いまも島じゅうに銃声が響き渡っている。包囲網をじりじりと狭めているようだ。じきにこの丘も攻略されるだろう。

凜香がはっとしてアサルトライフルを構えた。結衣は振りかえった。また別の方角から登ってきた集団が近づいてくる。元半グレたちが恐れおののく反応をしめした。死ね死ね隊の武装兵らの数はほとんど変わらない。先頭の夏制服姿、恩河日登美がふくれっ面で歩いてきた。「結衣。てめえ、もっと早く殺しときゃよかった」

結衣は平然といった。「喧嘩《けんか》ならいつでも買ってやる」

「わたしに瑠那ともども半殺しにされたのを忘れたかよ」日登美が怒りをあらわに詰め寄ってくる。「てめえの間抜けな想定どおり、大量の自衛官が降ってきやがったいま、ここに集まってやった。まんまと包囲されるためにな」

「あんたなら全員やっつけられるんじゃねえの」

「ふざけてんのかてめえ！　おめえら三姉妹とわたしが全力で暴れても、自衛隊をぜんぶぶっ殺せるわけねえだろ。弾だけじゃなく体力ってもんはやがて尽きちまう」

「弱音を吐くなんてね。可愛い」

「……このクソアマ！」日登美がすばやいサイドキックを浴びせてきた。いつもながら目にもとまらぬ動きの速さだった。結衣はとっさに片腕を立て防御したが、蹴《け》りの威力を受け、踏みとどまれず身体ごと後方へ滑った。

腕に痺《しび》れるような痛みが走る。相変わらずの馬鹿力。だが結衣は表情を変えなかった。「落ち着きなよ。まだ自衛隊は丘へ上ってこない」

武装兵のひとりがつぶやいた。「そういえばそうだ。なんで上ってこねえんだ？」

日登美が怒鳴った。「てめえは黙ってろ、館山！」

だが館山は日登美のそばを離れなかった。「銃声は下のほうからきこえる。自衛隊は丘を包囲してるが、ひとりも上ってこようとはしていない」

「あ？　なんでだよ」

元閻魔棒の城原が双眼鏡を遠くに向けていた。「理由はたぶんあれだぜ」

誰もが城原を見つめる。日登美がつかつかと歩み寄り、城原の手から双眼鏡を奪い取った。「よこせ」

丘の上だけに海が見えている。双眼鏡が向けられる先には、肉眼でも点のような存在が見てとれた。

「くそったれ」日登美が悪態とともに双眼鏡を下ろした。「潜水艦一隻じゃ、あいつの接近を食いとめられなかったか」

結衣はきいた。「なんの話？」

日登美が双眼鏡を投げ渡してきた。「自分の目でたしかめやがれ」

受けとった双眼鏡を目に当てる。洋上を観察すると、点のようだった存在の正体が判明した。灰いろの軍艦だった。

「イージス艦」日登美が吐き捨てた。「ミサイルで丘を吹っ飛ばす気だな。やってくれたぜ結衣。自衛隊が丘を包囲し、わたしたちは袋の鼠。この丘ごと地上から消えちまう」

双眼鏡を下ろす。空を仰ぎ見ると、もうパラシュート降下は終わっていた。大型輸送機も飛び去っている。ミサイル攻撃はもう間近。すべての状況がそう伝えていた。

日登美が詰め寄ってきた。「結衣！　てめえ、ここで集団自決でもするつもりじゃねえだろな」

「あんたさ」結衣はささやいた。「強いのか弱いのかどっちよ」

「なにをきいてやがる。てめえなんか一瞬で血祭り……」

「賢いのか賢くないのかどっちよ」

「馬鹿結衣が愚弄《ぐろう》しやがって！」日登美は殴りかかってきた。

だが日登美のこぶしが、想像を絶するほどの猛スピードで眼前に迫ろうと、結衣は瞬《まばた》きひとつしなかった。

そこに異変を察知したのだろう。日登美は殴打の寸前でこぶしを宙にとめた。童顔が目を剝《む》き、まじまじと結衣の顔を見つめてくる。

「……ああ」日登美が気づいたようにつぶやいた。「そうなるのかよ」

結衣はうなずいてみせた。「そうなる」

遠雷のような音が鳴り響いた。館山が海を指さした。「ミサイルを発射しやがった!」

元半グレたちが絶叫とともに慌てふためく。死ね死ね隊すら冷静を保ってはいなかった。だが凜香や伊桜里は落ち着いたものだった。なにが起きるかわからなくとも、結衣を信じてくれているのだろう。

いま日登美までもが同じまなざしを向けてきていた。切実に希望を信じようとする目。この女も人間だったか、ふとそんな思いが脳裏をかすめた。

ミサイルの甲高い飛行音が迫ってくる。上空で四発の弾頭が分裂し、さらに数を増やしながら降り注いでくる。元半グレたちが断末魔に近い叫びを発した。

目の前が赤く染まった。巨大な火柱が島じゅうに噴きあがる。無数の木々が炎のなかを舞いあがった。丘を激震が襲い、熱風が烈《はげ》しく吹きつけた。四方八方で爆発が起きている。この世の終わりに等しかった。視野が閃光に覆われ、激しく明滅した。

ところがいきなり静かになった。地獄の光景は、わずか数秒で終わりを告げた。温度が急激に下がっていく。

丘の上はなにも変わっていなかった。腰が抜けたようすの元半グレどもの姿も、ミサイル着弾の寸前とまるで同じだ。誰もがただ驚くばかりで、ひとりの犠牲もでてはいない。

かなりの時間が過ぎた。みな現状を把握できず途方に暮れている、そんな状況だった。

やがて凜香が動きだした。急斜面から島を見下ろし、凜香がつぶやきを漏らした。「マジか……」

ひどく焦げくさい。結衣も凜香の視線を追った。丘だけを残し、周辺の緑はすっかり失われ、黒焦げの大地と化していた。まるで火山島の大規模噴火後だった。あちこちにまだ火がくすぶるものの、草木はほとんど焼失してしまっている。クレーターのように陥没した場所がいくつもあり、そこにミサイルが着弾したとわかる。丘を除く一帯にいた自衛官らは、ひとりとして生き延びてはいない。死体もほとんど原形を留《とど》めていない。やけに見通しがよくなったいま、そのことは眺め渡すだけであきらかだった。

誰もが唖然《あぜん》としていた。凜香や伊桜里が言葉を失っている。芹菜や満里奈もだ。瀧島らの顔にも絶句する反応だけがあった。死ね死ね隊の武装兵らは凍りつき、元半グレらは目を瞠《みは》っている。

日登美は生意気に無表情を保っていた。多少の強がりをのぞかせつつ、日登美が結衣を見つめてきた。「わたしにはわかってたけどさ。こんな猿知恵」

棘《とげ》には棘で応酬する。結衣もぶっきらぼうにいってのけた。「わかんなきゃ馬鹿でしょ」

26

矢幡は愕然《がくぜん》としていた。

危機管理センターの対策本部会議室、オペレーションルームと情報集約室、いずれも重い沈黙に包まれている。円卓の全員が凍りつくばかりではない。モニターのあらゆる表示が消えた。いまやなんのデータも目にできない。

「な」矢幡はつぶやいた。「なにが……?」

情報集約室から届いた紙を職員のひとりが読みあげる。「イージス艦からのミサイル発射後……。上陸掃討部隊からの無線連絡がいっさい途絶えました」

「……ありえん」濱野防衛大臣がささやきを漏らした。「ついさっきまで、敵を丘に追い詰めたといっていた。包囲を完了したと報告があったじゃないか」

イージス艦は丘をミサイル攻撃。大味な人海戦術ではあっても、いちおうの成果を得られるはずだった。ところが全滅したのは上陸掃討部隊のほうだったというのか……

…？

職員の手もとに新たな紙が渡された。「横須賀《よこすか》基地から連絡です。イージス艦と通信不可能。潜水艦かいりゅうとも同様」

どういうことだ。苦肉の策ながら着実に標的を追い詰めた、そのはずではなかったのか。作戦完了目前との報告があったばかりだというのに。

なんにせよこれ以上の増援は不可能だった。手持ちの駒はすべて尽きてしまった。むろん人手不足ながら自衛隊はまだ機能している。自衛官は約二十万人も存在する。だがそれらは動員の対象外だ。なぜなら……。

ふいに天井のスピーカーから高笑いがきこえてきた。優莉匡太の声だとわかった。矢幡はぞっとした。笑い声から始まる悪党のスピーチ。まるで昭和の安っぽいドラマではないか。

「見たかよ矢幡」優莉匡太の勝ち誇ったような声が反響した。「うちの娘たちの大活躍をよ」

濱野防衛大臣が泡を食ったようにいった。「そ、総理。ただちにイージス艦や潜水艦を追加派遣……」

匡太の声がインターセプトした。「できるのかよ、大臣。え？　極秘作戦だけにワケありな連中を動員したはいいが、もうひとり残らず死んじまったな。ワケあり以外の自衛官らを志渡澤島へ向かわせられるか？　事実があかるみにでたら困るのはてめえらだ」

矢幡のなかに怒りが湧きあがった。「優莉匡太！」

「はん」匡太の声が嘲笑《ちょうしょう》した。「うちのファミリーを終始愚弄しやがった馬鹿矢幡政権。てめえらの間抜けな作戦の一部始終について、充分な証拠を握らせてもらった。バラしてほしくなきゃな、瑠那と伊桜里を学校に行かせろ」

「……なに？」矢幡は天井のスピーカーを仰ぎ見た。「なにをいってる」

「おめえ耳があんのかよ。世間の大半はな、瑠那が俺の娘だって知らねえ。伊桜里についてもそうだ。ちと噂は流れちまってるけどよ。あのふたりは優莉姓でもねえし、これまでどおり日暮里高校に通わせてやれ」

「親心とでもいいたいのか」

「ああ。子供もいねえおめえには、たぶんわからねえだろうけどな」

「死地に赴かせておいてふざけるな」

「おい！　うちのガキらを死地に赴かせたのは矢幡、てめえだろが。てめえこそふざけんな。俺のガキを殺したのはてめえだ。耕史郎、明日磨、駿太をよ」

「それについては……。遺憾だ。申しわけないと思っている。犠牲はつきものだ。だがそもそも優莉匡太、きみという存在が……」

「遺憾だと？　申しわけないだと？　てめえきょうどれだけ死なせたよ？　クソゴミ総理。俺たちを締めつけるための妙な法案のひとつでも通してみろ。国会で大臣ひとりが発言するたびに千人が死ぬぜ。もちろん大臣とその家族、親族もだ」

「……なにが目的だ？」

「目的なんかねえ。おめえらのくだらねえ取り決めなんかぜんぶぶっ潰《つぶ》して、やりたい放題に好き勝手生きるだけだ。ほっとけボケナス。あ、それとな、矢幡」

「なんだ？」

「おめえ武蔵小杉高校で死んどきゃよかったんじゃねえのか。そのほうが結衣は幸せだっただろうよ。俺が生きてるのも知らねえままによ」

ブツッと耳に残る音とともにスピーカーが沈黙した。

静寂のなか矢幡は自分の速い鼓動をきいた。うちのファミリーと優莉匡太はいった。結衣や凜香も含まれているのか。きょうの作戦は彼女たちを、無法者一族のもとに追いやってしまったのではないか。

閣僚たちはもう誰ひとり発言しようとしない。恐怖にとらわれた表情で凍りつき、絶えず目を逸《そ》らす。きょうの作戦に鼻息を荒くしていた濱野防衛大臣も、もはや怯《おび》えきったウサギのようにすくみあがっていた。

めまいが襲ってきた。矢幡は円卓に突っ伏しそうになった。両肘《りょうひじ》をつき、かろうじて上半身を起こしたままに保つ。

やはり掃討作戦など無理だった。救いを求めていた結衣の手を払いのけ、姉妹全員を殺害しようとした。それが自分のおこなったすべてだ。日本の行く末を案ずれば最善策、委員会の誰もがそう主張した。

過ちだった。矢幡は痛感せざるをえなかった。優莉の子供たちに手をだすべきではなかった。親と子、最悪の血筋が結束してしまう。優莉家はこれまで以上に最悪の脅威になる。楯《たて》突けば日本が滅ぶ。

27

夏場の太陽はまだ高いところにある。それでもいくぶん涼しくなった。結衣たちは揚陸艇に乗り洋上へでた。けたたましいエンジン音とともに、強烈な向かい風のなかを滑るように走っていく。操縦は館山が難なくこなしている。

百四十五人乗りの揚陸艇はがらがらだった。瀧島と芹菜が寄り添う傍らで、元閻魔棒の生き残りは、手足を投げだし座っている。元半グレのなかには大の字になって寝そべる者もいた。ほとんどが涙にくれている。満里奈は両手で顔を覆っていた。

死ね死ね隊は片側に群れていた。ようやくゴーグルやマスクを取り払っている。笑いあったり冗談をいいあったりする余裕が死ね死ね隊にはあった。日登美もけらけら笑いながら仲間とふざけあっている。初対面の第三者がいたとして、あの幼女のようなさまを眺めるだけでは、誰よりも恐ろしい殺戮《さつりく》破壊魔なのを知るすべはない。

結衣はボートの後方に立っていた。左右に凜香と伊桜里が同じように立つ。ふたりが結衣に抱きつきたがっているのを感じる。だが日登美や死ね死ね隊が同乗する以上、警戒を解くわけにはいかない。

後方を振りかえった。すっかり緑を失った志渡澤島が遠ざかる。無傷の丘を取り巻く黒々とした大地から、なおも煙が立ち昇っている。墓標のような島だと結衣は思った。ここは戦場だった。大勢の犠牲者の魂が眠る。いままでの戦闘とはちがう苦い気分が尾を引く。本物の戦争は虚《むな》しい。

前方に目を戻した。イージス艦を見上げんばかりの距離にまで接近している。まや型だと日登美がいっていた。全長百七十メートル、全幅二十一メートル、基準排水量八千二百トン。海に浮かぶ灰いろの要塞《ようさい》だった。艦橋から艦体側面まで無骨な装甲板が覆い尽くしている。

イージス艦と並ぶ位置に潜水艦がいた。日登美らが海上自衛隊から奪った潜水艦てんりゅう。いまはなにごともなく海面に浮上している。瑠那が乗っていたが、もうイージス艦のほうへ移ったと連絡があった。

艦体側面に下りたタラップに揚陸艇が横付けされた。日登美を先頭に、死ね死ね隊が乗り移り、俊敏な動作でタラップの階段を上っていく。元半グレらがおっくうそうにつづいた。次いで元闇魔棒たち。芹菜は絶えず瀧島と行動をともにしていた。結衣たち姉妹は最後に、満里奈を連れ揚陸艇から降りた。

階段を上りきったとき、凜香が声をあげた。「瑠那!」

結衣は足をとめた。目の前に女子高生の制服が立っていた。潮風に髪をなびかせている。島にいた連中とちがい小綺麗《こぎれい》だった。

瑠那が陰鬱《いんうつ》な面持ちでささやいた。「艦内の荷物搭載用倉庫に集めてあります」

なにを意味しているかはすぐにわかった。結衣は凜香にいった。「伊桜里や満里奈さんを連れて、みんなで甲板にいて」

凜香は黙ってしたがった。ほかの面々とともに甲板へ立ち去っていく。結衣と瑠那のふたりだけが艦体後部へと向かった。

結衣はつぶやいた。「乗っ取ると思った」

並んで歩く瑠那が静かに告げてきた。「潜水艦かいりゅうを撃沈しました。てんりゅうに積んであった予備のビーコンで、かいりゅうの信号パターンを再現したんです」

日登美らに奪われたてんりゅうを、海上自衛隊のかいりゅうが撃沈した、そんな無線連絡を発したのだろう。政府は島の周辺海域が安全になったと信じ、イージス艦を近づけた。むろんイージス艦は、かいりゅうと落ち合うことを拒まない。

イージス艦はなんら警戒することなく、潜水艦の乗員らを迎えるためにタラップを下ろした。非武装状態のイージス艦内に対し、瑠那たち十人以上は完全武装に身を固めていた。不意を突き、複数の士官を人質にとったり、要所に爆弾を仕掛けたりしつつ、イージス艦を確実に乗っ取っていった。その経緯は容易に想像がつく。友里佐知子の犯罪計画書にも、似たような作戦が詳細に綴られていたからだ。

結衣と瑠那は下り階段に足を踏みいれた。ほの暗い艦内の階段を下りながら、瑠那がぼそぼそといった。「こうなるって予想してたんですね」

詳しいことまではわからなかった。だが潜水艦を撃沈するために潜水艦が現れるのは必然だった。返り討ちにできれば、沈めた潜水艦に成りすますことで、その後に駆けつける軍艦を乗っ取れるだろう。瑠那ならやってくれると信じていた。そうでなければ島にいた結衣たちは一巻の終わり。ただそれだけのことだった。

けれども結衣は感謝を口にしなかった。瑠那が望んでいないと思ったからだ。代わりにたったひとこと、結衣は瑠那に問いかけた。「辛《つら》かった?」

「ええ」瑠那が応じた。

それっきりふたりは黙って階段を下りつづけた。艦底までビルぐらいの高さがあるとわかった。途中いくつもの階層の通路に差しかかったが、乗員は誰もいなかった。まるで幽霊船のごとく閑散としている。

理由は艦底の倉庫に入ったときに明白になった。カーフェリーのように車両が複数積めるほどの広さに、海上自衛隊の制服が集められていた。全員が隙間なくひしめきあいながら床に座りこんでいる。自分たちの意思でそうしているわけではない。周りには十数人の半グレがいて、銃で乗員らを狙い澄ましている。

結衣が現れると乗員らは一様に殺気立った。百人前後の目が睨《にら》みつけてくる。しかし結衣はなにも感じなかった。これまでに向けられた憎悪と変わらない。むしろ馴染《なじ》みさえある。なぜなら……。

「ＥＬ累次体出身者」結衣は問いかけた。「そうでない人いる？」

乗員らのなかに気まずそうな態度が垣間《かいま》見える。互いに視線を交錯させ、また結衣に向き直った。素性についての指摘は図星だと、どの顔にも書いてあった。例外はひとりもいないようだ。

やはりと結衣は思った。島に襲来した自衛官全員がそうだ。

そもそも自衛隊や警察は深刻な人手不足におちいっていた。ＥＬ累次体に忠誠を誓っていた自衛官や警察官は、みな身柄を拘束されたからだ。矢幡政権下の司法がそれらをどう裁くか、なにもきこえてはこなかった。表向きにはＥＬ累次体の存在は闇に葬られている。急進的革命に賛同した元公務員らの処遇も、むろん公にできるものではない。

矢幡政権はそれらを極秘作戦に駆りだした。成功のあかつきには恩赦で無罪放免、そんな約束もあったのだろう。まして優莉匡太の子供や手先の殲滅《せんめつ》は、ＥＬ累次体にとっての理想でもあった。こいつらにしてみれば願ったりの命令だったにちがいない。

艦長の制服のわりには若い男と目が合った。本来ならイージス艦の指揮を任される階級ではなかったのだろう。結衣はその男の前に立った。「わたしを殺したい？」

「当然だ」艦長の制服が吐き捨てた。「おまえの父親以下、全員を根絶やしにしてやる」

「なんのために」

「わが国の平和と安全のためだ」

「あんたにも家族がいるでしょ」

「いるとも。妻や子供のためにもおまえらを殺す」

「〝異次元の少子化対策〟はまちがってなかったとでも？」

「日本は生まれ変わる。おまえたち優莉家の好き勝手にはさせん」

あの自衛隊にあるまじき無線の乱暴な言動のままだ。それだけきけば充分だった。

結衣は周りの半グレどもに目を向けた。本来は優莉匡太の半グレ同盟に属する連中だ、結衣にとっては敵でしかない。だがいまは目的の一致をみている。

半グレどもがアサルトライフルを構え、捕らえた自衛官らに向けた。怯《おび》えをのぞかせる者、両手で頭を抱える者、反応はさまざまだった。艦長の制服は目を閉じている。

瑠那は泣きそうになっていた。堪《たま》りかねたように身を翻し、足ばやに階段を上りだした。

結衣もゆっくりと階段へ向かった。背後でフルオートの掃射音がけたたましく鳴り響く。暗い艦底が銃火に点滅するなか、結衣は階段を上っていった。

夜の木場《きば》公園で新米の刑事たちを射殺したのを思いだす。あいつらも本来はれっきとした警察官だった。だがEL累次体に感化されていた。連中にとっては愛国心ゆえの行動だった。優莉家の人間を殺せば社会がよくなると信じている。半分は本当だ。あいつらを蜂起《ほうき》させたのは架禱斗によるシビック政変、それ以前に優莉匡太の存在だからだ。考えるだけでも嫌になってくる。

結衣たちが死ねばいいのか。それで丸くおさまるのか。いや。十代の少年少女を犠牲にしたがる国家の狂気は、戦時中となにも変わっていない。政治家は追い詰められるとすぐそうなる。

平時には自衛官も警察官も国民の味方だ。しかし政府は国家存続の名のもと、大衆にとって理不尽きわまりない命令を下す。そうなったら銃を持った官憲に人々は弾圧されるしかない。プーチンひとりが暴走しようとも、周りのロシア人がひとりもしたがわなければ、戦争など起きやしないのに。日本でも同じことが起きないとどうしていえただろう。ただでさえ国民の不利益になる政策が、国会で議論もされず政権与党の密室内で、あれこれきまってしまうのに。

すべてが終わり、国の過ちが白日の下にさらされたとき、かつての国家の犬たちはいうだろう。仕事だったと。まちがいに気づいていてもしたがうのが仕事なのだろうか。結衣は心のなかで毒づいた。十代女子たちに強制妊娠させたり、障がい者をまとめて葬ろうとしたり、戦争を起こしてアジアの勢力図を描き換えようとしたり、そんなものが愛国心かよ。EL累次体に与《くみ》するあいつらは、死んで当然の奴らだった。

甲板にでた。瑠那ひとりの後ろ姿があった。無言で海原を眺めている。辺りにはほかに誰もいない。

結衣は瑠那の背に歩み寄った。「このイージス艦で、またほかの自衛隊と戦うの?」

「もう戦闘はありません」瑠那は振り向かなかった。「周辺に海上自衛隊の艦船はいません。駆けつけようとしても数時間はかかります」

「無事にどっかへ入港できそう?」

「ええ」瑠那がようやく振りかえった。目を真っ赤に泣き腫《は》らしている。たどたどしい物言いで瑠那がいった。「結衣お姉ちゃんはいつも冷静ですね。次のことを考えてる」

「あんたのほうが賢いはずでしょ」

「かもしれません。そのぶんいろんなことに考えがおよびます。死んでいった人たちのことも」

「あー」結衣はささやいた。「たしかにわたしは馬鹿かも。そんなことまで考えないから」

「本当は胸を痛めてるんでしょう?」瑠那がじっと見つめてきた。「不条理な世のなかだけど、なんとかしたいって思ってますよね?」

「前はね。いまはもう……」

「どうして?」

結衣は口をつぐんだ。国家のために多少の犠牲は必要になる。誰もがまことしやかにそういいたがる。EL累次体から社会学者まで、大なり小なりそれを正論ととらえるだろう。優莉家の子供たちは、まさしくその多少の犠牲に当てはまる。自分たちのことなのに、ああそうですかと納得はできない。弟たちの死など断じて受けいれられない。

集団はいつも弱者を切り捨てる。憂さ晴らしに誰かをいじめて、自殺に追いこもうとも、強者は罪悪感をおぼえない。しでかしたことに気づかず、むしろ自分こそ恵まれていないと、我が身の不幸を託《かこ》つ。そういう手合いの頂点に政財界の大物がいる気がしてならない。異端者は毎日のように権力者に踏みにじられる。いつでもゴミのように捨てられる。

駆けてくる靴音がきこえた。凜香と伊桜里が走ってくる。息を弾ませながら凜香がいった。「結衣姉!　あっちで恩河日登美が」

瑠那が真っ先に艦首方面へ走りだした。結衣もそれを追った。四姉妹は甲板を全力で駆けていった。

艦橋よりも前方の開けた空間に、元半グレたちが集められている。さっき艦底にいた元ＥＬ累次体の連中と同じく、甲板に座らされたうえ、両手を頭の後ろで組んでいた。誰もが戦々恐々としている。そのなかに元闇魔棒らもいる。芹菜が泣きながら瀧島に抱きついていた。

満里奈はひとり外されていたが、傍観などしていなかった。大粒の涙を滴らせ、満里奈が日登美に呼びかけている。「お願いです。こんなことはやめてください」

日登美と死ね死ね隊は横一列に並び、アサルトライフルを構えていた。いまにも処刑を始めようとしている。

瑠那が猛然と日登美に襲いかかった。日登美はすばやく身を引き、瑠那の蹴《け》りを躱《かわ》すと、間を置かず反撃にでた。矢継ぎ早にこぶしを繰りだす。小柄で華奢《きゃしゃ》な身体にも、幼女のような童顔にも似合わず、すべてのパンチがプロボクサー並みの威力に見える。瑠那のほうも負けてはいない。縦横に攻撃を躱しつつ、手刀や蹴りを随時見舞う。しだいに日登美は防御の手数が増え、攻めの一辺倒ではいられなくなった。

結衣は死ね死ね隊のなかでも背の高い男の前に立った。「館山。みんなの銃を下ろさせて」

ゴーグルとマスクを外した館山は、目つきが鋭く鼻筋の通った男だった。動揺はしめさないまでも戸惑いのいろが浮かぶ。館山の視線が日登美に向けられる。

日登美が瑠那の攻撃から脱するや駆け戻った。スカートベルトの拳銃《けんじゅう》を引き抜くと、元半グレたちに向ける。日登美は怒鳴った。「裏切り者どもを生かして帰せるかよ!」

結衣は瞬時に日登美の前に躍りでた。ふつうなら銃口を避けるのが筋だ。だが撃たれるのを恐れず、真正面からぶつかるように、結衣は日登美に抱きついた。

周りが驚きに凍りついたのがわかる。日登美がほかの誰かだったら、突然の結衣の接触に対し、とっさにトリガーを引いただろう。だが日登美はそうしなかった。目を瞠《みは》った日登美の童顔と、結衣は間近に向きあった。

静まりかえった甲板の上で、結衣は日登美にささやいた。「推しのハグに免じなよ」

「……ふ」日登美の顔が憤りに紅潮した。「ふざけんなこのアマ!」

だが日登美はなおも拳銃のトリガーを引かなかった。代わりに一歩退き距離をとるや、拳銃をかなぐり捨てると、こぶしの連打を見舞ってきた。パンチの速射に対し、結衣は両手ですばやく防御した。腕が痺《しび》れる。スピードばかりではなく重みのある殴打だった。結衣は押されぎみになり後ずさった。

瑠那と凜香が結衣に加勢した。しばらく日登美は三人を相手に、手刀を打ちあい、蹴りを交差させた。三対一にもかかわらず、互いに致命傷をあたえられないまま戦力が拮抗《きっこう》する。ほどなく日登美は大きくステップバックし距離を空けた。

日登美は息ひとつ乱れていなかった。結衣たち三姉妹も同様だった。だが日登美は澄まし顔に転じた。

鼻を鳴らすと日登美がいった。「内ゲバは矢幡を喜ばせるだけってんだよ」

背を向けた日登美が艦橋に入る鉄扉へ向かいだした。すると満里奈が小走りに日登美を追った。

「あ、あの」満里奈がささやきかけた。「お慈悲を……ありがとうございます」

凜香が表情筋をひきつらせたのがわかる。張り詰めた空気が漂った。満里奈はまだ、父親を殺したのが日登美だと知らない。

日登美は振り向かず、鉄扉の向こうに消えていった。

死ね死ね隊がいっせいにアサルトライフルを下ろす。館山が結衣を一瞥《いちべつ》したのち、日登美を追っていった。ほかの武装兵らも揃って甲板をあとにする。

緊張が解けた。元半グレらが両手を下ろし項垂《うなだ》れる。瀧島も芹菜を抱いたまま、深く長いため息を漏らした。

瑠那が無言でたたずみながら結衣を見た。結衣も瑠那を見かえした。痺れるような痛みがまだ残っている。凜香は露骨に顔をしかめ、いってぇとつぶやいた。瑠那は依然としてなにもいわない。

結衣も黙って踵《きびす》をかえした。ふたたび船尾方面へと歩きだす。ふしぎなものだ。このところ妹たちと一緒に暮らす日々に、かすかな喜びを感じていた。いまはひとりになりたい。

28

空が茜《あかね》いろに染まっている。伊豆《いず》諸島の式根島《しきねじま》港は、周囲に小高い山がいくつか連なるだけの、素朴な漁港だった。かつては客船の接岸もあったがいまはないという。島民がちらほら見えるだけの閑散とした一帯だった。

これでも島に暮らす人々は、大勢が繰りだしてきているといえるのだろう。港から三百メートルほどの沖に、見慣れないイージス艦が停泊しているからだ。みなスマホカメラを向けている。駐在の警察官も唖然《あぜん》としていた。

瑠那たちはかまわず揚陸艇で港に上陸した。いったいなにが起きたのか、ほどなく駐在の問い合わせへの返答や、島民のＳＮＳへの返信もあるだろう。それまでには姿を消さねばならない。

騒動はなかった。武装兵らが武器を艦内に置いてきたからだ。島民が奇異な目を向けてくるなか、元半グレや現死ね死ね隊が、わらわらと散開していく。これから各自の責任において、島から別の島へ逃れることになる。こんな場所での解散は迷惑にちがいないが、ほかに寄港できそうな場所はなかった。

瑠那は背後に日登美の声をきいた。振りかえると、日登美は結衣に話しかけていた。

「一緒に来ねえつもりかよ」

「きくまでもない」結衣がぶっきらぼうに応じた。

日登美は不満顔だった。「わたしたち全員、匡太さんの家族や手下。国家の敵対者だぜ？」

近くに瀧島ら元闇魔棒が立っていた。芹菜が瀧島に寄り添う。満里奈は凜香や伊桜里とともにいる。

結衣がつぶやいた。「あんたのいう裏切り者にも、みんな将来が必要」

「……おめえがどうにかする気かよ」日登美が眉《まゆ》をひそめた。「元半グレと元闇魔棒の生き残りを束ねんのか？　第二の半グレ同盟結成じゃねえか」

「勘弁してよ」

「でも誰ひとりカタギじゃねえんだし、日陰者で生きるしかねえだろ」

「クソ親父のもとからは離れられる」

「代わりにみんなおめえに身を寄せるわけだ。やっぱ優莉結衣半グレ同盟だろ」

「やめてよ。セーラー服反逆同盟じゃねえんだし」

「なに？」日登美が真顔できいた。「どこの連中だよそれ」

結衣は凜香をちらと見た。凜香が苦笑した。結衣もつられたように微笑んだ。

「おい結衣」日登美が頭を掻《か》いた。「匡太さんとこと抗争する気なら……」

「あんたみたいな暴れ馬がいたんじゃ死人がでる」

「……内ゲバは矢幡政権を利するって原則、胸に刻んどけよ」

瑠那は暗澹《あんたん》とした思いを抱いた。日登美のいったとおり、実質的に優莉匡太と優莉結衣、それぞれが半グレの群れを率いるかたちになってしまう。生きる資格を国に剝《はく》奪《だつ》された者ばかりだ、徒党を組んで支え合うしかない。断じて受けいれがたいが、父がなぜ半グレ集団を必要としたか、その理由が瑠那にもわかりかけてきた。

忌々《いまいま》しげなため息とともに日登美がつぶやいた。「結衣。わたしはおめえを殺すか、一緒に連れ帰るか、どっちかだと思ってた。匡太さんもそれを望んでたのにな」

ぼんやりと夕陽を眺める日登美の顔には、ただあどけなさが漂っていた。日登美は立ち去りだした。けっして背後にも隙をみせない恩河日登美のはずが、いまだけはいくらか警戒心を解いた背中が遠ざかる。とはいえ、追いかけて殴りつけるのを許すほどではない。瑠那もこの島の平和を乱したくはなかった。

元閻魔棒が見守っている。瀧島がいった。「結衣。向こうでまってる」

瀧島が芹菜と仲間を連れ、ゆっくりと遠ざかっていった。それを見送ったのち、結衣が向き直った。「瑠那」

「なんですか」

「島民に頼んで漁船をだしてもらうか、筏《いかだ》を組むか、明日のフェリーに潜むか知らないけど……。伊桜里と満里奈さんを連れて東京へ帰って」

瑠那は困惑をおぼえた。「それって……」

「わたしと凛香は優莉姓。今後もずっと追われる身だし」

凛香が息を呑《の》んだ。そのまなざしに哀感が宿る。ためらいがちに歩みでた凛香が、結衣に手を差し伸べた。結衣は凛香と手をつないだ。

伊桜里が涙ながらに首を横に振った。「そんなのやだ……。結衣お姉ちゃん、凛香お姉ちゃん。離れたくない」

「わかってよ」結衣は視線を落とした。「伊桜里。わたしはもう一緒にはいられない。大学にも通えないし、伊桜里の保護者でもいられない。ずっとそうしたかったけど……」

凜香も目を潤ませていた。「日暮里高校にゃ復学できねえな。瑠那、伊桜里。わたしのぶんまでしっかり勉強しろよ」

瑠那はうろたえざるをえなかった。「政府はわたしも優莉匡太の娘だと知ってます。伊桜里の素性も家裁は承知してるんですよ。優莉姓を希望する届け出をしてますから」

結衣がいった。「それでも公にはまだ知られてない。ふたりとも苗字《みょうじ》がちがうし……」

「だけど政府が暴露すれば、明日にでも警察が逮捕しに来ます。わたしたちも安泰じゃないんです」

「そんな心配はいらない」

「どうして……?」

「クソ親父が矢幡総理を脅して黙認させる」

「なんでそんなことがいえるんですか」

「優莉匡太にとって教誨師《きょうかいし》夫婦は、死刑から救ってくれた命の恩人でしょ。あの豪華に建て直された神社を見ればあきらか。あんたが義父母のもとに戻れるよう、クソ親父は取り計らってくれる」

耳を疑う話だった。瑠那は涙が滲《にじ》むのを堪《こら》えきれなくなった。「わたしに阿宗《あそう》神社へ戻れっていうんですか?」

「義父母が無事に生かされてるのは……。あんたが帰る場所を、優莉匡太が用意してるから」

「嫌です! それじゃ優莉匡太の支配下に置かれてるのと変わらないじゃないですか」

「それはわたしたち全員がそう……」結衣が低くささやいた。「お願い、瑠那。支配といってもあんたに対しては間接的に留《とど》まる。ひとまず無事に暮らせる」

「義父母が優莉匡太に心酔してると知りながら、どうやって前のように生活できるんですか。そんなことに意味があるんですか。わたしや伊桜里の将来は……?」

「将来を思えばこそ……」結衣が見かえした。「保護者のもとに暮らしてなきゃ、いずれ学校に通えなくなる。日暮里高校に伊桜里ひとりだけにはしておけないでしょ。あんたが一緒にいないと」

「だからって……。あんな義父母のもとに……」

結衣と凜香は黙っていた。静寂が答を示唆している。瑠那は胸が張り裂けそうな思いに駆られた。

内ゲバは矢幡政権を利する、そんな理由できょうは互いに矛をおさめた。結衣は父親の勢力に抗《あらが》えず、結局は共存の道を選ぶのか。半ば支配下に置かれていると知りながら、共通の敵である国家と対峙《たいじ》するつもりだろうか。優莉匡太のもとを逃れた脱半グレたちに対し、結衣と凜香が受け皿になる。優莉家は親子の対立がありながらも、総じて日本の脅威で殲滅《せんめつ》の対象だ。国家との闘争が激化する。いわば優莉家と半グレ同盟の本来あるべき姿だ。そこから瑠那と伊桜里を突き放し、遠ざけようとしている。伊桜里が泣きながらうったえた。「結衣お姉ちゃん、凜香お姉ちゃん、わたしも連れてって」

結衣が首を横に振った。「あんたを人殺しにはさせない」

「だよな」凜香が結衣を見つめた。「大量殺戮魔《さつりくま》はわたしたちだけでたくさん」

瑠那は悲痛な感情に耐えきれなくなった。「わたしはお姉ちゃんたちの妹です!」

「もうちがう」結衣の目も潤みだしていた。「そこいらの所轄警察は、あんたと伊桜里の素性を知らない。表向きだけでも真人間でいて。罪を犯さずにいれば、いずれ国もあんたたちを脅威とみなさなくなる。わたしたち優莉家は敵だから」

「そんなの無理。絶対に嫌」瑠那は結衣に駆け寄ると抱きついた。「離れたくない」

伊桜里も身を寄せてきた。凜香が涙を浮かべながらも微笑した。四姉妹は互いに抱きあっていた。

「……結衣お姉ちゃん」瑠那はすすり泣いた。「脚を縛られた怪我……。軟膏《なんこう》で治った。結衣お姉ちゃんのおかげ」

「あんたの回復力のおかげでしょ。なにもかも凄《すご》いよね、瑠那は」

涙がとまらなくなってきた。瑠那は凜香に目を移した。「凜香お姉ちゃん。いつもやさしくて、わたしを気遣ってくれて……」

「おいおい、まるで死ぬみてえじゃねえか」凜香の頰を涙がつたった。「瑠那こそわたしを何度も助けてくれたろ。ほんと嬉《うれ》しかったよ。わたしにとって最初に心の通いあった妹だもん」

空がしだいに藍《あい》いろに変わっていく。時間の経過が悔しく恨めしい。いまこの瞬間が永遠につづいてほしい。四人はいつでも一緒にいる。遠ざかっても心はいつまでも通じあっている。

終わりは近い。結衣が敵との共存の道を選ぶとは思えない。決着の日はすぐ来る。

29

瑠那は丸一日を薄汚れた制服姿のまま、ひそかに東京へ戻る乗り継ぎ旅に費やした。スマホのバッテリーがかろうじて残っていたので、まずは充電器を買ったのち、あらゆる乗り物の決済に用いた。

翌日の夕方、瑠那は江東区《こうとう》の住宅街、阿宗神社の近くまで戻った。生活道路に人やクルマの往来はほとんどない。前より大きくなった鳥居の向こう、悪趣味なほど絢爛《けんらん》豪華に様変わりした、真新しい神社の境内があった。

幅広い参道に敷き直された石畳。随神門《ずいしんもん》や中雀門《ちゆうじやくもん》の向こうに拝殿、より立派な本殿。幣殿《へいでん》まである。宝物殿や神楽殿《かぐらでん》も建ち並ぶ。

敷地内の屋敷に窓明かりが灯《とも》っている。瑠那は玄関の引き戸の前に立った。ためらいだけが生じる。瑠那は踵《きびす》をかえした。やはりこんなところには帰れない。

すると玄関に物音がした。引き戸が開く。瑠那は振りかえった。普段着姿の義母が姿を現した。

「まあ、瑠那！」義母の芳恵《よしえ》が目を丸くした。あわてたように家のなかを振り向き、夫に呼びかけた。「お父さん。瑠那が帰ってきましたよ」

廊下を駆けてくる足音は義父にちがいない。サンダルを履く音もむかしのままだ。けれどもなにかがちがう。義父の功治《こうじ》もワイシャツにスラックスと普段着だったが、以前のような安物ではないと一見してわかる。そういえばふたりともどこか垢抜《あかぬ》けて洗練されていた。まるで赤坂《あかさか》か世田谷《せたがや》の高級住宅街に住むご夫妻だ。

それでも庶民っぽさはまだ残っていた。義父がおずおずといった。「お帰り、瑠那。まってたよ」

匡太さんからきいていたからね。もしそんなふうにつづけようものなら、断固として背を向け立ち去るつもりだった。けれども義父母は瑠那の心のなかを察したのか、あるいは匡太から申し渡されていたのか、そんなことは口にしない。うわべだけの気遣いがこざかしい。

「さあ」義父はうながした。「なかへ入って。夕食の準備も整ったところだよ」

義母も瑠那の背中を押した。「疲れたでしょ。制服が皺やシミだらけじゃないの……。お風呂《ふろ》もすぐ準備できるからね」

なぜかひさしぶりだとは感じない。瑠那はふらふらと玄関を入った。靴脱ぎ場はやけに大きかった。純和風の造りだが、まるで高級旅館のようだ。まだ新築のにおいがした。廊下が延々と奥に延びる。光沢のある板張りの床がつづく。

半ば強引にいざなわれ、瑠那は廊下を進んでいった。愛着のあった家とは根本的にちがう。広縁や飾り棚など設ける余裕は、かつての家にはなかった。

開いた襖《ふすま》の向こうに和室があった。座卓の上に贅沢《ぜいたく》な和食が並んでいる。寿司《すし》や天ぷらが彩る真んなかに、大きな鯛《たい》が横たわっていた。とても義父母夫婦で食べる分量ではない。事実として座布団が三つ用意してあった。

胸のうちに隙間風が吹きこんでくる。さっき義父母がみせた驚きがしらじらしく思える。瑠那が帰ってくることばかりか、おおよその到着時刻さえ、もう伝わっていた。半グレ同盟に見張られている。義父母の後ろ盾に優莉匡太の存在を強く感じる。

曖昧《あいまい》に留めておきたかったこともある。いまあきらかになった気がした。優莉匡太は義父母にとってスポンサーでありパトロンだった。義父母は金のために瑠那を引きとり育ててきた。義理の子供への愛情より報酬が目当てだった。

この神社はEL累次体に焼き払われた。神社本庁が保険の支払いに応じてくれたときくが、それだけではこんなに立派に建て直せるはずもない。

ここはもう優莉匡太の建てた神社だ。この屋敷もそうだ。神社本庁とは無関係に金満と権威を誇示する、いわばEL累次体を討伐した半グレ同盟の記念碑だ。義父母はもはや匡太の親戚《しんせき》に等しい。あるいはただの操り人形か。

ふと気づくことがあった。優莉匡太半グレ同盟は全国の新興宗教施設を拠点にしている。警察の捜査が及びにくいからだ。ここもそんなひとつになった。閻魔棒の出入りがなくとも、ほかならぬ優莉匡太の六女、瑠那の住処《すみか》だ。

瑠那は冷えきった心とともに、開いた襖から離れた。どこへつづくともわからない廊下を、ただぶらりと歩きだす。「おなかは減ってない」

義父母が呆気《あっけ》にとられているのを背後に感じる。けれどもふたりとも、本気で瑠那のことを案じてはいないようだ。これまでもそうだったのだろうが、いまとなってはよくわかる。ただ義父母は金蔓《かねづる》を失うまいとしている。そのため瑠那に対し、徹底的に気を遣う。本来なら瑠那の死ぬ成人前まででよかったはずが、いまは永遠の金蔓と知り執着しつづける。義父が呼びかけた。「瑠那の部屋は、その廊下を折れたすぐ先だよ」

重い気分で歩を進める。廊下の角を折れると半開きの襖があった。なかにも明かりが灯っている。瑠那は部屋に入った。

狭い和室だった。真新しい壁紙に畳。本棚には高二の教科書と参考書。クローゼットの扉や簞笥《たんす》の引き出しも開けられていた。替えの制服のほか、繊細な刺繡《ししゅう》の入った巫女《みこ》装束が用意してある。床の間に前天冠《まえてんがん》や神楽鈴まで飾ってあった。

勉強机はかつてのように小ぶりではなかった。まるでエグゼクティブデスクのような木目調で、革張りの椅子が添えられていた。

瑠那はおぼつかない足取りで机に近づいた。椅子に腰掛けると身体が深く沈んだ。心ごと底なし沼に嵌《は》まったように感じた。瑠那は机に突っ伏した。自然に涙がこぼれてくる。声を押し殺しながら泣いた。

よそよそしい義父母。これが本来のありさまなのだろう。ようやくふつうの家庭になった。義理の両親がなぜ献身的に世話してくれるか、その理由を知った。こうして子供は大人に成長していく。誰にでもあることだ。すべては監獄と同じ。自由なんかない。

30

二学期が始まった。

秋の気配が漂う通学路を瑠那は歩いた。道端で会う日暮里高校の制服はみな敬遠をしめしてくる。当然だった。伊桜里ともども優莉匡太の娘なのでは、そんな噂が校内を駆けめぐっている。

ただし教師陣を除き、真実は生徒や保護者らも知らない。人権派団体が守るだけではない。優莉匡太について語ることは御法度になっている。マスコミも触れたがらない。ときどきニュースになると、その関係者は消息不明になってしまい、続報は途絶える。父に言及できないため、娘に関する話題も、みな口にしなくなっていた。

優莉家のことはタブー。ただしそれさえ守れば、生活にはなんの支障もない。ここしばらく世のなかは平穏だった。タブーを避けることで誰もが快適に過ごせる。そんな暮らしぶりが習慣化されていった。瑠那はクラスメイトから無視されることはあるにせよ、ちょっかいをだされたりはしなかった。伊桜里も施設では肩身の狭い思いをしているのかもしれないが、学校では明るい顔を保っている。

伊桜里の希望する優莉姓について、家裁は検討をつづけているだろうか。たぶん担当者は全員離れてしまったにちがいない。優莉という苗字《みょうじ》について言及すらできない昨今だ。審議という責任を誰も負いたがらない。たぶん伊桜里は当分のあいだ、渚伊桜里のままだろう。

二学期の始業式では、校長が優莉凜香の退学を告げた。優莉という苗字を学校できいたのは、それが最後だった。結衣も凜香もどこにいるのかさえわからない。世間では優莉匡太と同じあつかいになっていた。すなわち誰も言及できない。

かなり日数を経た放課後、校舎の階段で蓮實と会った。周りには誰もいなかった。蓮實はすまなそうな顔でささやいた。「林間学校は災難だった。先生には声がかからなくてな……」

「それはそうでしょう」瑠那は静かに応じた。「蓮實先生はEL累次体じゃなかったんだし」

「杠葉。公安はきみと義父母の関係を危惧《きぐ》してる。でも複雑な事情があろうと、きみはうちの生徒だ。教師として力になる」

「ありがとうございます」瑠那は蓮實に背を向けた。「でもだいじょうぶですから」

急ぎ足で階段を下る。元自衛官の蓮實は教師に転職後、凜香のお目付役として日暮里高校に赴任してきた。凜香がいなくなったいま、もうあまり心配をかけたくない。優莉家の抗争に巻きこみたくもなかった。新婚夫婦の幸せを失わせるわけにいかない。女子高生が教師の心配をするとは本末転倒だが、この場合はそれでいいと瑠那は思った。辛《つら》さも苛酷《かこく》さも蓮實先生は充分に味わった。

一年生の教室が並ぶ廊下に降り立った。生徒たちが吐きだされてくるなか、しばらくまったものの、なぜか伊桜里が姿を見せない。やがて廊下が閑散としだした。瑠那は妙に思い、一年A組の引き戸に近づいた。

するど教室から伊桜里が現れた。「あ、瑠那お姉ちゃん」

「伊桜里」瑠那はほっとした。「だいじょうぶ？　いじめられてない？」

「べつになにも……。どうしたの？　急にそんなこと」

「毎日一緒に帰る約束でしょ」

「あー、いまラインしようとしてたんだけどね。きょうから部活」

「部活？」

「ほら、わたし新聞部に入ったから」

瑠那は驚いた。ハン・シャウティン事件に関わるための方便ではなかったのか。唖《あ》然《ぜん》としつつ瑠那はつぶやいた。「一時的な気まぐれにすぎないかと……」

「そうでもないの。寺園先輩たちもとてもやさしいし」

寺園……。夏美のことだ。すると鈴山耕貴や有沢兼人も一緒か。二学期が始まってから顔を合わせたことがない。

伊桜里が誘った。「瑠那お姉ちゃんも部室に来たら？」

「わたしは……。遠慮しとく」

「なんで。いいから、一緒に来て」伊桜里が瑠那と腕を組み、強引に連れていこうとする。

瑠那にとって伊桜里の手を振りほどくのは容易だった。けれども瑠那は逆らわなかった。教室ではずっと孤独だ。いまとなってはあの三人も、瑠那の素顔を知った以上、疎遠でいたがるかもしれない。それならそういう態度をしめしてほしい。誰とも心を通わせられないと諦《あきら》めもつく。

階段を上り、廊下を歩きながら、瑠那はまた例の状況を思い起こした。あの帰りのバスの車内、鈴山が隣の席に来た。傷だらけの鈴山の顔に、瑠那は薬を塗り、ガーゼを貼りつけた。鈴山は痛がって身を引こうとした。申しわけなさを感じつつも、瑠那は鈴山にいった。じっとしてて。鈴山は小さくうなずいた。

伊桜里がきいた。「結衣お姉ちゃんと凜香お姉ちゃんは？」

「……え？」瑠那は我にかえった。「ああ……。さあね。なんの連絡もないし」

「そう……」伊桜里が暗い顔でうつむいた。

それでもほどなく最終局面を迎えるのだろう。そんな気がしてならない。結衣と凜香のもとには、半グレ同盟を抜けだした連中が集まりだしている。一方で優莉匡太が勢力を維持しつづける。政府はおそらく共倒れを願っているが、結衣がみすみす自滅の道を選ぶとは思えない。だからといって猛毒父親の気ままな残虐行為を、結衣や凜香が放置するはずがない。そのため瑠那と伊桜里は遠ざけられた。姉たちは想像を絶するほど峭刻《しょうこく》たる勝負に挑もうとしている。

「ここだよ」伊桜里が特別教室の引き戸を開けた。

なかに入ったとき、やたら広い教室にいる三人が、驚きのいろとともに立ちあがった。

瑠那はたじろいだ。夏美と有沢、それに鈴山。クラスメイトだった一年のころと変わらない空気感のなかに三人がいた。

いまここにあった平穏なムードに水を差したのはあきらかに瑠那だ。そんな自覚にさいなまれる。ただちに退室すべきだろう。なのになぜか動きだせない。鈴山と目が合った。顔をそむけられないまでも、自然にうつむいてしまう。

ところが夏美が甲高い声をあげた。「杠葉さん！」

三人は歓喜をあらわにしながら駆け寄ってきた。瑠那は茫然《ぼうぜん》としていた。伊桜里は笑顔だった。夏美が瑠那に抱きつく。間近に鈴山の顔があった。嬉《うれ》しそうに目を細めた鈴山がじっと見つめてくる。傷はすっかり消えていた。瑠那は頰が火照ってくる思いだった。

たった五人ながら賑《にぎ》やかに沸く部室で、瑠那の胸のうちにこみあげてくるものがあった。窓から射しこむ陽光が涙に揺らいで仕方がない。伊桜里とふたりきりではない、学校にはまだ友達がいる。女子高生に戻れる時間がある。十七年を生きてきた。結衣や凜香と暮らせた日々を除けば、きっといまがいちばん幸せな瞬間にちがいない。

本書は書き下ろしです。

高《こう》校《こう》事《じ》変《へん》20

松岡《まつおか》圭祐《けいすけ》

令和6年 7月25日 初版発行

発行者●山下直久

発行●株式会社KADOKAWA
〒102-8177 東京都千代田区富士見2-13-3
電話 0570-002-301(ナビダイヤル)

角川文庫 24241

印刷所●株式会社暁印刷
製本所●本間製本株式会社

表紙画●和田三造

●お問い合わせ
https://www.kadokawa.co.jp/ (「お問い合わせ」へお進みください)
※内容によっては、お答えできない場合があります。
※サポートは日本国内のみとさせていただきます。
※Japanese text only

ISBN 978-4-04-115258-4 C0193

◇◇◇

角川文庫発刊に際して

角川源義

第二次世界大戦の敗北は、軍事力の敗北であった以上に、私たちの若い文化力の敗退であった。私たちの文化が戦争に対して如何に無力であり、単なるあだ花に過ぎなかったかを、私たちは身を以て体験し痛感した。西洋近代文化の摂取にとって、明治以後八十年の歳月は決して短かすぎたとは言えない。にもかかわらず、近代文化の伝統を確立し、自由な批判と柔軟な良識に富む文化層として自らを形成することに私たちは失敗して来た。そしてこれは、各層への文化の普及滲透を任務とする出版人の責任でもあった。

一九四五年以来、私たちは再び振出しに戻り、第一歩から踏み出すことを余儀なくされた。これは大きな不幸ではあるが、反面、これまでの混沌・未熟・歪曲の中にあった我が国の文化に秩序と確たる基礎を齎らすためには絶好の機会でもある。角川書店は、このような祖国の文化的危機にあたり、微力をも顧みず再建の礎石たるべき抱負と決意とをもって出発したが、ここに創立以来の念願を果すべく角川文庫を発刊する。これまで刊行されたあらゆる全集叢書文庫類の長所と短所とを検討し、古今東西の不朽の典籍を、良心的編集のもとに、廉価に、そして書架にふさわしい美本として、多くのひとびとに提供しようとする。しかし私たちは徒らに百科全書的な知識のジレッタントを作ることを目的とせず、あくまで祖国の文化に秩序と再建への道を示し、この文庫を角川書店の栄ある事業として、今後永久に継続発展せしめ、学芸と教養との殿堂として大成せんことを期したい。多くの読書子の愛情ある忠言と支持とによって、この希望と抱負とを完遂せしめられんことを願う。

一九四九年五月三日

連続刊行決定!!

『高校事変21』
2024年8月21日発売予定

『高校事変22』
2024年9月25日発売予定

発売日は予告なく変更されることがあります。

松岡圭祐

角川文庫

好評既刊

高校事変 1〜19／松岡圭祐

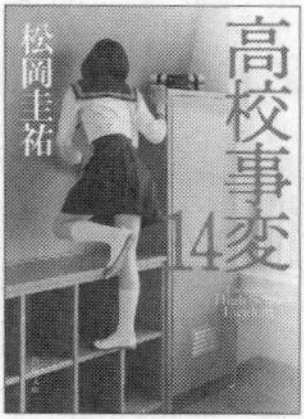

ビブリオミステリ最高傑作シリーズ！

角川文庫

好評既刊

écriture《エクリチュール》 新人作家・杉浦李奈の推論 Ⅰ～Ⅺ／松岡圭祐

角川文庫ベストセラー

千里眼
The Start
松岡圭祐

トラウマは本当に人の人生を左右するのか。両親との辛い別れの思い出を胸に秘め、航空機爆破計画に立ち向かう岬美由紀。その心の声が初めて描かれる。シリーズ600万部を超える超弩級エンタテインメント！

千里眼
ファントム・クォーター
松岡圭祐

消えるマントの実現となる恐るべき機能を持つ繊維の開発が進んでいた。一方、千里眼の能力を必要としていたロシアンマフィアに誘拐された美由紀が目を開くと、そこは幻影の地区と呼ばれる奇妙な街角だった――。

千里眼の水晶体
松岡圭祐

高温でなければ活性化しないはずの旧日本軍の生物化学兵器。折からの気候温暖化によって、このウィルスが暴れ出した！　感染した親友を救うために、岬美由紀はワクチンを入手すべくF15の操縦桿を握る。

千里眼
ミッドタウンタワーの迷宮
松岡圭祐

六本木に新しくお目見えした東京ミッドタウンを舞台に繰り広げられるスパイ情報戦。巧妙な罠に陥り千里眼の能力を奪われ、ズタズタにされた岬美由紀、絶体絶命のピンチ！　新シリーズ書き下ろし第4弾！

千里眼の教室
松岡圭祐

我が高校国は独立を宣言し、主権を無視する日本国へは生徒の粛清をもって対抗する。前代未聞の宣言の裏に隠された真実に岬美由紀が迫る。いじめ・教育から心の問題までを深く抉り出す渾身の書き下ろし！

角川文庫ベストセラー

千里眼 堕天使のメモリー　松岡圭祐

『千里眼の水晶体』で死線を超えて蘇ったあの女が東京の街を駆け抜ける！ メフィスト・コンサルティングの仕掛ける罠を前に岬美由紀は人間の愛と尊厳を守り抜けるか!? 新シリーズ書き下ろし第6弾！

千里眼 美由紀の正体 (上)(下)　松岡圭祐

親友のストーカー事件を調べていた岬美由紀は、それが大きな組織犯罪の一端であることを突き止める。しかし彼女のとったある行動が次第に周囲に不信感を与え始めていた。美由紀の過去の謎に迫る！

千里眼 シンガポール・フライヤー (上)(下)　松岡圭祐

世界中を震撼させた謎のステルス機・アンノウン・シグマの出現と新種の鳥インフルエンザの大流行。一見関係のない事件に隠された陰謀に岬美由紀が挑む。F1レース上で繰り広げられる猛スピードアクション！

千里眼 優しい悪魔 (上)(下)　松岡圭祐

スマトラ島地震のショックで記憶を失った姉の、莫大な財産の独占を目論む弟。メフィスト・コンサルティングのダビデが記憶の回復と引き替えに出した悪魔の契約とは？ ダビデの隠された日々が、明かされる！

千里眼 キネシクス・アイ (上)(下)　松岡圭祐

突如、暴風とゲリラ豪雨に襲われる能登半島。災害はノン＝クオリアが放った降雨弾が原因だった!! 無人ステルス機に立ち向かう美由紀だが、なぜかすべての行動を読まれてしまう……美由紀、絶体絶命の危機!!

角川文庫ベストセラー

千里眼の復活　松岡圭祐

航空自衛隊百里基地から最新鋭戦闘機が奪い去られた。在日米軍基地からも同型機が姿を消していることが判明。岬美由紀はメフィスト・コンサルティングの関与を疑うが……不朽の人気シリーズ、復活！

千里眼　ノン＝クオリアの終焉　松岡圭祐

最新鋭戦闘機の奪取事件により未曾有の被害に見舞われた日本。焦土と化した東京に、メフィスト・コンサルティング・グループと敵対するノン＝クオリアの影が……各人の思惑は？　岬美由紀は何を思うのか⁉

万能鑑定士Qの事件簿　0　松岡圭祐

舞台は2009年。匿名ストリートアーティスト・バンクシーと漢委奴国王印の謎を解くため、凜田莉子がもういちど帰ってきた！　シリーズ10周年記念、完全新作。人の死なないミステリ、ここに極まれり！

万能鑑定士Qの事件簿（全12巻）　松岡圭祐

23歳、凜田莉子の事務所の看板に刻まれるのは「万能鑑定士Q」。喜怒哀楽を伴う記憶術で広範囲な知識を有す莉子は、瞬時に万物の真価・真贋・真相を見破る！　日本を変える頭脳派新ヒロイン誕生‼

万能鑑定士Qの推理劇　Ⅰ　松岡圭祐

天然少女だった凜田莉子は、その感受性を役立てるすべを知り、わずか5年で驚異の頭脳派に成長する。次々と難事件を解決する莉子に謎の招待状が……面白くて知恵がつく、人の死なないミステリの決定版。

角川文庫ベストセラー

万能鑑定士Qの推理劇 II　松岡圭祐

ホームズの未発表原稿と『不思議の国のアリス』史上初の和訳本。2つの古書が莉子に「万能鑑定士Q」閉店を決意させる。オークションハウスに転職した莉子が2冊の秘密に出会った時、過去最大の衝撃が襲う!!

万能鑑定士Qの推理劇 III　松岡圭祐

「あなたの過去を帳消しにします」。全国の腕利き贋作師に届いた、謎のツアー招待状。凜田莉子に更生を約束した錦織英樹も参加を決める。不可解な旅程に潜む巧妙なる罠を、莉子は暴けるのか⁉

万能鑑定士Qの推理劇 IV　松岡圭祐

「万能鑑定士Q」に不審者が侵入した。変わり果てた事務所には、かつて東京23区を覆った〝因縁のシール〟が何百何千も貼られていた！　公私ともに凜田莉子を激震が襲う中、小笠原悠斗は彼女を守れるのか⁉

万能鑑定士Qの探偵譚　松岡圭祐

波照間に戻った凜田莉子と小笠原悠斗を待ち受ける新たな事件。悠斗への想いと自らの進む道を確かめるため、莉子は再び「万能鑑定士Q」として事件に立ち向かい、羽ばたくことができるのか？

万能鑑定士Qの謎解き　松岡圭祐

幾多の人の死なないミステリに挑んできた凜田莉子。彼女が直面した最大の謎は大陸からの複製品の山だった。しかもその製造元、首謀者は不明。仏像、陶器、絵画にまつわる新たな不可解を莉子は解明できるか。